アンソニー・トロロープ

# 慈善院長

木下善貞　訳

開文社出版

本書は一八五五年にロングマンから出版されたアンソニー・トロロープ作『慈善院長』（*The Warden*）の全訳である。翻訳に当たっては、David Skilton 編による Oxford World's Classics 版と Graham Handley 編による Everyman's Library 版とを参照した。註の作成に当たっては、Skilton の註に負うところが大きい。

# 目次

# 主要な作中人物

**セプティマス・ハーディング**　本編の主人公。バーチェスター聖堂の音楽監督であり、聖堂付属ハイラム慈善院の院長。クラブツリー・パーヴァ教区の俸給牧師。

**バーチェスター主教**（グラントリー博士）　ハーディング氏の古くからの友人。

**バーチェスター大執事**　主教の一人息子セオフィラス・グラントリー博士。プラムステッド・エピスコパイの禄付牧師。

**スーザン・グラントリー**　ハーディング氏の長女。大執事の妻。夫婦のあいだには三人の息子（チャールズ・ジェイムズ、ヘンリー、サミュエル）と二人の娘（フロリンダ、グリゼル）がいる。

**エレナー・ハーディング**　ハーディング氏の次女。

**ジョン・ボールド**　外科医兼薬剤師で、今は改革派の議員。エレナーとは幼なじみで、恋仲。

**メアリー・ボールド**　ジョンの未婚の姉。エレナーの親友。

**トム・タワーズ**　日刊紙『ジュピター』の有力記者。ジョン・ボールドの友人。

**フィニー**　ジョン・ボールドが雇う弁護士。

**エイブラハム・ハップハザード卿**　大執事が意見を聞く法務長官。

**コックスとカミンズ**　大執事が雇うロンドンの弁護士。

**ジョン・チャドウィック氏**　慈善院の管財人。ハーディング氏とともにボールドから告発を受ける。

**ジョン・バンス**　ハーディング氏に味方する慈善院の収容者。

**エイベル・ハンディ**　ハーディング氏に敵対する慈善院の収容者。

**グレゴリー・ムーディ、マシュー・スプリッグス、ジョン・ベル**　ハンディの意見に共感する慈善院の収容者。

**ジョブ・スカルピット、ウィリアム・ゲイジィ、ジョナサン・クランプル**　請願書の署名に迷う慈善院の収容者。

**クイヴァーフル**　プディングデイルの禄付牧師で十二人の子持ち。

**ジョン・ハイラム**　十五世紀に遺産を聖堂に寄贈して、慈善院を創設した篤志家。

**ペシミスト・アンチカント博士**　トマス・カーライルをモデルとするパンフレット作者。

**ポピュラー・センチメント氏**　チャールズ・ディケンズをモデルとする人気作家。

# 第一章　ハイラム慈善院



セプティマス・ハーディング師は、ある主教座聖堂の市に住む禄付牧師だ。その市を仮にバーチェスターと呼ぶことにしよう。もしその市をウェルズ[1]とか、ソールズベリーとか、エクセターとか、ヘレフォードとか、グロスターなどと呼んだら、何か個人的な意図があると思われるのが嫌なので、仮の名としておきたい。この物語はおもにその市の聖堂の高位聖職者に関するものなので、語られている人が誰であるか推測されるのを憂慮するからだ。バーチェスターはイギリス西部にある静かな市で、商業的繁栄よりも聖堂の美しさと記念碑の古さで有名なところとしておこう。バーチェスターの西端が聖堂の構内となっており、バーチェスターの上流階級は主教、聖堂参事会長、聖堂参事会員[2]とそれぞれの妻、娘からなっている。

ハーディング氏は若くして気づいたときにはバーチェスターにいて、彼のすばらしい声と宗教音楽の趣味にぴったりの天職を見いだしていた。彼は長いあいだ聖堂準参事会員として、楽であるけれどあまり収入のない聖務をこなしてきた。四十歳のとき、市のごく近くに小さな教区、クラブツリー・パーヴァを預かることになり、仕事と収入のどちらも増加させると、五十歳のとき聖堂の音楽監督[3]になった。

ハーディング氏は早くに結婚して、二人の娘の父となった。長女のスーザンは結婚してすぐ生まれ、次女のエレナーはそれから十年後に生まれた。ハーディング氏は読者に紹介する時点で二十四歳の次女とともに、音楽監督としてバーチェスターに住んでいた。彼は何年も前に男やもめになっており、音楽監督に任命される直前、長女を主教の息子へ嫁がせていた。

ハーディング氏はもし娘が美人でなければ準参事会員のままだった、とバーチェスターのスキャンダル嬢は断言した。しかし、スキャンダル嬢の嘘はいつものこと。というのは構内の牧師仲間のなかでも、ハーディング氏ほど人気のある準参事会員はいなかったから。スキャンダル嬢は、友である主教の推挙のおかげで音楽監督になれたと言って、ハーディング氏をとがめたが、もっと大きな声で、友であるハーディング氏に長いあいだ何の便宜も図ってこなかったと言って、主教を非難した。何はともあれ、スーザン・ハーディングは十二年前に主教の息子、バーチェスター大執事(4)、プラムステッド・エピスコパイの禄付教区牧師、セオフィラス・グラントリー師と結婚した。スーザンの父は数か月後、バーチェスター聖堂の音楽監督になった。音楽監督職は通常聖堂参事会に任命権があるのだが、ここでは主教が任命権を握っていた。

ここで、音楽監督の職に関する特別な事情について説明しなければならない。一四三四年にジョン・ハイラムという男がバーチェスターで亡くなった。ハイラムは町で羊毛仲買人として財を築いたあと、臨終のとき、家と町の近くの牧草地と荒れ地――今でもそれぞれハイラムズ・バッツ、ハイラムズ・パッチと呼ばれている――を、バーチェスターで生涯を送って、老齢のせいで退職を余儀なくされた十二人の羊毛梳き職人の扶養のため、役立てるよう遺言した。ハイラムは十二人を収容する私設慈善院を造り、院長の屋敷を建てるように望んだ。院長には、すでに述べた牧草地と荒れ地の地代収益から一定額を報酬として与えるように定めた。ハイラムは調和的精神の持ち主だったので、もし代々の主教の承認がえられるなら、聖堂の音楽監督が慈善院長を兼任するやり方もあると遺言した。

その日から今日に至るまで、この慈善事業は成功している。少なくとも事業は継続して、遺産は利益をあげてきた。バーチェスターにはもはや羊毛梳き産業はなくなったから、主教と参事会長と慈善院長が交代で老人の収容を引き受けていた。普通は聖堂内の居候が収容者として指名された。収容者は疲れはてた庭師や、よぼよぼの墓掘りや、八十歳代の寺男であり、ありがたいことに快適な宿と一日一シリング四ペンスの手当が与えられた。そのお金はジョン・ハイラムの遺言で収容者にその資格があるとされた給付金だった。以前は――実際は今から五十年ほど前だが――収容者は一日六ペンスを受け取っただけで、院長から朝食と夕食を同じ一つのテーブルで支給された。このようなやり方は、老ハイラムの遺言には文字通り合致したけれど、院長も収容者も、創設者の魂のため祈る義務も含めて、これを不便で、不都合なものと見なした。そこで、主教とバーチェスターの市当局、当事者全員が合意のもとで、朝食と夕食を一日一シリング四ペンスの支給に置き換えた。

ハーディング氏が慈善院長に指名されたとき、ハイラムの十二人の収容者はこのような状態だった。収容者が幸運に恵まれたとするなら、院長のほうは裕福な生活に恵まれた。ジョン・ハイラムの時代の、干草を生産して牛を養った牧草地と荒れ地は、今や田舎家が建ち並ぶ住宅地に変貌していた。資産は年ごとに、世紀ごとに、次第に価値を高めて、事情通にはとてもよい収入を生み出したと見られており、事情を知らない者には巨額の富に達したと思われていた。

バーチェスターに住むチャドウィック氏が、その資産を管理しており、主教の執事でもあった。その紳士の父も祖父もバーチェスター主教の執事であり、ジョン・ハイラムの資産の管財人だった。チャドウィック家は、バーチェスターでも名誉ある一族だった。彼らは主教、聖堂参事会長、参事会員、音楽監督らから敬われつつ生きて、聖堂構内に埋葬された。強欲な人、苛酷な人として知られるような人を輩出したことがなく、いつも快適に生活し、最上の家を維持し、バーチェスターの社会で高い地位を占めてきた。現在のチャドウィック氏は、その栄誉ある地位にふさわしい子孫であり、バッツやパッチに住む居住者ばかりでなく、広く主教区に住む人々からも、この立派な、度量の大きい執事とかかわりを持つことを快く思われていた。

この執事兼管財人は記録にないほど長い歳月のあいだ、おそらくハイラムの遺言が初めて完全に実施されたときから、資産収益の一部を慈善院長に払い、収容者に給付金を分配し、残り分から妥当とされる金額を自分で受け取ってきた。院長が家具を売り払った時代もあった。パッチが洪水になったり、バッツが痩せて収穫の少ない時代もあった。このような苦難の時代には、院長は十二人の収容者に日々の施しさえ工面することが難しかった。しかし、徐々に事態は改善した。パッチに排水設備が施され、バッツに田舎家が建ち並び始めた。院長たちはすぎ去った不幸な時代の持ち出し分を公明正大に取り戻した。貧しい老人たちは苦難の時代にも当然給付金を受け取っていたから、快適な時代にはそれ以上を期待しなかった。こうして院長の収入は増加した。慈善院に付属する絵のように美しい屋敷は拡張され、装飾を施された。院長職は教会に付属する居心地のいい閑職として、聖職者がもっとも切望する職の一つとなった。院長職は今では完全に主教が任命権を握っていた。以前は聖堂参事会長と参事会がそれに抵抗していたけれど、彼らが指名するたんに貧しい聖堂の音楽監督よりも、主教が任命する裕福な院長兼音楽監督のほうが、その職の名誉を高めると思うようになった。バーチェスター聖堂の音楽監督の俸給は年八十ポンドだが、院長職の俸給は屋敷を除いて年八百ポンドにのぼったからだ。

囁きが、ごく小さな囁きがバーチェスターで聞こえてきた。ジョン・ハイラムの資産収益が公平に分配されていないのではないかという、めったに耳に届いて来ない囁きだった。人に不安を引き起こすようなたちのものではなかったのに囁かれて、ハーディング氏がそれを耳にした。彼はバーチェスターでも声望の高い、立派な人格の人だったから、彼が院長に指名されなかったら、その囁きはもっと大きくなっていたはずだ。ハーディング氏はその囁きに真実があるかもしれないと感じて、就任のとき、各収容者の手当てとして彼の俸給から気前よく公平に一日二ペンスを上乗せする意向を明らかにした。ポケットから年総額三十六ポンド十シリング(5)を出そうというのだった。就任挨拶のとき、ハーディング氏はこの上乗せが彼の約束であり、後継院長に同じことを期待しないように、特別の二ペンスは資産からではなくて彼の贈り物と見なすように、繰り返し収容者に告げた。しかし、収容者は大半がハーディング氏よりも年上だったから、上乗せの収入の基盤となる安全性、つまり彼らが生きているあいだは受け取れるという保証に極めて満足した。

ある者はハーディング氏のこの気前のよさに反対した。チャドウィック氏は控えめに、しかし真剣に、ハーディング氏にこれを思いとどまらせようとした。ハーディング氏が唯一畏敬の念を抱く大執事、すなわち強い意思を持つ娘婿はしつこく、いや、激しくこの愚かな譲歩に反対した。しかし、院長は大執事の干渉が入る前に、意向を慈善院内に通知していたので、証書を作成することができた。

この施設はハイラム慈善院と呼ばれるが、絵のように美しい建物であり、建設当時の教会建築家がとらわれた正しい趣味[6]を表わしている。聖堂構内をほぼ巡るように流れる小さな川の岸辺に建物は建っており、市のはしっこに位置する。ロンドン通りが川をかわいいアーチ橋で横切っており、旅行者はこの橋から老人たちの部屋の窓——その二つずつ対になった窓の中央部が小さな支柱によって仕切られていた——を眺めることができる。一本の広い砂利道が建物と川のあいだを通っており、いつもこぎれいに手入れされている。砂利道のはしっこ、アーチ橋に通じる進入路の欄干下には、大きな使い古したベンチがあり、穏やかな天気の日にはきっとそこに三、四人のハイラムの収容者が座っている。窓の支柱の列を越えて、アーチ橋から離れて、このあたりで突然曲がっている川からも少し離れたところに、ハーディング氏の屋敷の美しい張り出し窓と、よく刈りこまれた芝地がある。慈善院には、ロンドン通りに面する入り口から入るようになっており、重い石のアーチのどっしりとした通用門を通り抜けなければならない。重い石のアーチは、十二人の老人を守るのには不要だろうが、ハイラム慈善院の美しい外観には大いに貢献している。この正門は午前六時から午後十時まで閉まることがなく、そのあとは複雑に吊りさげられた中世の巨大な鐘を鳴らさない限り開くことがない。初めてここに入る侵入者が、その鐘の取っ手を見つけることなんか不可能だ。この正門を通り抜けると、老人たちの住居の六つのドアが見える。ドアのさらに向こうに光沢のある鉄のフェンスがあり、それを通り抜けると、バーチェスターのえり抜きのなかでも幸せな人が、ハーディング氏の屋敷という極楽にたどり着くことができる。

ハーディング氏は小柄な人であり、もう六十歳に近づいているが、その年齢を示すようなものをほとんど外部に見せていない。髪は灰色というよりもむしろ白髪混じりで、目はとても穏やかに澄んで輝いている。老眼鏡が鼻の上に乗せられるか、片手で持って揺らされるから、年齢は視力には現れているらしい。彼の両手は優美に白く、両手足は小さい。彼はいつも黒いフロックコートと黒いズボンと黒いゲートル(7)を身につけて、高位聖職者にいくぶんショックを与える、黒いハンカチを首に巻いている。

ハーディング氏を温かく賛美する人でも、彼が勤勉な人だったとは言えない。勤勉であることが求められるような境遇に置かれたことがなかったからだ。しかし、怠け者と呼ばれることもない。彼は音楽監督に任命されたあと、子牛皮紙と豪華な活版印刷と金箔をできる限り奮発して、パーセルとクロッチとネアズ(8)に関する正確な論文を収める、教会音楽古作品集を出版した。ハーディング氏はバーチェスター聖歌隊をめざましく向上させて、彼の統制のもとで今ではイギリスのどの聖堂の聖歌隊とも肩を並べられるようにした。彼は聖堂の礼拝においても正式な割り当て以上の仕事を引き受けた。集められる聴衆に毎日チェロを演奏し、聴衆がない場合は仕方なく一人で演奏した。

ハーディング氏のもう一つの特徴を述べなければならない。すでに述べたように彼は年八百ポンドの収入をえて、家族としては娘一人しか抱えていない。しかし、金銭問題で何の心配もないというわけではない。『ハーディングの教会音楽』の子牛皮紙と金箔には、著者と出版者とセオフィラス・グラントリー師——どんな浪費も見逃さない婿——以外に誰にも知られていなかったけれど、莫大なお金がかかった。ハーディング氏は娘にも気前がいい。娘のためには小さな馬車と一組のポニーを揃えている。彼は何ごとにおいても気前がいいが、特別庇護下にある十二人の収容者には気前がいい。年八百ポンドの収入があれば、俗にいう並み以上の生活をハーディング氏がしていることは疑いない。しかし、大執事セオフィラス・グラントリーより上ではない。音楽監督の金銭上のやりくりを助けてくれたこの婿に、ハーディング氏はいつも多少借金がある。

註

（1）ウェルズはイングランド南西部サマセット州の大聖堂の町。ソールズベリーは南部ウィルトシャーの聖堂の町。エクセターは南西部デボン州の州都。やはり大聖堂がある。ヘレフォードはグロスターの西北に位置する西部ヘレフォードシャーの州都。グロスターはグロスターシャーの州都。ノルマン様式の大聖堂がある。

（2）主教は主教区の精神的監督者だが、聖堂参事会長、聖堂参事会員は聖堂参事会を構成して、聖堂を運営する。

（3）音楽監督は通常参事会長の次に位置する管理職。バーチェスターではこの語は連祷を先唱する聖職者という古い意味で使われている。今日ではこの聖務は通常先唱者代理に委ねられている。

（4）主教を補佐する副主教。

（5）原文は六十二ポンド十一シリング四ペンスとなっているが、半額の年三十六ポンド十シリングが正しい。

（6）ゴシックの影響を受けていないことを正しい趣味と見ている。

（7）ハーディング氏は聖職者の服装としては古風なもので、両極端、すなわち低教会福音主義の「まじめさ」の影響も高教会オックスフォード運動の影響も受けていない。

（8）ヘンリー・パーセル（1658-95）、ウィリアム・クロッチ（1775-1847）、ジェイムズ・ネアズ（1715-83）はイギリス国教会の主要な作曲家。

第二章　バーチェスターの改革者

ハーディング氏がバーチェスターの音楽監督、兼慈善院長になってからもう十年たったが、何ということだろう。再びハイラムの資産収益に関する噂きが耳に聞こえるようになった。だからといって誰もハーディング氏の俸給やお似合いの快適な屋敷をねたんでいたというのではない。ところが、これに類する問題がイギリスの様々な場所で声高に聞こえ始めた。老人の慰藉や若者の教育のため篤志家が遺した財産を、貪欲なイギリス国教会の聖職者がふところいっぱいに貯めこんでいる、と押しの強い政治家が下院で声高に叫んだ。有名な聖クロス慈善院[1]の訴訟が、ちょうど王立裁判所に持ち出されたころであり、ロチェスターの聖堂参事会[2]に対して闘ったホイストン氏[3]の苦闘が、世の共感と支持を集めたころだった。人々はこの種の問題を洗い直すべきだと口にし始めた。

ハーディング院長はこの種のことに関して良心に曇りがなくて、ハイラムの遺言に背くような金は一ポンドももらっていないと思っていたから、友の主教や婿の大執事らと話し合ったとき、当然のことながら教会の側に味方した。大執事のグラントリー博士は、この問題に深くのめり込んでいた。博士はロチェスターの聖堂参事会と個人的に親密な間柄だったから、混乱分子ホイストン氏に関する投書を新聞に出したことがあった。博士を尊敬する人々は、この投書によって問題が沈静化するに違いないと考えた。また、グラントリー博士は聖クロスとギルドフォード伯爵を論じた本の著者——「司祭」[4]という署名の張本人——だと、オックスフォードでは知られていた。その本のなかで大執事は次のように主張した。現在の社会情勢のなかでは、我々は慈善院創設者の遺言を文字通りに実現することは不可能である。創設者が深い関心を寄せた教会の利益をまず優先すべきであり、それには「輝く明かり」[5]、——すなわちキリスト教に著しく奉仕する聖職者——に主教が充分な報酬を与えられるようにする必要があると。これに対する回答があった。聖クロスの創設者ヘンリー・ダ・ブロアは、カトリック教徒だったから、イギリス国教会の福祉についてはつゆ関心を抱いていなかったはずであること、聖クロスの院長、ギルドフォード伯爵は教会に対する奉仕という点で、長年「輝く明かり」なんかではなかったのに莫大な報酬をえてきたこと、が指摘された。しかし、友人たちは、大執事の論理は断固たるものであり、まともな反論は受けていないとして、大執事を強く支持し、これに疑念を差し挟まなかった。

ハーディング院長は、婿のグラントリー博士を主張と良心の両方を支える力の塔、後ろ盾、とした。このような後ろ盾があったから、院長は年四回二百ポンドの報酬をえることに何のためらいも感じなかった。事実、彼は横領問題に自分がかかわるとは考えてもいなかった。この一、二年彼は創設者の遺言や遺産から生まれる収益のことをしばしば聞き、また語ってきた。彼はあるとき、婿の論理に打ち負かされたあと、ギルドフォード卿には聖クロスから入る莫大な収入をふところに入れる資格がほんとうにあるのかと疑った。それから彼自身のつつましい八百ポンドについても、もらいすぎではないのかと疑った。それで十二人の収容者のため、報酬のなかから年三十六ポンド十シリング[6]を自発的に投げ出して、バーチェスター聖堂開設以来、音楽監督には前例のないことを金銭的にやってのけた。こうしてみても心の平安を損なうことはなかったし、良心を乱されることもなかった。

それにもかかわらず、ハーディング院長はバーチェスターに広がりつつある噂には安閑としていられなかった。院長は施設の二人の老人が話しているのを聞いた。もし彼ら収容者が受け取るべき分をきちんと受け取っていれば、一日一シリング六ペンス、年二十七ポンド七シリング六ペンス、というはした金ではなく、年百ポンドにはなって、紳士のように暮らせるはずだった。ハーディング氏とチャドウィック氏が心優しいジョン・ハイラムの遺志を無視しながら、二人だけで何千ポンドもふところに入れているとき、彼ら収容者が二ペンス程度の惨めな施しで感謝する理由はないと。院長はこの忘恩の言葉を聞いて心を痛めた。不満を述べた二人のうちの一人、エイベル・ハンディはハーディング氏のおかげでこの施設に入っていたのだから。ハンディはバーチェスターで石工を営んでいたが、聖堂の仕事に就いていたとき、足場から落ちて腿を骨折した。ハーディング氏はこの事故後に最初に空いた慈善院の欠員をこのハンディで埋めた。しかし、このときグラントリー博士はプラムステッド・エピスコパイ教区にいる、気に入らぬ歯のない教会書記をこの欠員にねじ込みたいとねらっていた。グラントリー博士はこの書記に出て行ってもらう別の方法を思いつかなかったからだ。博士はこの書記ジョー・マターズがこのとき収容されていたら、一日一ポンド六ペンスでどれほど満足したことだろうか、町の過激分子ハンディを施設に入れてしまったことがいかに無分別だったか、その後院長に当てつけることを忘れなかった。おそらくグラントリー博士は、この慈善院が働けなくなった老職人のために創られたものだということを忘れていた。

バーチェスターにジョン・ボールドという名の若い外科医がいた。ハーディング氏もグラントリー博士も、慈善院に現れた有害な謀反の感情と、バーチェスターに再び広まったハイラム資産に関する不快な噂が、このボールドに由来することをよく理解していた。しかし、ハーディング氏とボールドは旧知の間柄、年齢の隔たりを考えると師弟と言ってもいい関係だった。一方、グラントリー博士はこのボールドに対して神聖な恐怖を感じており、音楽監督兼院長との会話のなかでボールドのことを邪悪な煽動家と呼んだことがあった。博士にはハーディング氏よりも用心深く先を見通す眼力があったから、このジョン・ボールドという男が、バーチェスターにとんでもない騒動を引き起こすことになることをすでに見抜いていた。博士はボールドをいずれ敵と見なすようになるから、味方の陣営にこの敵の侵入を許すような甘さがあってはならぬと考えた。ジョン・ボールドが耳目を集めたとき、彼は何者だったのか、なぜジョン・ハイラムの収容者の味方をしたのか、説明しなければならない。

ジョン・ボールドは少年時代のほとんどをバーチェスターですごした。彼の父はロンドンのシティで医者をしながらかなりの富を築くと、バーチェスターの不動産へ投資した。「ウォントリーのドラゴン」という宿屋兼馬車駅はこの父のものであり、ほかにも大通りの四軒の店や、ハイラム慈善院から市の外側に向けて建設された上品な別荘——広告にはそう載っていた——の新しい列の半分も、この父のものだった。老ボールド医師は晩年をすごして死を迎えるため、この別荘の一つに隠居した。息子のジョンは学生時代にはここで休暇をすごし、学校を出てロンドンの病院で外科を学ぶころには、ここでクリスマスの休暇をすごした。ジョン・ボールドが外科医と薬剤師を名乗る資格をえた(7)ころ、老ボールド医師は亡くなった。バーチェスターの資産を息子のジョンに、四つか五つ年上の姉メアリーには三パーセントの利息がつくコンソル公債を遺した。

ジョン・ボールドはバーチェスターに定住して、資産を管理しつつ、怪我のときに助けを求めてくる隣人の診察をしようと決めた。そこで彼は「外科医ジョン・ボールド」と書いた大きな真鍮の看板を掲げると、姉の助けを借りて診療を始めた。これが主教や参事会長や参事会員を相手にすでに生計を立てようとしていた九人の開業医を大いにむくれさせた。このときボールドはせいぜい二十五歳。今はバーチェスターへ来て三年たったが、九人の立派な開業医に損害を与えたという噂は聞いていない。三年で三回しか診療報酬をえなかったので、ほかの医師の心配を払拭していた。

ジョン・ボールドは賢い男だから、経験を積めばいい外科医になっただろうが、違う道を歩き始めた。充分金持ちだったから、その日の食い扶持のために働く必要はなかった。ボールドは開業医といういわゆる骨折り仕事に心血を注ぐことはやめて、別の仕事を見つけた。それでも、彼は見解の一致を装う貧しい階級の人々に、よく傷の手当てを施したり、骨を接いであげたりする。それはボールドが彼らを愛するからだ。他人を正しく判断するには、まず判断するほうの人の意見が極端であってはならない、と私は思う。これがあるから、ジョン・ボールドを煽動家として断罪した大執事が正しいと私は言うことができない。とはいえ、ボールドは根っからの改革者だ。彼は国の悪弊、教会の悪弊、自治体の悪弊、医療の悪弊、広く世間一般の悪弊の改革に情熱を傾ける。（ボールドはバーチェスターの市会議員に選出されると、連続して三人の市長を困らせたから、四人目の市長を見つけるのが難しかったほどだ。）ボールドは人間の過ちを改める――愛国心に満ちた――努力を惜しまない点で誠実であり、悪を正して、不正を食い止める献身的なエネルギーの点で賞賛できる。しかし、改革のため特別な使命があるというような変な思いこみが彼にあることが心配だ。もしこの若者が少しでも気おくれを感じ、もっと他人のまじめな目的を信用することができるなら、古き慣習が必ずしも悪ではなく、変化のほうが危険なのかもしれないと信じることができるなら、もっとよくなるかもしれない。ところが、そうはいかなかった。ボールドは革命家ダントン[8]の熱情とうぬぼれを抱きながら、古い慣習に向かってフランス革命のジャコバン派の激しさで呪いを投げつける。

グラントリー博士がボールドを騒動の火種と見るのも無理はない。バーチェスター聖堂の静かな古い構内の真ん中に落ちてきた火種だ。グラントリー博士なら、親しい人にはボールドを疫病のように避けさせることだろう。しかし、故ボールド医師とハーディング氏は固い友情で結ばれていた。若き日のジョン・ボールドはハーディング氏の庭で少年らしく遊んだものだ。この少年は音楽監督の奏でる神聖な旋律にうっとりと聞き入ったから、演奏者の心を幾度とらえたかわからなかった。ほんとうのことを言ってしまうと、ボールドはこの当時から敷地内のもう一つの心もとらえていた。

エレナー・ハーディングは、ジョン・ボールドと結婚の約束をしたわけではなかった。若い改革者が彼女にとってどれほど愛しい存在であるかも、おそらくまだ本人にはわかっていなかった。しかし、彼女はほかの人がボールドの悪口を言うのには堪えられなかった。義兄の大執事が彼の悪口を言って大騒ぎをしたとき、エレナーはボールドを弁護する勇気がなかった。この娘は父がそうであるように大執事をいくらか恐れていたからだ。エレナーは大執事をひどく嫌いになり始めていた。大執事が政治的な意見の違いだけで若い友人を追放したのは、不当で思慮に欠けると父に訴えることもあった。ボールドに会えない訪問先には行きたくなかった。事実、エレナーは恋に落ちていた。

ジョン・ボールドがエレナー・ハーディングから愛されたのには、それなりの理由があった。彼はこの若い娘の心をつかむ資質を残さず備えていた。立派な体格と美貌の持ち主であり、勇敢で、熱意にあふれて、面白かった。若くて、進取の気性に富んでいた。性格はあらゆる点ですばらしかった。妻を扶養する充分な収入があり、父の友人であり、とりわけエレナーに恋していた。だから、エレナー・ハーディングがジョン・ボールドを慕ってはならない理由はなかった。

グラントリー博士はアルゴス(9)と同じくらいに多くの目を具えて、長いあいだ風見の役をはたしてきた。博士はエレナーがボールドに恋してはならない理由をたくさん見ていた。しかし、この件を義父に話すのは、まだ賢明ではないと考えた。ハーディング氏がエレナーのこととなると愚かなほど甘いことを知っていたから。しかし、プラムステッド・エピスコパイのカーテンで仕切られたあの神聖なベッドのなかでは、大執事はすでに全幅の信頼を置く妻とこの問題を議論していた。

大執事はこの神聖な仕切りのなかで、どれほど心地よい慰めを、どれほど価値ある助言を、妻から受け取ってきたことか！　大執事が教会の高い台座から降りて、普通の人のレベルでくつろげるのは、この仕切りのなかだけだ。グラントリー博士はこのときにしか大執事にふさわしい振る舞い――それがよく似合っている――から脱皮することはない。このときを除くと、彼は現代の主教の柔らかい物腰と古代の聖人の尊厳とを兼ね備えながら、いつも変わらず、いつも大執事を演じている。ホメロスのように居眠りなんかしない(10)。大執事は義父といるときも、主教や参事会長といるときも、朗々とした口調と誇り高い態度を崩さないのだ。彼はバーチェスターの若者たちに畏怖の念を抱かせ、プラムステッド・エピスコパイ教区を独裁的に牛耳る。しかし、新しいショベル帽(11)を脱いで、房飾りのついたナイトキャップに代えるとき、輝く黒の正装を脱いで、いつもの寝巻きに着替えるとき、そのときに初めてグラントリー博士は普通の人のように見え、考え、喋る。

偉大な高位聖職者の妻は、その立場上いったいどれほど厳しい信仰上の試練に堪えなければならないのかと、私は考えることがある。高位聖職者は、聖パウロの化身のようなもの。その足取りはまさしく生きた説教であり、その清潔で地味な服装は信頼と服従を呼び覚まし、その主徳、公正、分別、節制、堅忍など、は神聖な帽子の回りを飛び交うように見える。教団の服装を着た大主教や参事会長は、私たちの尊敬を当然のように受け取り、飾り立てた主教は、私たちの魂を畏敬の念で満たす。では、主教の正装である前垂れをつけていない主教とか、だらしない普段着の大執事とか、を目の当たりにする妻の胸のなかでは、この尊敬の感情はいったいどのように永続するのだろうか？

敬愛できる神聖な人がいるとしよう。その人の前では思わず声が小さくなり、足取りがしなやかになってしまうような人だ。しかし、一度でもそういう人が毛布とシーツのあいだで背伸びをしたり、大きな欠伸をしたり、顔を枕に埋めたりするのを見れば、医者や弁護士の前でしゃべるようにその人の前でもぺらぺらとおしゃべりができるようになるだろう。おそらくこういうふうにして妻がおしゃべりするようになり、大執事は妻から助言を受けるようになったのだろう。しかし、彼は人みなに助言を与える資格がむしろ自分のほうにあると思っていた。

「ねえ、おまえ」と大執事はナイトキャップの襞を調節しながら言った。「今日もまたあのジョン・ボールドが義父さんのところにいたよ。そんなことを許している義父さんは、とても軽率だと言わなくてはならないな」

「父さんは軽率ですわ、いつもね」とグラントリー夫人は毛布の下から答えた。「何も今始まったことではありませんわ」

「そう、おまえ、何も新しいことじゃない、わかっているよ。しかし、問題が起きている今の時点でそのような軽率さは――ねえちょっと聞いているのかい。義父さんは自分のことに気をつけないと、ジョン・ボールドはエレナーと駆け落ちしてしまうよ」

「父さんが注意していようといまいと、ボールドは駆け落ちすると思いますわ。それでいいじゃないですか」

「いいじゃない、って！」と大執事はほとんど金切り声を上げると、ナイトキャップを荒々しく鼻まで引っ張り降ろした。「いいじゃない、って！――あの有害な、出しゃばりの、成り上がりのジョン・ボールド――私が出会ったもっとも下品な若造！　奴が義父さんの問題に差し出がましく干渉したのを知っているのかい？　まったく――」大執事はボールドを傷つける有効な罵りの言葉が見つからなかったから、「何たること！」とつぶやくと悪口を終えた。主教区の聖職者会議でなら、これで非常に効果をあげることができただろう。このときはベッドのなかにいるのを忘れていた。

「ボールドさんの下品な点については、大執事」――グラントリー夫人は夫に呼びかけるとき、これ以上なれなれしい言葉を使ったことがなかった――「私はあなたと同じ考えではありません。ボールドさんはうぬぼれの強い人ですから、私は好きじゃありません。でも、エレナーは好きなのです。もし二人が結婚すれば、父さんにはいちばんいいと思いますわ。ボールドが父さんの義理の子になるなら、ハイラム慈善院のことでボールドがやきもきすることはなくなるからです」そう言うとグラントリー夫人は毛布の下で背を向けた。夫はこの所作の意味をよく知っていた。夫人に関する限りこの話題は今日はこれで終わり、と言葉で言うのと同じことだった。

「何たること！」と博士はもう一度つぶやいた。明らかに困惑していた。

グラントリー博士は決して悪い男ではなかった。彼はまさしく受けてきた教育によって作り出された人物であり、大執事という地位でやっていくには充分な知性を備えていた。しかし、それよりも上へ昇進するほど優れてはいなかった。彼は副牧師を超えるレベルの教区牧師の義務を、厳格な堅実さでこなしたけれど、やはり彼が輝くのは大執事としてだった。

一般的に見ると、主教か大執事か、どちらかが冗職だと考えられる。主教が働くところでは大執事はほとんど何もすることがない。逆もまた真だ。バーチェスター主教区では、大執事が働く。グラントリー博士はその職にあって勤勉で、権威を保ち、友人たちの自慢になるほど賢明だ。大きな欠点は、所属教団の美点と主張に驕慢な自信を持っていること。弱点は、威厳と雄弁にも同じように強い自信を持っていることだ。大執事は道徳的な人であり、教える教訓を信じ、教えにかなうよう行動していると信じる。しかし、大執事が外套を奪った相手に上着をも与えるような人[12]だとは言えないし、弟を七度許すことができるような人[13]だとも言うことができない。彼は教会に入るお金の取り立ての点でも厳格であり、この手ぬるさが教会の安全を危険にさらすと考える。大執事はもし思い通りにできるなら、個々の教会改革者だけでなく、教会収益の流用を指弾しそうな委員会や会議をみな闇と破滅に投げ込んだことだろう。

「教会には収入がある。それは平信徒も認めている。当然教会はみずからの収入を管理することができる」バーチェスターとか、オックスフォード[14]とかで、ジョン・ラッセル卿[15]やほかの人々の神聖冒涜が議論されたとき、大執事はこう主張した。グラントリー博士がジョン・ボールドを嫌ったのも、ボールドのような男と親戚になれという妻の提案に困惑したのも、不思議ではなかった。グラントリー博士を正当に評価するなら、彼が勇気に満ちていることには疑問の余地がなかった。彼はどの戦場でも、どの武器ででも、進んで敵と渡り合う気でいた。敵との公正な戦いが保証されれば、勝利は確実だとの信念を議論のなかで見せた。グラントリー博士は、ジョン・ボールドが実際に慈善院収益の横領を証明できるとは思わなかった。それなら、なぜこんな不利な条件でこんな奴との和解が模索されなければならないのか？　何たること！　何たること！　教会の敵、不敬のやからを大執事の義理の妹、高位聖職者の娘で買収するとは、何たること！　この娘はバーチェスター主教区や聖堂参事会とは親密な関係にあって、聖職者——教会の神聖な富に恵まれた人——を伴侶として選ぶ権利を有する娘なのだ。グラントリー博士が教会の敵だ、不敬のやからだと人を叱責するとき、それはたんにその人の教会の教義に対する信仰の欠如を批判するだけではなく、金銭問題で教会の純粋性を疑う、その人の等しく危険な懐疑主義についても非難している。

グラントリー夫人は教団の要求には普通耳を傾ける。教会を守る論調に関しては、夫とほとんど意見が一致している。では、今度の場合夫人が進んで敵に屈服するというのは、何と奇妙なことだろう！　大執事は夫人のそばに横たわりながら「何たること！」と再びつぶやくけれど、彼にだけ聞こえる声でつぶやくほかはない。眠りに落ちて、深い思考から解放されるまで、彼は繰り返しそれをつぶやいている。

ハーディング氏は、娘がジョン・ボールドを愛するのにはそれなりに理由があると思った。娘の気持ちは把握していた。彼はボールドが慈善院のことで担おうとしている役割を憂慮した。とはいえ、その憂慮はおそらく父が娘と別れなければならないか、あるいは娘が恋人と別れなければならないか、そういう別れの恐怖から生じていた。父はこれまで恋人のことで娘と話したことはなかった。娘が相手でも、相談されもしない話題にふれるような父ではなかった。もしボールドを非とする根拠があると思ったら、父は娘を彼から引き離すか、彼が家へ入って来るのを禁じるか、そのどちらかを選んでいただろう。しかし、ボールドを非とする根拠は見当たらなかった。ハーディング氏も教団に愛着を抱いていたから、婿としては大執事に続いて二番目も聖職者であってほしかった。聖職者に娘を嫁がせることができないとしても、少なくとも婿が教会の問題を自分と同じように考えてくれることを望んだ。とはいえ、意見が違うからといって、父は娘の恋人を拒絶するつもりはなかった。

これまでのところ、ボールドはハーディング氏を悩ませる問題に何も着手していなかった。数か月前、かなりの金をつぎ込んだ厳しい訴訟のあと、ボールドは近所の通行税取立て門の老婆に勝利した。その税の不当な請求について別の老婆から苦情が寄せられていた。ボールドは税の取立て委託に関する国会の法令を手に入れると、被後見人がやはり不当に課税されていることがわかった。彼は自分で通行税取立て門を馬で通り、通行税を払い、その門番を訴えた。それから、ある脇道から来て別の脇道へ行く者は、税の対象となる本道を通っていないから無料だと証明した。ボールドは成功の名声を勝ちえて、バーチェスターの貧しい人々の権利の擁護者と見なされ始めた。この成功のあと、まもなく別の方面からある噂を聞いた。老収容者が事実上の相続人となるハイラムの資産価値は非常に高いのに、彼らが貧民のように扱われているという噂だった。ボールドは通行税取立て門の件で雇った弁護士からそそのかされて、ハイラム慈善院の資産に関する明細書をチャドウィック氏に要求した。

ボールドは、友の音楽監督と語り合ったとき、教会資産の横領一般についてしばしば怒りを表わしていた。そのときの会話はバーチェスターにかかわる問題ではなかった。弁護士のフィニーから慈善院に干渉するよう仕向けられたとき、ボールドが力を向けたのは管財人のチャドウィック氏に対してだった。管財人に干渉したなら、結局慈善院長としてのハーディング氏にも干渉しなければならないことをボールドはまもなく知った。嫌な状況に巻き込まれてしまったことを後悔したけれど、引き受けた仕事を個人的な動機で放棄するような男ではなかった。

ボールドはこの問題への着手を決めると、すぐいつもの活力で仕事に取りかかった。ジョン・ハイラムの遺書の写しを手に入れ、その一言一句に精通した。ボールドは資産の範囲を確かめて、可能な限りその価値を確定し、わかる範囲で収益の現在の配分表を作成した。これらの事項を武器として、告知後チャドウィック氏を訪問すると、過去二十五年間の慈善院の収入と支出の明細書を求めた。

これは当然拒否された。というのは、チャドウィック氏は自分がただお金をもらって資産を管理する使用人にすぎないと述べ、資産の事柄を公にする権限が自分にはないと申し立てた。

「では、誰があなたにその権限を付与しているのですか、チャドウィックさん」とボールドは尋ねた。

「私を雇っている方々ですよ、ボールドさん」と管財人。

「では、その方々はどなたですか、チャドウィックさん」とボールドは詰問した。

チャドウィック氏は、失礼ですがこの質問がたんに好奇心から出たものなら、それに答えることはお断りしなければならない、もしボールドさんが将来の手続きを視野に入れているのなら、必要な情報は弁護士を通して職業的なやり方で求めるのが望ましいと言った。チャドウィック氏の弁護士は、リンカンズインのコックスとカミンズ弁護士事務所だった。ボールド氏はコックスとカミンズの住所を書き写したあと、この時期の天気にしては寒いですねと言うと、チャドウィック氏にさよならの挨拶をした。チャドウィック氏は六月にしては寒いですねと答えると、お辞儀をして相手を送り出した。

ボールドはすぐ弁護士フィニーのところへ行った。ところで、ボールドはこの弁護士があまり好きではなかった。しかし、彼の言い分によると、法律の慣例を知っており、お金で言うことを聞いてくれる人がただ必要だったのだ。弁護士の手にすべてを委ねることなんか考えていなかった。自分でうまくやれなかったから、仕立屋から上着をもらうように弁護士から法律を教えてもらわなければならない。フィニーがバーチェスターではこの目的にいちばんかなう男だと考えた。ある意味で、ボールドは正しかった。というのは、フィニーは謙虚だったから。

フィニーはコックスとカミンズ弁護士事務所にただちに手紙を出すように彼に忠告した。手数料の六シリング八ペンス(16)を忘れないようにと言った。「即座にぴしゃりと送りなさい、ボールドさん。断固はっきりと慈善院の完全な明細書を要求しなさい」

「まずハーディングさんに会ってみるとしたら、どうでしょう」とボールドは提案した。

「もちろん、よろしいですよ」フィニーは異議を唱えなかった。「ハーディングさんは実務に向いていないので、つまらぬ困難に突き当たるかもしれませんが、おそらくあなたは正しいんです。ボールドさん、ハーディングさんに会っても何の害もないでしょう」フィニーはボールド氏が思い通りにすることをその表情から見抜いていた。

## 註

（1）ヘンリー・ダ・ブロアが一一五七年にウィンチェスターに創設した私設慈善院で、トロロープの時代に収益横領がスキャンダルとなった。フランシス・ノース師すなわち第五代ギルフォード（Guilford）伯爵はこの慈善院長職とウィンチェスターの聖堂参事会員禄と二つの教会禄――同時にこれらを所有する資格はなかった――から一八〇八年以降総額三十万ポンド以上をえたと推定された。トロロープは名前を一貫してGuildfordと綴り間違えている。

（2）ロンドンの東南東、ケント州のメドウェイ川河口の町。

（3）ロバート・ホイストンはロチェスター聖堂グラマースクールの校長（1842-77）で、*Cathedral Trusts and Their Fulfilment*（1849）の著者である。ホイストンは学校と学者の擁護者であり、管財人であったロチェスターの聖堂参事会長と参事会に対して闘った。

（4）“*Sacerdos*”

（5）「ヨハネによる福音書」第五章第三十五節に「ヨハネは燃えて輝くあかりであった」とある。

（6）原文は六十二ポンド十一シリングと四ペンスとなっているが、第一章で指摘したとおり三十六ポンド十シリングが正しい。

（7）外科医学会員、薬剤師免許所有者協会員として医者を開業でき、また薬品も調剤できる一般開業医資格。

（8）フランス革命の政治家ジョルジュ・ジャック・ダントン(1759-94)。

（9）百の目を持つギリシア神話の人物。

（10）「ホメロスも居眠りする［しくじる］ことがある」ということわざがある。
（11）イギリス国教会の高位聖職者が被るふちを折り返した硬く広いつばのある帽子。
（12）「マタイによる福音書」第五章第四十節に「下着を取ろうとする者には上着をも与えなさい」とある。
（13）「マタイによる福音書」第十八章第二十二節に「七たびを七十倍するまで」人を許しなさいとある。
（14）イギリス国教会高教会派の精神的本拠地。教会の財産と特権を国の干渉から護ろうとした。
（15）ジョン・ラッセル卿はホイッグ党首相（1846-52）（1865-66）で、教会改革を断行した。
（16）一ポンドの三分の一で、法律家の手数料の最低基準だった。

# 第三章　バーチェスター主教

ボールドはすぐ慈善院へ向かった。午後もかなり遅くなっていた。ハーディング氏が夏のあいだは四時に食事をすること、エレナーが夕方馬車で外出する習慣があることから、おそらくハーディング氏が一人でいるところを見つけられるとわかっていた。若者が音楽監督の庭に通じる鉄の門に着いたのは、七時と八時のあいだだった。チャドウィック氏が言ったように、その日は六月にしては寒かったが、夕方は穏やかで心地よかった。その小さな門は開いていた。ボールドが掛け金をあげたとき、庭の向こうからビオロンチェロの音色が聞こえてきた。家の前の芝生を横切って進んでいくと、ハーディング氏が演奏しているのが見えた。かなりの聴衆がいた。演奏者はあずまやのなかの庭園用の椅子に座ると、ビオロンチェロを乾いた石の床にすえ、膝のあいだに挟んでいた。作りかけの譜面台がハーディング氏の前に立てられており、その台にはあの神聖な本、つまり多額のお金がかけられて、多くの労力と愛情が注ぎこまれた教会音楽の本が開かれていた。そのまわりには、ジョン・ハイラムの屋根の下でハーディング氏とともに住んでいる十二人のうち、十人の老人が座ったり、横になったり、立ったり、寄りかかったりしていた。改革派の二人はそこにはいなかった。その二人が温厚な院長に対して何か悪いことをしたとか、これから悪いことを企んでいるとか、そう意識したかどうかわからなかった。けれども、二人は最近院長から距離をおいており、もはや院長の音楽を趣味に合わないものと思っていた。

恵まれた老人たちが熱心に演奏を聞く顔や姿勢は見ていて愉快だった。老人たちみなが音楽を理解しているとは言えなかったけれど、集中して、理解するように見せていた。老人たちは今の状態に満足していたので、おかえしに力の限り喜びを表現しようとしていた。音楽監督は恍惚の喜びをもたらす――と信じている――曲を、だいじな収容者が賞賛してくれるのが嬉しかった。慈善院の雰囲気はすばらしくて、聖セシリア(1)の崇拝にとくにふさわしい場所だと監督はよく自慢した。

一人の老人が、あずまやのまわりにすえられたベンチのはしっこ、音楽監督のすぐ前で、膝の上にハンカチを広げて座っていた。老人はその瞬間をとても楽しんでいたか、あるいは楽しそうに振舞っていた。八十をすぎていたけれど、歳月がほとんど影響を及ぼしていない大きな体躯、まっすぐな背筋、頑丈な体、美しい顔の持ち主だった。広く重厚な額をして、額のまわりにほんの少し灰色の巻き毛を見せていた。慈善院の粗末な黒いガウンと半ズボン、尾錠のついた靴がとてもよく似合っていた。老人は両手を杖の上に重ねて置くと、その両手の上に顎を乗せて座り、たいていの演奏家が歓迎したい聞き手になっていた。

この老人は確かに慈善院の誇りだった。一人の老人が選ばれて、他の老人たちに対してある程度権威を持つのが慈善院の慣例となっていた。バンス氏――これがその老人の名前だ――は仲間からいつも代表に指名されたものの、仲間よりも多く給付金をもらうわけではなかった。しかし、老人はその地位の威厳を保つ仕方をよくわきまえて、代表の役柄を引き受けていた。音楽監督は喜んでこの老人を副院長と呼んだうえ、ときどきほかに客がいないときには恥じることなく応接間の暖炉のそばに座らせると、間近に置いたポートワインをグラスに満たして飲ませた。バンスは必ず二杯までは飲んだけれど、どんなに懇願しても三杯目を飲もうとはしなかった。

「うん、うん、ハーディングさん。あなたはとてもすばらしい。すばらしい」と、二杯目が満たされたとき、老人はいつも言った。それを飲んでしまったり、三十分がすぎたりすると、バンスはまっ直ぐ立ちあがると、祝福して――院長はそれをありがたく思った――自分の部屋へ戻った。バンスは世間を知りすぎていたから、このように楽しい瞬間を不快になるまで引き伸ばして、だいなしにしたくなかったのだ。

バンス氏は、ご想像できるだろうが、革新的なものには強く反発した。大執事のグラントリー博士でさえも、慈善院の問題に干渉する者への神聖な恐怖の点で、バンス氏に及ばなかった。バンス氏は正真正銘の国教会信徒だった。この老人はグラントリー博士を個人的にあまり好きになれなかったけれど、それは感情的な行き違いが原因というよりもむしろ、博士とこの老人のようによく似たタイプの人間を慈善院に二人も入れる余地がないことが原因だった。バンスは大執事の援助なんかなくても、院長と自分の二人だけで慈善院を運営することができると思いたかった。主教は公式に認められた監察官であり、ジョン・ハイラムの遺言にかかわる全員の特別な敬意をえる資格があったけれど、ハイラムが大執事なんかに施設の問題で口出しさせるつもりはなかったとバンスは思っていた。

しかし、バンス氏は今これらの心配を忘れて、演奏する院長を見つめながら、音楽は天上のもののように、演奏者もそれに劣らないもののように感じていた。

ボールドが静かに芝生の上を歩いて行ったとき、ハーディング氏は最初それに気づかないまま、弓を弦と直角にゆっくりと悲しげに引き続けた。ところが、聴衆のなかに場違いな人がいるのをすぐ見つけると、顔を上げて、率直に若い友人を歓迎した。

「ハーディングさん、演奏のお邪魔をしたくありません」とボールドは言った。「ぼくがどんなに神聖な音楽を愛しているかご存知でしょう」

「いえ、いいんですよ」と音楽監督は言うと、楽譜を閉じたが、友のバンスの魅力的な懇願の表情を見て、再び楽譜を開いた。ああ、バンス、バンス、バンス、あなたは結局お世辞上手なのだ。「じゃあ、もう少し演奏してから。主教のお気に入りの曲なんです。曲が終わったら、ボールドさん、エレナーが帰ってきてお茶を入れてくれるまで、散歩しながらお喋りしましょう」ボールドは柔らかい芝地の上に腰を下ろすと、演奏の続きを聞いた。心のなかでは、こんなにすばらしい調和のあとに、いったいどうしたら不調和な話題を切り出すことができるかと考えていた。結局親切に迎えてくれた人の平安を乱すことになるだろう。

ボールドは難しい任務をはたさなければならないと思っていたから、演奏がすぐ終わってしまったように感じた。老人たちがお別れの挨拶を一人ずつゆっくりとしていたけれど、ボールドは最後の老人の挨拶が終わるのを残念に思った。

音楽監督が友の友好的な訪問に対していつもの優しい言葉を述べたとき、ボールドの胸中にはかなりの動揺があった。

「夕方一度の訪問は」と音楽監督は言った。「朝の十度の訪問に匹敵しますね。朝の訪問はまったく形式的なものです。社交の会話がほんとうにできるのはディナーのあとです。夕方の訪問で出来るだけたくさんの収穫をえるため、私はディナーを早く食べるんです」

「その通りですね、ハーディングさん」と若者は言った。「残念ながら、ぼくは順序を逆にしてしまったようです。こんな時間に仕事の話をして、あなたにご迷惑をかけることをお許しください。仕事なのですよ、この訪問は」

ハーディング氏はぽかんとした当惑の表情をした。若い男の声の調子で話の内容が不愉快なものになりそうなのを感じ取ったから。親切な挨拶がこんなふうにしっぺ返しをされたので、音楽監督はひるんだ。

「慈善院のことでお話をしたいのです」とボールドは続けた。

「ええ、ええ、私がお話できることならなんでも、喜んで――」

「院の会計のことなのです」

「じゃあ、君、私は何も言うことはありません。それについては子供同様に無知なんです。毎年八百ポンドを受け取っているということしかわかりませんね。チャドウィックさんのところへ行ってください。あの人なら会計について残らず知っています。ところで教えてください。メアリー・ジョーンズはまた足を使えるようになりますかね?」

「はい、注意さえすればまた使えるようになると思います。けれども、ハーディングさん、慈善院の件でぼくが言わなければならないことについて、議論を避けないようにお願いします」

ハーディング氏は深く長い溜息をついた。確かに回避したかった。ジョン・ボールドとこのような問題で議論するのがとても嫌だった。しかし、院長はチャドウィック氏のように事務的な機転を持ち合わせなかったから、近づいてくる邪悪なものを逃れるすべを知らなかった。悲しげに溜息をついたけれど、何も答えなかった。

「ぼくはあなたをとても尊敬しています、ハーディングさん」とボールドは続けた。「ほんとうに尊敬し、心の底から――」

「ありがとう、ありがとう、ボールドさん」と、苛立った音楽監督は口を挟んだ。「たいへんありがとう。でもね、気にしないでください。私もほかの人と同じように過ちに陥りやすい人間です。まったくほかの人と同じように」

「けれども、ハーディングさん、ぼくがこれからしようとしていることに、個人的な敵意が含まれていると思われてはいけませんから、ぼくが思っていることをはっきりと言っておきます」

「個人的な敵意ですって！　しようとしていることですって！　喉頸を掻き切ろうとか、宗教裁判所にでも突き出そうとか、そういうことを私にしようとしているわけではないでしょう」

ボールドは笑おうとしたが、笑えなかった。とても真剣に取り組んできて、方針を決めた問題を冗談にすることなんかできなかった。若者はしばらく黙って歩いたあと、攻撃を再開した。一方ハーディング氏は片手に弓を持ったまま、想像上のチェロを忙しく弾いていた。「残念ながらハーディングさん、ジョン・ハイラムの遺言が文字通りに実現されているとは思えない根拠があるのです」と若者はついに言った。「ぼくはそれを調査するよう依頼されました」

「なるほど、調査に異存はありません。この件では、私たちはもう話す必要はありませんね」

「もう一言、言わせてください、ハーディングさん。チャドウィックさんはコックスとカミンズの名をあげました。ぼくは慈善院について彼ら弁護士の所信を問いただす必要があると思っています。ぼくがしようとしていることで、あなたは干渉されているように感じるかもしれませんが、それを許してくださるようお願いします」

「ボールドさん」と、相手はチェロの演奏をやめると、いくぶん厳粛に言った。「もし君が正しく振る舞って、この問題のことでほんとうのことだけを喋り、目的を実現するのに不正な手段を使わなければ、許すとか、許さないとか、そういう問題は生じません。私には慈善院から報酬を受け取る資格がなくて、ほかの人々に資格があると君は思っておられるようですね。私は意見や利害の対立があるからといって、人がどう考えようとね、君が下賤な動機を持っているとなんか考えたりしません。君が義務と思っていることをどうぞなさってください。私は手助けすることも、邪魔することもしません。でもね、ちょっと言わせてもらうと、私たちのあいだで議論しても、君も私も、それぞれの考えを前進させることはできないように思えます。エレナーとポニーが帰ってきました。入ってお茶にしましょう」

しかし、ボールドはこのやりとりのあとでハーディング父娘とくつろいで同席することはできないと感じると、とてもぎこちなく暇乞いをして立ち去った。彼は帽子をあげてお辞儀をしながら、エレナーとポニーの椅子のそばを通りすぎて、突然の彼の退散に驚いてがっかりするエレナーをその場に置き去りにした。

ボールドはこのときのハーディング氏の態度から、氏が院長としてしっかりとした基盤の上に立ち、確信に満ちていることを痛感した。それで、正しい尊敬すべき男の個人的な事情に、自分が正当な根拠もなく干渉しようとしていることを思い知った。ところが、ハーディング氏も自分の考え方に決して満足していなかった。

ハーディング氏は当初エレナーのためボールドを好意的に見よう、好きになろうと思ったが、相手の横柄な態度に嫌悪を感じるほかなかった。いったい何の権利があってボールドは、ジョン・ハイラムの遺言が公正に実現されていないなんて言ったのだろうか。しかし、このときハーディング氏の心に疑念が浮かんだ――遺言はほんとうに公正に実現されているのだろうか？　慈善院は十二人の老人の利益のため作られたのに、老人たちの取り分を合わせたよりも多額の金を、院長が遺産から受け取れるように、ジョン・ハイラムは意図したのだろうか？　ジョン・ボールドが正しいとしたら？　尊敬すべき慈善院長がこの十年間かそれ以上、普通法上も、衡平法上も、他人の収入の不正な受給者になっていたとしたら？　とても幸せで、穏やかで、尊敬される生活を送っている院長が、自分に何の権利もない、返済することもできない八千ポンドを横領したことが白日のもとに暴かれたとしたら、どうなるのだろうか？　事情はそういうことだったのかと、院長がこのとき思い至ったとは断言できない。しかし、今院長は疑念の最初の影を胸によぎらせた。この夜から私たちの善良で、親切で、愛すべき慈善院長は、長きに渡って幸せも、安らぎも、失ってしまった。

ハーディング氏は座ってお茶を飲んでいたが、こういう心配やひどい苦悩の先触れによって胸を圧迫され、放心状態に陥った。哀れなエレナーは何事もうまくいっていないと感じながら、昨晩のいやな思いの原因が恋人とその突然の無作法な退出にあると、そればかり考えていた。ボールドと父のあいだに口論があったに違いないと思うと、二人に対して怒りのようなものを感じたが、なぜ自分が怒っているのか考えて見ようとはしなかった。

ハーディング氏は寝ても覚めても院長報酬の問題を真剣に考えた。横になっても眠れないまま、受け取った報酬の妥当性について自問自答した。このような立場に置かれたことを不運と感じたけれど、最初に院長就任を拒絶すべきだったとか、就任後に報酬を拒絶すべきだったとか、そういう点で彼が後ろ指を指されることがないのは、はっきりしていた。世界では――イギリス国教会に限定した聖職者の世界のことだ――バーチェスター慈善院長の職が、快適な閑職だと一般に知られていたが、その職を引き受けたことで非難された者は、これまで一人もいなかった。逆に院長職を拒絶したとしたら、どれほど非難を受けたことだろう。院長職が空いてハーディング氏に就任の要請があったとき、ジョン・ハイラムの遺産から年八百ポンドを受け取ることに問題があるとか、誰か知らない人にその金はあげたほうがよいとか、そういうことを彼が言い出したとしたら、どれだけ頭がおかしい人と人に思われたことだろう。グラントリー博士なら賢い頭を横に振ってから、狂気に見舞われた院長候補の収容先を構内の友人と相談したことだろう。院長職を受け入れることが正しかったとするなら、その職に付随する報酬の一部を拒否するというのは、明らかに正しくなかった。主教はその地位の重要な力の一部として任命権を握っていた。任命された彼は、授けられた栄誉ある職の価値を高めることを義務とした。彼は所属の教団を支えることを義務とした。

一見筋が通ったように見えるこれらの議論が、彼にはどういうわけか満足できなかった。ジョン・ハイラムの遺志は、ほんとうに公正に実現されているのか。これこそが真の問題だった。もし正しく実現されていなければ、たとえ教団に被害が及んだとしても、主教や友人たちから悪く思われたとしても、遺志が正しく実現されるように取りはからうのが、彼の特別な使命ではなかったか。友人たちのことを考えたとき、心は不幸にも婿の大執事のほうへ向かった。もしこの一件を大執事に委ねて、戦いを任せたなら、院長は大執事からどれほどしっかり支えられるかわかっていた。しかし、同時にそこからは、疑念に対する共感や、親しげな愛情や、胸中の安らぎは期待できないことも理解していた。大執事グラントリー博士は、教会の無誤謬性を守るという――あまり好ましくない――理由から、戦う教会を代表して、喜んであらゆる敵に棍棒を振るう用意があった。ハーディング氏はこのような闘いが疑念そのものを解いてくれるとは思えなかった。彼は正しいと人から認めてもらうより、むしろ彼自身が正しくありたいと考えるタイプの人だった。

前にも言ったが、グラントリー博士は主教区の働き者であり、父の主教のほうが怠け者の部類に属していた。実際そうだった。主教は決して活動的な人ではなかったけれど、知人みなから好かれていた。主教は息子とは対照的な性格の、人当たりのいい、親切な老人であり、権威主義的な脅しや主教らしい衒いの態度を見せることがなかった。主教は若いころにできなかったこと、七十歳をすぎた今ではまったくできそうもないこと、それらを息子の大執事が人生の早いうちからうまくやれるのを、彼の立場上都合よく思っていた。主教は主教区の聖職者のもてなし方、禄付牧師の妻との世間話の仕方、副牧師の落ち着かせ方は心得ていた。とはいえ、彼らの教義や生活上の手に負えない部分を処理するには、大執事の強い力を必要とした。

主教とハーディング氏は温かく敬愛し合っていた。二人はともに年を取りつつ、ともに聖職者として仕事と会話に長い歳月をすごしてきた。一方が主教になり、一方がただの準参事会員でも、二人は同じ気持ちでいた。彼らの子供が結婚して、ハーディング氏が音楽監督兼院長になってから、二人は互いにもっとも重要な存在になっていた。彼らが二人で主教区を管理していたとはとても言えない。じつは実際に主教区を管理する大執事のことを議論して、多くの時間をすごしてきた。教会の職務怠慢者に対する大執事の激怒を和らげる計画や、教会の支配を熱望する大執事の気持ちをなだめる計画を立てただけだった。

ハーディング氏は古い友に心を開き、悩みを告白しようと決心すると、ジョン・ボールドが無作法な訪問をした翌朝、主教のもとを訪れた。

主教は慈善院を相手取った容赦ない法的手続きの噂を、これまで耳にしたことがなかった。しかし、静かで上品なバーチェスター市でも、主教は時々特殊な不道徳や不名誉な混乱の噂を聞くことがあった。年八百ポンドの閑職に聖職者を推薦する主教の権能について、疑問を抱く人がいるという噂は、おそらく耳に入っていたことだろう。けれども、このような場面で、主教はただ予想される行動を取るだけ、つまり首を横に振って、教会に被害が及ばないように息子という偉大な実力者に処理を請うだけだった。

主教はハーディング氏の悩みがわかるまで、長い話を聞かなければならなかった。しかし、その話をたどる必要はない。主教は初めただ一つ方策、ただ一つの治療薬、彼の薬局全体でこのように重大な疾患に充分な効能を持つただ一つの薬を選んだ。やはり主教は大執事を処方した。ハーディング氏がボールドの訪問について話したとき、主教は「ボールドのことは大執事に相談しなさい」と繰り返した。友がボールドの主張の正当性をためらいながら話したときも、主教は「その件は大執事が手当してくれるだろう。誰よりもそういうことをよく研究しているから」と優しく言った。その薬は多量だったから、患者の苦痛を沈めたというよりも、むしろ吐き気を催させてしまった。

「でもね、主教、ジョン・ハイラムの遺言をあなたは読んだことがあるんですか？」とハーディング氏が聞いた。

主教はその座に叙任された三十五年前におそらく読んだことがあると思ったものの、はっきりと答えられなかった。しかし、主教は慈善院長を推薦する絶対的な権能を有すること、院長の報酬が定期的に定められていることをよく知っていた。

「でもね、主教、問題は誰が院長の報酬を定めるかということです。もしこのジョン・ボールドが言うように、遺言で資産の収益が取り分に分割されるように規定されているのなら、いったい誰がその規定を改める力を持つのですか？」主教は時の経過とともに規定が変わっていったのだろうとか、教会のある種の制限規則が、資産価値の増加から生じる収入の増加分を十二人の収容者にそのまま与えることを邪魔しているのだろうとか、そういう漠然とした考えを述べた。主教は何か伝統といったようなことにもふれると、現在の取り決めを業務上確認している多数の法律家に言及した。さらに、禄を受ける聖職者と、慈善施設に頼るしかない収容者とのあいだの身分と収入の違いを維持する妥当性についても踏みこんで詳しく述べた。そして、もう一度大執事に相談するように勧めて議論を締めくくった。

音楽監督は思いに沈んで座り、暖炉の火を見つめながら、友の親切な論理に耳を傾けた。主教の言葉から何となく慰めを感じたが、永続的な慰めをえることはできなかった。ハーディング氏は主教の言葉のおかげで、ほかの多くの人から――確かに教団の全員から――正しいと思ってもらえると感じたけれど、ほんとうに正しいと証明されたとは思えなかった。

二人はしばらく沈黙して座っていたが、ついにハーディング氏が口を開いた。「主教、私はこの問題でとても不幸な思いをしています。それをはっきり言わなかったら、私は私自身とあなたを騙すことになります。もし私がグラントリー博士と同じ意見にならなかったら！　もし調査後にジョン・ボールドが正しく、私が間違っていたとわかったら、どうしたらいいのでしょうか」

二人の老人は互いに間近に座っていた。主教はもう一人の膝に片手を置くと、その手に穏やかに圧力を込めた。ハーディング氏には、手の圧力の意味がよくわかった。主教はほかに提示できるような論拠を持ち合わせていなかった。主教は息子の大執事のように大義のため闘うことはできなかったし、音楽監督の疑念がみな根拠のないものだと証明してみせることもできなかった。しかし、主教は友に同情することはできたし、実際にそうしてみせた。ハーディング氏も求めていたものを受け取ったと感じた。再び沈黙の時間が流れたあと、主教は例になく苛立った強い口調でこの「伝染性の侵略者」――ジョン・ボールド――には、バーチェスターに友人がいるのかと尋ねた。

ハーディング氏は何もかも主教に話す決意をしていた。彼の問題と同じように、じっくりと娘の恋愛の件も話して、ジョン・ボールドを現在の敵と将来の婿という、二重の役回りの演じ手として語るつもりでいた。ハーディング氏にとってまったく不愉快な話だったが、話すなら今がその時だった。

「ボールドは私の家とは親密でしてね、主教」とハーディング氏。主教は驚いて目を見張った。主教は息子の大執事のように正統主義や教会の闘争に深入りしていなかったけれど、これほどはっきり教会の敵として知られた人物が、ハーディング氏というしっかりした大黒柱――しかも慈善院長であることでひどく傷つけられた大黒柱――の家に親しく出入りを許されているのを、とても理解することができなかった。

「私はボールドさんのことをね、個人的にずいぶん気に入っていますけれど」と、私心のない犠牲者は話を続けた。「じつのところ」――院長はそう言うと、まるで恐ろしい便りでも告げるようにためらった。――「ボールドさんが私の二人目の婿になるということもね、ありそうなことだと時々思いまして」

主教は口笛は吹かなかった。主教は聖別されて職に就いたとき、口笛を吹く能力を失ったと信じられている。最近では堕落した裁判官に当たる確率と同じくらいの確率で、口笛を吹く主教に出会うと言われている。それはともかく、主教は権威の前垂れさえなかったら、口笛を吹いたような表情を見せた。

もしそうなったら、大執事は何という義弟を持つことになるのか！　バーチェスターの構内は何という盟友を持つことになるのか！　主教公邸は何という縁故を持つことになるのか！　主教は単純な心の持ち主だったから、さまざまなことが起こりうるように感じた。ジョン・ボールドはこれだけの力を手にしたなら、あらゆる聖堂とあらゆる教区教会を閉鎖に追い込んで、すべての十分の一税をメソジスト派やバプテスト派やその他の野蛮な連中に分配してしまうことだろう。貴族院のあの神聖な主教専用の議席を完全になくしてしまい、ショベル帽や寒冷紗の袖(2)を、修道士の頭巾付外衣やサンダルや麻衣と同じように違法にしてしまうことだろう。教会の心地いい隠れ家の奥義に入会させるには何とご立派な男だろう。この男は教区牧師の高潔さに疑念を抱き、おそらく三位一体さえも信じていないだろう。[3]

ハーディング氏はこの告白がもたらした効果を目の当たりにすると、話しすぎてしまったと後悔した。しかし、友であり、後援者でもある主教の深い悲しみを少しでも和らげようと、できる限りのことを言った。「二人が婚約しているとは思えません。もし婚約しているのならね、エレナーは私に教えてくれているはずです。それを請け負えるくらい、娘のことはちゃんとわかっています。あの子たちがお互いに好意を抱いているのはわかります。男であり、父であるからには、私は二人の親しさに口を挟まずにやってきました」

「しかしハーディングさん」と主教が言った。「もしボールドが義理の息子になるのなら、その人にどうやって対抗する気かね?」

「対抗するつもりなんかありません。対抗してくるのは相手のほうなんです。防衛策として何かあるとすると、チャドウィックがやってくれると思います。確かではないんですが――」

「ああ、大執事が面倒を見てくれます。二親等しか離れていない義弟が相手だろうと、大執事は正しいと思うことにひるむことはないですから」

ハーディング氏は大執事と改革者がまだ義兄弟の間柄ではないこと、義兄弟になることもたぶんないだろうことを主教に念押しした。それから、父である主教と息子である大執事が慈善院について話し合うとき、エレナーの名を出さないように約束させると、困惑と驚きと狼狽のなかに主教を残して家へ帰った。

**註**

（1）ローマの殉教者で音楽の守護聖人。
（2）主教の正装。
（3）イギリスでは修道院教団の服装が長く法律で禁じられていた。

第四章　ハイラムの老人たち

慈善院の老人たちは、バーチェスターを不和に陥れそうな動きについて、いちばん強い関心を抱いたが、よくあることだが、その問題の功罪を議論する最先頭には立たされなかった。主教、大執事、慈善院長、管財人、コックスとカミンズ法律事務所がこの問題に関連してそれぞれ忙しく働いていた。弁しかし、ハイラムの老人たちがまったく受け身の傍観者として放置されたと想像してはならない。弁護士のフィニーは老人たちのあいだに入り込んで、狡賢い質問をしたり、法外な希望を掻き立てたり、院長に敵対する人々を作り出したりして、彼の比喩的な言葉によると、敵の陣営に軍団を確立していた。哀れな老人たち！　この調査によって誰が正当と認められ、誰が不当と見なされようと、いずれ傷つくのは老人たちだろう。調査が彼らにもたらすものはただ悪でしかない。老人たちの現状にいったいこれ以上の改善が可能なのだろうか？　彼らには必要なものが施され、慰めが与えられている。暖かい家も、立派な服も、たっぷりの食事も、老後の余暇もある。とりわけ晩年には計り知れないほどの宝物――嘆きを聞いてくれ、病気のときに看護してくれ、この世と来世の両方で慰めを与えてくれる誠実な、親切な友がいる。

ジョン・ボールドは庇護のもとに受け入れた老人たちの権利を声高に語るとき、時々このことを考える。けれども、正義という大義名分を高く掲げて、これを胸のなかで圧殺する。「たとえ天が落ちようとも正義を行わしめよ」(1)だ。老人たちは一日一シリング六ペンスではなく、年百ポンドを受け取る権利があり、一方院長は年八百ポンドではなく、二百か三百ポンドの収入で充分なはずだ。不正は誤りであり、誤りは正されなければならない。彼がその仕事をやらなかったら、いったい誰がやるというのか。

「慣習法によると、あなた方一人ずつに明らかに年百ポンドを受け取る資格がある！」フィニーがこういう重要な囁きをエイベル・ハンディの耳に注ぐと、ハンディがさらに他の十一人の仲間に言いふらした。

ジョン・ハイラムの血と肉を具えた収容者に、誘惑をはねつける分別をあまり期待してはならない。多くの老人が、十二人それぞれに年百ポンドという明確な約束を与えられると、心を揺すぶられた。偉大なバンスは、そんな誘惑を拒絶したから、その正統性を二人の信奉者によって支持された。エイベル・ハンディは、富を熱望する老人たちの指導者であり、残念ながら強い支持をえていた。十二人中五人の老人が、ハンディの正しさを信じたから、これが指導者と合わせて収容者の半数を形成した。残り三人の老人は、どっちつかずの連中であり、二人の指導者のあいだで揺れ動いて、あるときは金の誘惑に引かれ、あるときはまだ権力を握る院長におもねろうとした。

監察官である主教に、請願書を提出しようという提案があった。その趣旨は、ジョン・ハイラム慈善事業の法的受給者に対して正義がなされるように主教に願い出てから、その誓願と与えられた回答の写しをロンドンの主要新聞へ送って、広く世間に不正を認知してもらおうということだった。こうすれば先々の訴訟手続きに道を開くことになる、と考えられた。十二人の被害を受けた老人から全員の署名と印を集めることが肝要となったが、それは不可能に見えた。バンスは署名するくらいなら片腕を切り落とすほうを選んだに違いない。しかし、フィニーは言った。十一人でもいいから賛成の勧誘ができたら、一人くらいかたくなに拒む人がいたとしても、それは判断能力のない人、つまり精神が健常でない人[2]として理解してもらえるかもしれない。誓願は収容者の気持ちを代弁するものと、世間からは見てもらえるだろうと。しかし、これもうまくいかなかった。バンスの信奉者もまた彼と同じように気持ちが堅かったから、書類のうえにはまだ六つの十字の印しかなかった。しゃくにさわることだったが、バンスは名前を読みやすく書くことができた。決心がつかない三人のうちの一人は、字が書けることを何年も自慢しており、三十年ほど前に書いた「ジョブ・スカルピット」という名が入った聖書を威張って見せた。とはいえ、スカルピットは学識を忘れてしまったようで署名に尻込みし、ほかの迷う二人もスカルピットから言われた通り署名しなかった。収容者の半数しか署名がない請願では、あまり効力がないだろう。

請願書は今スカルピットの部屋にあって、追加の署名を待っていた。署名の獲得はエイベル・ハンディの雄弁にかかっていた。すでにある六つの正式の印は次のようなものだった。

| 彼の | 彼の | 彼の |
|---|---|---|
| エイベル ＋ ハンディ、 | グレギィ ＋ ムーディ、 | マシュー ＋ スプリッグス、など。 |
| 印 | 印 | 印 |

これから十字の印をつける仲間のためには、鉛筆でちゃんと場所が指定してあった。スカルピットのためには、事務員らしい正式な署名が書けるようにその場所が空けてあった。ハンディは誓願書をスカルピットの部屋に持ち込むと、小さな樅材のテーブルの上に広げ、そのそばに立って熱心に説得していた。ムーディは、角製のインク壺――フィニーが気を利かせて残しておいたもの――を持って控えていた。スプリッグスは、使い古した黒ずんだペンをまるで剣のように高く掲げると、署名しようとしないスカルピットの手にときどき握らせようとした。

学者のスカルピットとともに意思の決まらない二人、ウィリアム・ゲイジィとジョナサン・クランプルもそこにいた。「請願が提出されるとすれば、今がその時だ」とフィニー氏は言った。これを聞いてから、年百ポンドがこの署名にかかっていると信じた連中は、たいへん気を揉んでいた。

「年百ポンドの金に手が届かないなんて！」と欲深いムーディは友人のハンディにつぶやいた。「お偉方のように名前が書けるなんて自慢するこの年寄りのせいだ」

「さあ、ジョブ」とハンディは言うと、意地の悪い不吉な顔に友好的な笑顔を作ろうとした。残念ながら笑顔は失敗だった。「フィニーさんの言うことを聞く心の準備はできているかい。ここが署名の場所だぜ。いいかい？」――ハンディは汚れた請願書の上に茶色い太い指を置いた――「名前を書くか、十字を書くか、どちらでも同じだ。さあ、おまえ。大金を受け取るとしたら『早いに越したことはない』んだ――おれの信条だぜ」

「そうだ」とムーディが言った。「わしらはもう若くないんだから、『チェロ弦爺さん』を期待して待つことはもうできん」

「チェロ弦爺さん」というのはこの悪党どもがつけた、優れた友ハーディング氏のあだ名だった。このあだ名を聞いても、ハーディング氏は簡単に許したことだろう。しかし、旋律の喜びの神聖な源泉——チェロの弦——に彼がたとえられるのを聞いたら、いくら何でも不快に思っただろう。ハーディング氏がこの侮蔑的なあだ名を耳にすることがないように祈る。

「考えてもみろ、ビリー・ゲイジィ」とスプリッグスが言った。スプリッグスは仲間より若かったが、酔って火のなかに倒れたことがあって、そのとき片目と片頬を焼いてなくし、片腕を焼いて落とす寸前だった。容姿の点では、仲間のうちでもいちばん魅力的とは言えなかった。「年百ポンドもらえて、全部使えるんだ。考えてもみろ、ビリー・ゲイジィ」スプリッグスは悲運の顔を心ゆくまで相手に見せつけると、歯をむき出してぞっとする笑顔を浮かべた。

老ビリー・ゲイジィは浮かれ騒ぎには鈍感だった。年百ポンドの誘惑ももののともせずに、かすむ眼を収容者のガウンの袖口でこすって穏やかに言うだけだった。「おれにはわからない。わからない」「だがあんたならわかるだろう、ジョナサン」とスプリッグスはスカルピットのもう一人の友人のほうを向いて言葉を続けた。クランプルはテーブルのそばの丸腰掛けに座って、請願書をぼうっと見ていた。ジョナサン・クランプルは幸福な時を経験したことがある温和で穏やかな老人だった。財産を親不孝な子供たちによって浪費されて、惨めな暮らしを送ったあと、やっと慈善院へ入れてもらってまだ日が浅かった。その日から悲しみもいざこざも知らなかったから、金を手に入れようとするこの試みをむごいと思った。

「年百ポンドというのは確かに魅力的だね、お隣のスプリッグスさん」とクランプルは言った。「おれも昔はそれに近いところまで稼いだことがあるが、何のいい思いもしなかった」クランプルは財産を奪っていった子供たちのことを思い出すと、小さな溜息をついた。

「もう一度その金が手に入るんだ、ジョー」とハンディが言った。「今度はその金をしっかり守ってくれる人が見つかるぜ」

クランプルは再び溜息をついた。彼はこの世の富の無益を学んだあと、一日一シリング六ペンスで幸せを感じていたから、誘惑しないで放っておいてもらったほうが嬉しかった。

「さあ、スカルピット」とハンディがいらいらして繰り返した。「バンス爺さんは、おれたちみんなから金をくすねるあの牧師の味方だぜ。あいつの片棒を担ぐつもりはないんだろ？　ペンを取るんだ、さあ、権利を取り戻そうぜ。いいかい」ハンディはスカルピットがまだ逡巡するのを見て、つけ加えた。「自立した判断ができない奴を見るのは、おれの考えではもっともつまらんな」

「牧師の奴らはみんな地獄へ行ってしまえってんだ」とムーディがうなった。「奴らは全部盗んでしまうまで、腹一杯になったとは思わない飢えた乞食どもだ！」

「牧師の奴らはあんたに害を及ぼすことはできないんだよ」とスプリッグスが言った。「いくら連中が不機嫌な目つきであんたを見ても、いったん慈善院に入ってしまったら、追い出すことなんかできないんだ。いくら『ふくらはぎ』が助けても、『チェロ弦爺さん』にはできっこない！」大執事は残念ながら下半身の品のないあだ名で呼ばれていた。

「年百ポンドが入って、失うものは何もないんだぜ」とハンディが続けた。「何とまあ！　おれには第一級のものにしか見えないものを疑う奴がいるなんて！　だが、臆病な奴も——生まれつき意気地のない奴も——紳士の黒の上着とベストを見ただけで縮こまる奴もいるぜ」

ああ、ハーディング氏よ。入院のときの議論でジョー・マターズがこの恩知らずな扇動家ハンディの対立候補だったとき、大執事の忠告に従っておけばよかったのに！

「牧師のどこが恐いんだ」とムーディは何とも言えぬ侮蔑の表情で言った。「わしが恐いものを教えてやろう。恐いのは、ただ力と正義で奪い取るもの以外に、牧師の奴らからは何も取れないことなんだ。それが牧師についてわしがもっとも恐れることなんだ」

「しかし」とスカルピットが申し訳なさそうに言った。「ハーディングさんはそんなに悪い人じゃない——今は一日二ペンスをくれている」

「一日二ペンス！」とスプリッグスは侮蔑を込めて叫ぶと、失ったほうの赤い洞穴のような目をおぞましく開いた。

「一日二ペンス！」とムーディが悪態をついた。「奴のくれる二ペンスなんか地獄へ行け！」

「一日二ペンス！」とハンディが叫んだ。「奴がおれに年百ポンドの借りがあるっていうのに、一日二ペンスくらいで帽子を取って奴に礼を言わなきゃならないのかい。嫌だぜ。おまえはそれでいいんだろうが、おれは嫌だぜ。さあ、スカルピット、ここにある文書に署名するか、しないか、どっちなんだ？」

スカルピットは惨めな優柔不断に陥ったまま、二人の友人を見回して言った。「どう思う、ビリー・ゲイジィ？」

しかし、ビリー・ゲイジィは頭の回転が鈍かった。苦悶を表わす老いた羊のような鳴き声を発すると、「おれにはわからない」と再びつぶやいた。

「ちゃんと持ってろ、爺さん」とハンディがビリーの手にペンを握らせて言った。「ほら――ちぇ！馬鹿だぜ、誓願書を汚しちまって――ほら――おまえはこれでいい――今までおまえが書いたどんな署名よりもいいだろう」インクの大きな染みがビリー・ゲイジィの承諾を表わすものと見なされた。

「さあ、ジョナサン」とハンディはクランプルに向かって言った。

「年百ポンドは確かに魅力的だ」とクランプルは再び言った。「なあ、お隣のスカルピット、どうしたらいいと思う？」

「もう、好きなようにしろ」とスカルピットは言った。「好きなようにしてくれ」

ペンがクランプルの手に押し込まれて、はっきりしない曲がりくねった意味のないサインが書かれた。それはジョナサン・クランプルが表わすことのできる承認と権威の印だった。

「さあ、ジョブ」とハンディは成功に気をよくして言った「おまえのような男がバンス爺さんから顎で使われてはいかんぜ。おまえは慈善院でいつもバンス爺さんと同じくらい堂々と振る舞っている。奴のようにお偉方からワインを勧められたり、おべっかを使ったり、嘘をつくよう求められたりすることはないがね」

スカルピットはペンを持つと、宙でサインの飾り書きをしたが、まだためらっていた。

「おまえが気にしないなら」とハンディが続けて言った。「名前の署名はやめて、ほかの連中にならって十字の印をつけるだけにしてもいいぜ」――スカルピットはぱっと表情を明るくした――「その気になればおまえがちゃんと署名できることはみんな知っている。だがこの文書にそうやって署名して、お高くとまっているように見えるのは嫌だろう」

「確かに印のほうがいい」とスカルピットは言った。「署名が一つと残りが十字の印というのは体裁がよくないからな」

「そりゃあ、まったく最悪だぜ」とハンディが言った。「さあ、さあ」学識あるスカルピットは署名のために空けられていた箇所に大きな十字を書いた。

「それでいいぜ」とハンディは言うと、勝ち誇ったように請願書をポケットに入れた。

「おれたちはこれから運命をともにするんだ、おれたち九人がな。バンス爺さんらはおそらく――」

ハンディは片手で松葉杖を、もう片方の手で杖をついて、ドアから出ようとしたとたん、そのバンスと鉢合わせになった。

「ハンディ、バンス爺さんらはどうするって?」と背筋の通った白髪交じりの先輩バンスが言った。

ハンディは何かつぶやいて出て行こうとしたけれど、戸口のところでバンスのたくましい体に邪魔されて動けなくなった。

「ここで何か悪いことをしていたようだな、エイベル・ハンディ」とバンスは言った。「見ればわかる。おまえは今までもあまりいいことはしてこなかったからな」

「おまえには関係ないことだぜ、バンス親方」とハンディがつぶやいた。「余計なお節介はするな。おれがすることはおまえには関係ない――かぎまわって詮索しても何にもならないぜ」

「ところで、ジョブ」とバンスはハンディを無視して言った。「いずれ明らかになることだろうが、おまえはあの請願書にとうとう署名してしまったようだな」

スカルピットは羞恥で床に沈み込んでしまいそうになった。

「こいつの署名がおまえに何の関係があるというんだ」とハンディが言った。「おれたちが自分の問題を考えるとき、バンスさん、おまえさんは立派な人ですが、まずおまえさんの許可を求める必要なんかありませんぜ。望まれてもいないのに、ジョブが忙しいとき、部屋にこそこそと入り込んで——」

「わしはジョブ・スカルピットとは生涯六十年のつき合いだ」とバンスは話題の男を見ながら言った。「生まれたときからずっとこいつを知っている。こいつを生んだおっ母さんも知っている。おっ母さんとわしは小さいころ、向こうの構内でヒナギクを一緒に摘んだ仲なんだ。わしはジョブとは十年間同じ屋根の下ですごしたことがある。それだから許可なんか求めなくても、自由にこいつの部屋に出入りしているし、こそこそ嗅ぎまわることもない」

「そうだとも、バンスさん」とスカルピットが言った。「そうだとも。あんたは昼夜問わずにいつだって自由に出入りできる」

「それにわしは自分の気持ちを自由にこいつに話すんだ」とバンスはハンディを見ながらスカルピットに話しかけた。「こいつは愚かで間違ったことをしてしまった。それがわしにはわかる。こいつはいちばんの友に背を向けてしまった。たとえこいつが貧しかろうが、裕福だろうが、健康だろうが、病気だろうが、生きていようが、死んでいようが、気にも留めない奴らの計画にこいつは協力している。年百ポンドだって？　たとえ年百ポンドがもらえるようになっても、自分がそれだけの金をもらうに値しないと考えるだけの頭はないのか？」そう言ってバンスはビリー・ゲイジィ、スプリッグス、クランプルを指差した。「わしらのなかで誰かその半分の値打ちの仕事をやった者がいるのか？　世間から背かれて日々のパンを買う金すらなかったとき、ここに受け入れてもらったのは紳士として暮らすためだったのか？　おまえらはおまえらなりに、あの人はあの人なりに豊かじゃないか」演説するバンスは、院長の住んでいる方向を指差した。「おまえらは望みのものは手に入れたじゃないか。いや、望み以上のものだ。今おまえらが忘恩の行為に走るなら、体の大事な一部を失うことにもなりかねない」

「おれたちはジョン・ハイラムが残したものを手に入れたい」とハンディが言った。「おれたちは法でおれたちのものとされているものを手に入れたい。何がほしいかは問題じゃないぜ。法でおれたちのものとされているものは、おれたちのものだ。神かけて手に入れるつもりだぜ」

「法だって！」とバンスは渾身の軽蔑を込めて言った。「法だって！　法のおかげで、法律家のおかげで、哀れな人間がよくなったということがあるのか？　ジョブ、院長がしてくれたようにフィニーがおまえによくしてくれるのか？　おまえが病気のときに看病してくれて、惨めなときに慰めてくれるのか？　フィニーは――」

「確かに、フィニーは冬の寒い夜にポートワインをくれたりしないぜ！　そうだろう？」とハンディは言うと、その機知の辛辣さを自分で笑い、今や強力となった請願書を携えて、仲間たちと部屋を出ていった。

覆水盆に返らず。バンス氏は人間性のもろさに幻滅して、部屋へ戻るしかなかった。ジョブ・スカルピットは頭を掻きむしった――ジョナサン・クランプルは「年百ポンドというのは確かにとても魅力的だ」と再び言った——ビリー・ゲイジィは再び目を拭くと、低い声で「おれはわからない」とつぶやいた。

註

（1）*Fiat justitia ruat cœlum.*
（2）*non compos mentis*

第五章　グラントリー博士の慈善院訪問

気の毒な院長は疑念と躊躇のせいで平安を乱されたけれど、婿の大執事はそのような気弱な理由で気高い心を悩ますことはなかった。負けん気の強い雄鶏は、戦闘準備のため蹴爪を研ぎ、羽根を震わせ、とさかを立てる。大執事は雄鶏と同じように疑念や躊躇に惑わされることなく、来るべき戦いに備えて武器を準備した。彼は振り回す正義に確信を抱いていたから、他人にもそれを疑わせることはなかった。多くの人がたとえ勇気凛々戦うことができたとしても、良心には疑念を抱いていることがある。そういうことはグラントリー博士には当てはまらなかった。彼は福音を信じる以上の確信をもって、教会収入に神聖な正当性があると信じた。バーチェスター音楽監督の――現在と未来の――報酬を擁護しようと懸命に努力するとき、彼は強い大義の感覚に突き動かされていた。勇気を吹き込まれたアフリカの宣教師の感覚、病棟の患者のためこの世の喜びを諦めた慈悲修道会[1]の尼僧の感覚だった。大執事は不敬のやからが至聖のものに触れないように防御したいと、敵のもっとも激しい攻撃から教会の砦を守り、戦いのまっただなかで立派な甲冑を身に着けたいと、できれば次世代の高位聖職者のため自己の信条の正当性を証明したいと、願った。このような仕事には並々ならぬ精力、楽天的な勇気、苦悩のなかにも幸せを見いだす精神を必要とした。大執事は精力家であり、満ち足りた心と楽天的な勇気に恵まれていた。

彼は自分と同じ精神力と勇気を義父に注入することはできないと知っていた。しかし、悩むことはなかった。彼は一人で敵の主力の矛先を引き受けることを好んだから、慈善院長が従順な姿勢で身を任せてくれればそれでよかった。

「やあ、チャドウィックさん」とグラントリー博士は言って、管財人の事務所に入っていった。前章で描かれた請願書の署名から一、二日あとのことだった。「コックスとカミンズ法律事務所から今朝何か連絡はありませんか？」チャドウィック氏は一通の手紙を彼に手渡した。大執事はきつく巻いた右足のゲートルのふくらはぎをなでながら、その手紙を読んだ。コックスとカミンズ法律事務所は、敵方からまだ何の通知も受け取っていないこと、予備的な手段を講ずることは勧められないこと、もし収容者たちが法的な手続きを実際に始めたら、かの著名な勅選弁護士エイブラハム・ハップハザード卿にお伺いを立てるのが望ましいこと、などを書いていた。

「私は法律事務所とまったく同じ意見です」とグラントリー博士は手紙を畳みながら言った。「連中の意見に賛成ですな。ハップハザードがおそらく最適の人物でしょう。完璧な国教徒であり、健全な保守主義者であり、あらゆる点で我々がえられる最善の人物です。それに国会議員でもある、これは大きいですよ」

チャドウィック氏も同意した。

「君はハップハザードがベヴァリーの主教の収入[2]について、あのホースマン[3]の野郎をどんなふうに徹底的にやりこめたか、ギルドフォード伯爵の訴訟で、相手方をどんなふうに徹底的に右往左往させたか覚えているかな?」聖クロスの問題が世間でかしましく議論されるようになってから、エイブラハム卿という一人の気高い人物が博士の評価のなかで「一段優れた伯爵」に格上げされていた。「ロチェスターのあのホイストンの野郎[4]をハップハザードがどんなふうに黙らせたか。もちろんハップハザードが我々には必要ですよ。それで、いいかい、チャドウィックさん、あの方に間に合うように接触するようにしなくてはなりません。さもなければ敵方に出し抜かれてしまう」

博士はエイブラハム卿を高く賞賛するにもかかわらず、この偉大な人物が教会の敵方にも力を貸すことがあると見るようだ。

博士は納得がいくまでこの点を指示してから、状況がどうなっているか見るため慈善院へ向かった。神聖な構内を横切ったとき、途中カーカーと鳴いて妙な敬意を表するからすを見上げながら、博士は主教座聖堂の崇高な気品を損なおうとする不信心者をいっそう厳しく断罪した。

誰だって同じように感じるのではないだろうか? 立派な教会改革者も月光のなかで古い教会の塔のまわりを散歩する気になったら、ホースマン氏も心をなごませ、ベンジャミン・ホール卿[5]の精神も和らぐに違いない、と私たちは信じる。ウィンチェスターのあの長い側廊の静かな空間を歩きながら、あの上品な家々や手入れされた芝地を見て、その土地の荘重な、秩序ある快適さを感じるとき、誰だって名誉参事会員に対して思いやりを見せるのではないだろうか? ヘレフォードのみごとな構内を歩き回って、そこの基調や色、デザインや形態、荘重な塔と階をなす窓が調和して完璧だと思うとき、誰だって参事会長に対して辛く当たることはできないのではないか? ソールズベリーの回廊に寝転がって日向ぼっこをしながら、ジュエルの図書館[6]とあの比類のない尖塔を見つめるとき、誰だって主教も時には金持ちであったほうがいいと思うのではないか？

大執事の意識の基調に驚いてはいけない。それは何世紀にも渡る教会優位のなかで成長した古木であり、今では黴や茸がその木を醜くして、枯れた部分もたくさんあるが、これまで多くのよき果実を生み出してきた。それには感謝してもいい。使い物にならないからといって、まだ美しい古い樫の枯れ枝を、誰だって良心の呵責なしに切り落とすことはできない。これまで若い植物を擁護してきたというのに、有無を言わさぬ厳しい言葉で、その若い植物に場所を譲るよう命ぜられた古い森の残存物を、誰だって良心の呵責なしに森から引きずり出すことなんかできない。

大執事は多くの美質に恵まれていたけれど、繊細な感受性の持ち主ではなかった。慈善院長の応接間で朝の挨拶をしたあと、彼はミス・ハーディングがいる前で「厄介者」ジョン・ボールドのことをためらうことなく攻撃し始めた。もちろん彼は義妹が敵ボールドとは親密な関係にあることを正しく推察していた。

「ねえ、ネリー、奥の部屋から眼鏡を取ってきておくれ」とハーディング氏は娘の赤面と内面の両方を救いたくて言った。

エレナーの前ではボールドのことにふれないでほしい、と院長は実務的な婿に曖昧に説明した。そのあいだに、エレナーは眼鏡を取って戻ってくると、またすぐに退いた。ボールドや慈善院について何も説明を受けなかったけれど、女の直感で事態が悪いほうへ向かっていることに気づいていた。

「すぐに何か措置を講じなければなりません」大執事は話し始めると、鮮やかな色の大きなハンカチで額を拭いた。焼けるような夏の日だったうえ、気が急いて早足で歩いてきたからだ。「誓願書の件はご存知ですか?」

ハーディング氏は聞いていることをしぶしぶ認めた。

「さて」と大執事は相手の意見を待ち受けたが、何も表明されなかったので続けて言った。「何か措置を講じなければなりません、わかるでしょう。老人たちが我々の計画の裏をかこうとするのを、みすみす指をくわえて見ているようなことをしてはなりません」大執事は実務的な人で、親しい人と一緒のときには慣用表現を多用した。しかし、話題が教会のことだったり、身分の低い信者仲間が聞き手になっていたりするときには、誰よりも洗練された言葉の複雑な迷宮に迷い込むことができた。

院長は黙ったままじっと大執事の顔を見つめると、一方の手の指で想像上の数本の弦を押さえ、もう一方の手で想像上のチェロの弓をかすかに動かした。会話に困って苛立ったときの院長の癖だった。苛立ちがひどいときには、弓の動きが短くゆっくりになり、弦を押さえる手が動いていないように見えた。いや、時には弦が音楽家のポケットのなかに隠されたり、楽器が椅子の下に置かれたりすることもあった。しかし、彼の心が熱くなったとき、解決を信じる彼の心が悩みの問題の根底を見抜いて、はっきりと出口を確信したとき、弓を持つ手を見えない弦の上で大胆に走らせ、もう一方の手を首からベストに下ろしたり、耳まで引き上げたりして、すばやく弦を指で押さえながら、より高雅な旋律を奏でることがあった。こうして彼と聖セシリアにだけは聞こえる、うっとりさせる完璧な曲を生み出すことがあったけれど、まったく効果がないわけではなかった。

「コックスとカミンズの考え方に賛成します」と大執事は続けて言った。「彼らはエイブラハム・ハップハザード卿を味方にしなければならんと言っている。エイブラハム卿にこの訴訟を託すことに何の不安もありません」

院長はいちばんゆっくり悲しい曲を弾いた。一弦だけの哀歌だった。

「エイブラハム卿がすることをボールド先生が察知するのは時間の問題だと思う。エイブラハム卿が高等民事裁判所で奴を尋問するところが見たいものです」

院長は問題となった報酬、自分の控えめな生活、日常の習慣、やさしい仕事のことなどを考えると、一本の弦で低い嘆きの曲しか演奏することができなかった。「老人たちは私の父に請願書を送ったと思う」と大執事が言った。院長は、それは知らない、老人たちは今日そうすることになると思う、と答えた。

「私に理解できないのは、あなたが慈善院をかなり統率していて、バンスのような男をかかえているというのに、なぜ連中にそんなことをさせるのかということです」

「何をさせるですって?」と院長は聞いた。

「いいですか、ボールドというこの男と、もう一人の下っ端弁護士フィニーの主張を老人たちに聞かせたうえ、誓願書を出させるってことです。どうしてバンスにそれを握りつぶすように言わなかったんです?」

「そんなことをしても賢いとは言えないでしょう」と院長。

「賢い?――そうかな。連中が内々で握りつぶしてくれたら、賢いと言えるんです。私は主教公邸へ出向いてこの誓願書に回答しなければなりません。連中にはとても短い回答しかやれません。ほんとうに」

「でもね、どうして請願書を出してはいけないんですか、博士?」

「どうして請願書を出してはいけないかって?」と大執事は耳障りな大声で答えた。話すことを壁越しに、慈善院の老人たちに聞いてほしいと望んでいるかのような大声だった。「どうして請願書を出してはいけないかって? 教えてあげましょう。ついでに、院長、収容者全員にも一緒に話しておきたい」

院長は一瞬不安になって、演奏を忘れてしまった。院長の地位と権力を一時的にもせよ婿に委ねたいとは思わなかった。院長はこの問題で老人たちが選択する措置に干渉すまいとはっきり決めていた。老人たちを責めることも、自分を守ることもしたくなかった。しかし、大執事は院長がやりたくないことをやるつもりでいた。しかも、老人たちに対する思いやりなしにやるつもりだった。話しておきたいという大執事の要請をどう断ったらいいか、院長はわからなかった。

「この問題について私は何も言わないでいたい」とハーディング氏は申し訳なさそうに言った。

「何も言わないですって!」大執事はやはりトランペットのような耳障りな声を出した。「黙ったまま破滅に追い込まれたいというんですか?」

「そうですね、もし私が破滅する運命ならそうです」とハーディング氏。

「馬鹿な! 院長。何かしなければなりません。我々は行動しなければなりませんよ。ベルを鳴らしていいですか。老人たちに私が中庭で話をすると知らせてください」

ハーディング氏はこれに抵抗するすべを知らないまま、不本意な命令を出した。俗に中庭と呼ばれているところは、一方が川に向かって開かれていた。残りの三方はハーディング氏の庭の高い壁と、屋敷の破風の一面と、収容者の住まいになっている建物の列によって囲まれていた。中庭は一面石畳が敷かれており、中央には格子蓋があった。四つの角から、真ん中の格子蓋まで小さな石造りの溝が走っていた。屋敷の一角には水道管があり、ひさしの下に四つの水道栓があった。そこで老人たちは水を飲み、普段朝の洗面をした。中庭は院長の庭木の緑陰となった薄暗い静かなところだった。川に面した側には石のベンチの列があり、老人たちがよく座って川の流れを泳ぐ小魚を見つめた。川の向こう側は豊かな緑の牧草地で、参事会長邸に繋がっていた。牧草地は参事会長の庭と同じく一般には開放されていなかった。それゆえ、慈善院の中庭ほど人目につかない場所はなかった。扱いにくい誓願について、大執事が老人たちに意見を伝えようと決めたのはその中庭だった。

老人たちが中庭に集まったという知らせが、まもなく使用人から伝えられた。大執事は演説するため意気込んで立ち上がった。

「さあ、もちろん院長も来てくれますね」と大執事はハーディング氏がついて来る様子がないのを見て言った。

「できれば容赦をお願いしたい」とハーディング氏。

「とんでもない！　味方の陣営に考え方の違いがあってはなりません」と大執事は答えた。「粘り強く頑張らなくてはならないが、とりわけ一緒に頑張らなくてはならない。院長、一緒に行きましょう。義務を恐れてはいけない」

ハーディング氏は恐れた。彼の義務とは違うことをさせられるのではないかと恐れた。しかし、彼は抵抗できるほど強くなかったから、立ち上がって大執事についていった。

十一人の老人が三々五々中庭に集まっていた。哀れなジョニー・ベルは寝たきりなので来ることができなかった。しかし、ジョニーは早くからハンディの追随者となり、請願書に署名していた。この老人はベッドから離れることができなかったうえ、院内の人以外に友を持たなかった。院内でももっとも誠実で、ありがたい人と感じていたのが院長と娘だった。衰弱した肉体が必要とするもの、弱々しい欲求が享受できるものがこの老人には与えられていた。それにもかかわらずエイベル・ハンディが雄弁に話したとき、哀れなジョニー・ベルは鈍い片目を一瞬輝かせると、「一人だけで」年百ポンドを手に入れることができると考えて、貪欲にも請願書に署名したのだ。

二人の聖職者が現れたとき、老人たちはみな帽子を取った。ハンディはゆっくりと帽子を取った。黒い上着とベストの絶大な影響力――それについてハンディはスカルピットの部屋で不敬な話をしていた――のせいでためらったけれど、やはり帽子を取った。バンスは老人たちの前に進み出て、大執事に深くお辞儀をすると、表敬の念を込め、院長とエレナーのご機嫌を伺った。それから、「博士の奥さまと」とバンスは大執事のほうを向いてつけ加えた。「プラムステッドのお子さんたちと、主教のご機嫌が麗しくていらっしゃいますように」バンスは挨拶を終えると、老人たちのところへ退いて、石のベンチに腰を下ろした。

大執事は演説を始めようと立ち上がって、小さな中庭の真ん中に直立した。すると、そこに据えられた聖職者の彫像、まるでこの地上の闘う教会の権化のように見えた。ショベル帽は大きく、新しく、明瞭な輪郭をもって、どこから見ても国教徒の帽子であり、クエーカー教徒のつば広帽と同じように、その職業をはっきりと表わした。太い眉、大きく見開かれた眼、ふっくらとした口と顎は、教団がいかに堅固であるか示していた。質のいい服が広い胸をゆったりと覆って、生活状態がいかに裕福であるか物語っていた。ポケットに隠した片手は、母なる教会がこの世の所有物に及ぼす実践的な支配力を示していた。いつでも動かせるもう一方の手は、教会を守るため戦う用意ができていた。下の上品な半ズボンときちんと巻いた黒ゲートルは、かたちのいいふくらはぎを際立たせて、我らの教会の気品、優美、洗練のあかしとなっていた。

「さて、みなさん」と大執事はゆったりとした姿勢を取ると話を切り出した。「私は二言三言あなた方に言いたいことがある。ここにいるよき友の院長、私自身、そして主教閣下――その閣下の代理として私は話をしている――の三者は、あなた方に何か不平があることをとても残念に思っている。あなた方の不平にもし正当な根拠があるとすれば、すぐにでも院長か、主教か、主教代理の私か、が請願書などなくても、それを取り除くつもりだ」演説者はここで少し間を置くと、意志の弱い老人の一部が屈服して喝采するざわめきを期待したけれど、そんなざわめきはまったく起こらなかった。バンスでさえ口を閉じて座ったまま、沈黙を守り、不満を感じた。「請願書の必要なんかないんです」と大執事は繰り返した。「あなた方は主教閣下に請願書を出したと聞いている」老人たちからの回答を待って、彼はまた間を置いた。しばらくしてハンディは勇気を奮い起こすと、「はい、出しました」と答えた。

「あなた方は主教閣下に請願書を提出して、そのなかで正当な受け取り分をハイラムの遺産から受け取っていないと主張したと聞いている」ほとんどの老人たちがそれに同意を表わした。「それで、あなた方が求めているものは何なのですか？　ここで手に入らない望みとは何なのですか？　いったい何が――」

「年百ポンド」とムーディ老人が地面から湧き起こるような声でつぶやいた。

「年百ポンドですって！」と闘う大執事は叫んだ。片手は握りこぶしを固めて大きく広げると、もう一方の手は、半ズボンのポケットのなかで教会の富の象徴――それはばらの半クラウン銀貨によって適切に表象された――をしっかりと握って、彼は権利を主張する者らの無礼に敢然と挑んだ。「年百ポンドですって！　みなさん、正気なんですか？　ジョン・ハイラムの遺言の話ですよ！　ジョン・ハイラムが疲れきった老人たち、年取ったよれよれの労働者たち、仕事ができなくなった病弱の人たち、足や目の不自由な人たち、寝たきりの人たち、そう言った人たちのため慈善院を建てたとき、ですよ、そういう人たちを紳士にしようとしたと思いますか？　そういう人たちがいちばん元気のよかったときでさえ、自分と家族のために一日やっと二シリングか、二シリング六ペンスか稼げばいいほうだった。そういう老人たち一人について、年百ポンドを与えようとしたと思いますか？　いや、そんなことをしようなんて思わなかったんです、みなさん。ジョン・ハイラムがしようとしたことをあなた方に教えよう。十二人の貧しい年取ったよれよれの労働者、もはや生活費を稼ぐことができなくなった老人たち、支えてくれる友を持たない男たち、慈悲の手で守らなければ飢えて死ぬしかない惨めな人たち、貧しさと惨めさにさらされたそういう十二人の老人たちに、ですよ、ハイラムはここに入ってもらって、死を迎えるまでこの壁のなかに避難所と食べ物を見いだして、神と和解するため少しの時間を見つけられるようにした。ジョン・ハイラムがしようとしたのはそれなんです。あなた方はジョン・ハイラムの遺言を読んだことはないでしょう。あなた方に入れ知恵した邪悪な連中が、遺言を読んだかどうかも疑わしい。私は読みました。遺志がどういうものだったか私は知っている。それでそれがどんなものだったか教えているわけです。これがハイラムの意図なんです」

施設の意図がこのようなかたちで語られたとき、十一人の老人は黙りこくったまま座って、大執事の逞しい姿をいかめしい顔つきで見つめた。しかし、大執事の言葉が掻き立てたはずの怒りや嫌悪を言葉とか身振りとかで表わすことはしなかった。

「さて、あなた方に質問させてほしい」と大執事は続けた。「あなた方はジョン・ハイラムが望んだよりも、よくない暮らしをしているとでも思っているんですか？　雨露をしのぐ住まいと食べ物と余暇はないんですか？　それ以上のものはないんですか？　いろいろな娯楽はないんですか？　あるでしょう。幸運にもこの施設に入ることができる前よりも、ですよ、二倍もいい食べ物があり、二倍もいいベッドがあり、これまでに稼ぐことができたお金の十倍ものお金がポケットに入っている。それなのに主教に請願書を送って、年百ポンドを求めている！　あなた方に教えてあげよう、友よ、あなた方は私的な目的で動く邪悪な男たちに、欺かれて、操られているんです。今もらっているお金よりも年百ペンスも多く手に入れることはできないんです。それよりも少なくなることもありえるんです。主教閣下と院長は給付金に変更を加えることもできるんですよ」

「いや、いや、いや」とハーディング氏は言葉では言い表わせない惨めさを感じつつ、婿の長広舌を聞いていたが、それをさえぎって言った。「そんなことはしません、お友だち。私と一緒に暮らしている限り、私はそんな変更を加えるつもりはありません。少なくとも今よりもあなた方の暮らしが悪くなるような変更はね」

「ありがとう、ハーディングさん」とバンスが言った。「ありがとう、ハーディングさん、ありがとう」老人たちも叫んだ。その心情が共通のものであることを表わす充分な声があった。

大執事は最後まで終える前に演説を妨げられると、この小さな感情の噴出のあとでは威厳を保ってそれを再開することはできないと感じ、院長邸へ戻った。義父もそのあとに続いた。

「そうです」と大執事は庭の奥まった涼しいところに入るとすぐ言った。「老人たちには率直に話したと思います」それから額の汗を拭った。厚手の黒のスーツを着込んで、夏の焼けるような真昼の太陽のもとで演説するのは暑い仕事だった。

「そうですね、充分率直でした」と院長は異を唱える口調で答えた。

「はっきりと言うことが大切です」と大執事は成果に充分満足して言った。「それが大切ですな。こういう種類の人間には率直でなければ理解されません。今連中は私の言うことを理解したと思います。私の言いたいことはわかったでしょう」

院長は同意した。老人たちは言われたことを充分理解したと思った。

「連中は我々がどういう態度に出るかよくわかったでしょう。不従順な考え方に対してどういうふうに対応するか、連中を恐れていないこともわかったはずです。これから私はチャドウィックのところへ行って、私のしたことを伝えます。それから主教公邸へ行って、連中の請願書に答えることにします」

院長は心に感情をあふれさせそうになった。もしあふれさせたら、もし渦巻く思いを吐露したら、彼が不本意にも目撃した大執事のやり方に異議申し立てをして婿を驚かせたことだろう。しかし、別の感情が院長を沈黙させた。婿とは違う意見を持つことを今のところ危惧した。教団内部の亀裂が外に現れることも避けたいと思った。院長はどの人ともあからさまな口論になることを恐れた。人生はこれまでのところとても平穏で、争いのないものだった。若い頃のささいな困難にしても、受身の忍耐力さえあれば充分克服できた。その後順境にあって気苦労を押しつけられることもなく、他人と不快な関係に陥ることもなかった。近づきつつある恐ろしい嵐から自分を救うためならば、差し出さなければならないと思う以上のものを差し出してもいいと思った。ささやかな流れのなかの心地よい水が荒々しい手によって掻き乱されて、濁らされるのはつらかった。静かな小道が戦場に変えられるのはつらかった。あたかも神の摂理によるように彼に与えられていた控えめな片隅が侵略され、冒涜され、惨めで不健全なものとされるのはつらかった。

差し出すといっても差し出すお金は院長にはなかった。ギニー金貨を集める技量もなかった。しかし、今もし頭上に立ち込める暗雲を穏やかに解消することができるなら、もし改革者と保守主義者、つまり、婿になる可能性があるボールドと間違いなく婿である大執事との対立を妥協させることができるなら、院長はどれほど気楽に、どれほどす早く、どれほど心から、将来の収入の半分を放棄したことだろう。

しかし、残った収入の半分には手を着けたくないなんていう打算的な動機が、もし彼にあったとするなら、この妥協は成立しないだろう。というのは、ハーディング氏には残しておこうと思えば、いいものをみな残して余生が送れるのではないかという、一縷の望みがまだ残っていたから。そんな望みが残っているあいだは妥協はないだろう。平安を真に愛して、人々の話題になることを真に恐れる気持ちからしか、妥協は実現しないだろう。彼はしばしば憐れみの情、すなわち他人の悲しみに対するあの胸中のすすり泣き、に突き動かされることがあった。今彼が誰よりも憐れんでいるのが老いた主教閣下だった。主教が教会から受け取っているとほうもない巨大な富が、民衆の軽蔑の的、汚辱にまみれた話題になっていたからだ。主教は世間からこぞって非難され、忌み嫌われるあの八十代聖職者、安らかに死ぬことさえ許されないクロイソス(8)と見なされていたからだ。

彼はそんな運命に苦しむことになっていいのか？　貧しい者の財産を食い潰す大食漢、老人や病人に遺された過去の慈善から富をくすねる暴食家として、卑しい名が人口に膾炙し、みなの非難を受けることになっていいのか？　新聞でさらし者にされ、虐待者の典型となり、イギリス国教会の貪欲の例として名を上げられることになっていいのか？　心から、誠実に、優しく愛した老人たちから盗みを働いたなどと言われていいのか？　院長は立派な菩提樹の下、何時間もゆっくりと行ったり来たりしながら、心のなかでこういう悲しい考えを巡らした。そんなむごい運命の危機から自分を救うためには、何らかの大掛かりな措置を講じなければならない、彼はそういう決意をほぼ固めることができた。

そのころ、大執事は満足した乱れのない心で仕事に取り掛かっていた。チャドウィック氏に二言三言伝えて、それから想像した通り請願書が父の書斎に置いてあるのを見つけた。大執事は老人たちに短い返事を書いた。そのなかで彼らに、あなた方は是正が必要などんな虐待も受けていない、むしろ感謝すべき大きな慈悲を受けていると告げた。主教がそれに署名するのを見たあと、箱馬車に乗り込んで、グラントリー夫人が待つプラムステッドの自宅へ戻った。

## 註

（1）一八二七年ダブリンで創設された The House of Our Blessed Lady of Mercy のこと。

（2）ベヴァリーの主教は架空。しかしR・M・ベヴァリーという非国教徒の小冊子作者が一八三〇年代に高位聖職者の収入の問題を論じたことがあった。ヨーク管轄区のベヴァリー主教は属主教（suffragan bishop）であり、これには該当しない。

（3）エドワード・ホースマン（1807-76）は急進的な教会改革派であり、ジョン・ラッセル卿の改革さえも主教に好意的にすぎると攻撃した。

（4）第二章の冒頭節参照。

（5）国教会改革に熱心だった国会議員。

（6）ソールズベリーの主教（1560-71）だったジョン・ジュエルにちなむ。

（7）年に換算すると、三十六ポンド十シリング。

（8）クロイソス（560-546 BC）は巨万の富で知られたリディアの王。

# 第六章　院長のティー・パーティー

ハーディング氏は嫌というほど疑念に苦しんだあと、一つだけ決心することができた。とにかく腹を立てるのはやめよう。ボールドとも、老人たちとも、この問題を巡って争うことはやめようと。この決意を固めるため、その日の夕方ボールドに短い手紙を書いて、来週に予定される音楽の夕べに出席し、友人たちと会ってくれるよう招待した。このささやかなパーティーにエレナーの出席が予定されていなかったら、ボールドは今の心境ではそれを「浮かれている」と一蹴したことだろう。けれども、ハーディング氏は娘の確約をえていたから、招待状を用意する段になった。エレナーはこの件で父に相談を持ちかけたとき、父が次のように言うのを心地よく聞いた。「ああ、ボールド君のことを考えていたんです。私が彼に招待状を書くことに決めたからね、おまえはぜひ姉さんのほうに書いてもらわなくてはなりません」

メアリー・ボールドはジョンの姉であり、この時点でちょうど三十をすぎたところだった。メアリーは決して美しくはなかったけれど、気だての優しい、魅力のある、若々しい女性だった。彼女は特別賢いわけでも、活気に富むわけでも、弟のエネルギーを持ち合わせているわけでもなかったが、強い道徳原理に導かれており、欠点よりもたくさん美点に恵まれていた。メアリーはす通りする人からは過小評価されたが、よく知る人からはとても愛され、長くつき合えばつき合うほどいっそう愛された。メアリーをいちばん愛する一人がエレナー・ハーディングだった。メアリーは弟のことについてエレナーから腹蔵なく打ち明けられることなどなかったものの、それぞれが相手のジョンに対する愛情を了解し合っていた。二通の招待状が届いたとき、姉弟は一緒に座っていた。

「まあ、変ね」とメアリーは言った。「招待状を二通も送ってくるなんて。ああ、もしハーディングさんが流行を追うようなことになったら、世のなかも変わってしまうわね」

メアリーの弟は、この申し出の意図をすぐさま理解した。ハーディング氏が今度の問題でうまく立ち回ろうと思ったら、それはやさしかった。しかし、ボールドは寛大になれなかった。苦しむ者は糾弾する者よりもたやすく寛大になれる。ジョン・ボールドは慈善院長のパーティーには行けそうもないと感じた。若者は今この時ほどエレナーを愛したことはなかった。エレナーを妻にするには多くの障害が見えていたけれど、今ほど強く妻にしたいと望んだこともなかった。今その障害を取り払おうとするかのようにハーディング氏が前面に立ち現れた。それでも、ボールドはもう包み隠しのない友としてあの屋敷に出入りすることなんかできないと感じた。

ボールドが招待状を手に座ったまま、これらのことを考えているあいだ、姉は弟の決断を待っていた。

「さて」とメアリーは言った。「私たち、別々に返事を書かなくてはね。二人ともよろこんで伺いますって」

「姉さんはもちろん行くんだろ、メアリー」とボールドが言うと、姉は二つ返事で同意した。「けれども、ぼくは行けない」と弟は深刻な、陰気な表情で続けた。「行けたらどんなにいいかって、心の底から思うけど」

「なぜなの、ジョン」と姉が聞いた。メアリーは弟が新たに改革しようとしている社会悪——少なくとも弟の名と結びつく事件について、これまで何も耳にしていなかった。

ボールドは座ってしばらく考えてから、これからしようとしていることをすぐ姉に話したほうがいいと思った。遅かれ早かれそうしなければならなかった。

「今のところ友人としては、もうハーディングさんの屋敷へ行けないと思う」

「まあ、ジョン、なぜなの？　ああ、エレナーと喧嘩でもしたんでしょう！」

「違う、そうじゃない」とボールドは言った。「喧嘩はしていない」

「じゃあ何なのよ、ジョン」メアリーは情愛に満ちた心配そうな表情で弟を見て言った。弟の心の大きな部分が、もう出入りできないと言ったあの屋敷の人に占められているのをちゃんと知っていたからだ。

「それがね」とついにボールドは言った。「ぼくはハイラム慈善院の十二人の老人の事件を取り上げたんだ。もちろんハーディングさんとぶつかることになる。敵対し、干渉し、たぶん傷つけなくてはならないかもしれない」

メアリーは返事ができるようになるまでじっと弟を見ていた。それから老人たちをどうするつもりなのかと尋ねた。

「いいかい、話せば長い話なのさ。それに姉さんに理解してもらえるかどうかもわからない。ジョン・ハイラムは遺言をして、財産を慈善のかたちで貧しい老人たちに遺したんだ。けれども、収益は老人たちのところに行く代わりに、もっぱら院長と主教の管財人のふところに入っているというわけさ」

「それであなたは、そのハーディングさんの収入を取り上げるつもりなの？」

「まだどうするかわからない。問いただしていくつもりさ。誰が遺産を受け取ればいいか調べて、できればバーチェスター市の貧しい人たち――遺言によるとほんとうの受取人である老人たち――に正義が行われるようにしてやりたい。つまり、できるなら、問題を正したいんだ」

「なぜあなたがそれをしなければならないの？　ジョン」

「ほかの人にも同じように問いかけられる問いだね」とボールドは言った。「その問いの論理だと、貧しい人たちを救う義務は、誰の義務でもないことになる。その論理にのっとって行動すれば、弱者は決して保護されることはない。不正は正されないし、貧しい人たちのために闘う人はいなくなる！」

ボールドは熱い正義感で自分を奮い立たせた。

「でもね、ハーディングさんとは長いおつき合いのあなた以外に、これをやってくれる人はいないの？　ジョン、あなたのような親しい人、ハーディングさんよりはるかに若い友人であるあなた以外に――」

「それは何から何まで女性の論理さ、メアリー。年齢にどんな関係があるというんだい？　ほかの人なら、ハーディングさんはあんな年なのに、あんなことさえわからないのかって言うだろ。友人であることも関係ない。主張そのものが正しいのなら、友情というような私情を持ち込むことは許されない。ぼくがハーディングさんを尊敬しているからといって、老人たちに対する義務を無視していい理由になるのかい？　ハーディングさんとのつき合いがなくなってしまうのをぼくが惜しむからといって、良心が正しいと言っているこの仕事を放棄していい理由になるのかい？」

「でも、エレナーは？　ジョン」と姉は弟の顔をおずおずと覗き込みながら言った。

「エレナーが、つまりミス・ハーディングが、もし必要と思うなら――つまり、もしあの人の父さんが――いや、むしろあの人が――いやじつのところエレナーの父さんが――二人が必要と思うなら――けれども今はエレナー・ハーディングについて話す必要はない。このことは言っておくよ。エレナーは、ぼくが信じているような人なら、ぼくが義務と思うことをするからといって、それをとがめだてするようなことなんかしない」ボールドは正直者であることを慰めとするしかなかった。

メアリーはしばらく黙って座っていたが、弟に言われて招待状の返事を書かなければならないことを思い出すと、立ち上がった。それから机の前に座り、ペンと便箋を取り出してゆっくりと書き出した――

パケナム・ヴィラズ　火曜日朝

親愛なるエレナー

私は――

メアリーはペンを止めて、弟を見た。

「おや、メアリー。どうして書かないの?」

「ねえ、ジョン」と姉は言った。「ねえジョン、お願いだから考え直してちょうだい」

「考え直すって何を」と弟。

「慈善院のこと——ハーディングさんのこと——それにあなたがいう老人たちのことよ。あなたはどうしてもそれをしなければならないということはありません。どんな義務も、老いた親友を裏切るよう求めることなんかできません。ねえジョン、エレナーのことを考えてごらんなさい。あなたはエレナーの心も、あなたの心も壊してしまいますわ」

「ナンセンスだよ、メアリー。ミス・ハーディングの心は健全さ、姉さんのと同じくらいにね」

「お願いですから、私のために、ジョン、今度の件はあきらめてちょうだい。あなた、あなた自身があの人をどんなに心から愛しているのかわかっているでしょう」と言うと、メアリーはボールドの前に立って、それから敷物の上にひざまずいた。「お願い、お願いよ、あきらめてちょうだい。あなたは、あなたやあの人、それからあの人の父さんを不幸にしようとしている。私たちみんなを不幸にしようとしているのよ。何のために? 正義の夢のためにね。十二人の老人たちを今より幸せにするなんて、あなたには決してできやしないわ」

「姉さん、姉さんはわかっていない」弟は姉の髪を掌でなでつけながら言った。

「ちゃんとわかっているわ、ジョン。それが妄想だって——あなたの正義の夢が妄想だってことをね。どんな立派な義務があるからといって、あなたがこんな狂気染みた、自滅的な行為をしなくちゃならないの。あなたがエレナー・ハーディングを心の底から愛しているのを私は知っているもの。それにね、あの人もあなたを愛しているのよ。もしあなたの目の前にあるものが、明確で絶対的な義務だとしたら、女性の愛のためにそれを無視しろなんて言わないわ。でもそんなものじゃない――ああ、考え直してちょうだい。ハーディングさんと不仲になるようなことをしてしまう前に」弟から答えはなかった。メアリーはひざまずいたまま、弟の膝にもたれた。顔つきを見ると、弟がこの説得に屈するようにも見えた。「とにかくこれだけは言わせてちょうだい。あなたには、このパーティーへ行ってもらいたいの。とにかくあなたの心が迷っているうちは、ハーディングさんやエレナーとの絆を断つようなことはしないでちょうだい」メアリーは望みの通りに手紙を書こうと立ち上がった。

「ぼくの心は迷ってなんかいない」ついに立ち上がってボールドは言った。「エレナー・ハーディングが美しいからといって今退いたら、ぼくはもう自分を尊ぶことなんかできない。ぼくはほんとうにあの人を愛している。姉さんが言ったことをあの人の口から直接聞けたら、片腕を取られたっていい。でもあの人のために、始めてしまった仕事に背を向けることなんかできない。あの人がいずれぼくの意思を認めて、尊重してくれることは願っているけど、今あの人の父さんの屋敷に客人として出向くことはできない」それからバーチェスターのブルートゥス[1]は正義の徳を瞑想しつつ、決意を固めるため外へ出た。

かわいそうなメアリー・ボールドは机に座って、自分はパーティーに参加するつもりでいるが、弟は諸事情により出席できない、と手紙を締めくくった。メアリーは義務への献身という弟の美徳をもっと高く評価してもよかったのに、残念ながらそうはできなかった。

院長のティー・パーティーは、この種のパーティーの恒例に添って進んだ。美しいシルクのドレスを着た小太りの年輩の女性たちがいた。透き通るモスリンのワンピースを着た若いスリムな女性たちもいた。年輩の紳士たちは火のない暖炉に背を向けて立っていたが、家の肘掛け椅子に座っているような気楽な様子ではなかった。若い紳士たちはしゃちほこ張って、ドアの近くに群がっていた。モスリンのワンピースの女性たちは半円形に整列すると、両性間の戦いを待ったけれど、若い紳士たちはまだ彼女たちを攻撃できるような勇気を備えていなかった。院長は男性陣に攻撃を開始するよう勧めたが、将軍の機転がないので失敗してしまった。エレナーは指揮下の女性陣をくつろがせようと精一杯努めた。その女性陣はケーキやお茶といった元気づけの配給物を飲み食いしながら、来るべき交戦状態を根気強く待ち受けていた。しかし、エレナー自身は仕事に力が入らなかった。戦場で槍を交えたいと思うただ一人の敵がここにいなかったから。彼女も、ほかの女性たちも、いくらか元気がなかった。

さまざまな声のなかでひときわ大きく大執事の朗々たる声が響き渡った。大執事は同僚の牧師たちに教会が置かれた危機や、オックスフォードの狂気染みた改革者[2]にかかわる恐い噂や、ホイストン博士[3]のいまいましい異端などを詳しく述べた。

まもなく美しい音色がおずおずと聞こえ始めた。丸い腰掛や譜面台が置かれた部屋の一角で小さな動きがあった。ろうそくが燭台に並べられて、譜面が奥まったところから引っ張り出された。かくして夕べの演奏会が始まった。

私たちの友人ハーディング氏は充分巻いたと思うまで、何度弦のねじを巻いたことだろう。どれほどたくさんの摩擦音が協和音を約束したことだろう。ピアノにきちんと腰掛けるエレナーと一人の美少女の前で、たくさんのモスリンがはためき、もみくちゃになった。長身のアポロは、身の丈ほどもあるフルートを手に持つと、隣のかわいい女性の頭上高くに掲げて、ぴったりと背を壁に密着させた。あの血色のいい小太りの小さな準参事会員は、狭い隅っこに忍び込んで、驚くほど手際よくなじんだバイオリンを調律した。

そして今すさまじい演奏が始まった。演奏者たちはあふれるハーモニーに同化していき——山を登り、谷を下り——あるときは徐々に大きな音、またあるときは徐々に低い音になった。今戦いを煽るように大きな音になり、次には殺戮された者を嘆くように低い音になった。演奏に混じって常に一筋聞こえるのが、ビオロンチェロの音色だった。弦のねじがあれほど巻かれたのも無駄ではなかった。今こそ聞け、聞け！　もっとも悲しい音色の楽器がその感動的な物語を独奏した。バイオリン、フルート、ピアノはむせぶ兄の旋律を聞くため、畏敬の念をこめて静かに待機していた。それも一瞬のこと。チェロの低い、悲しい旋律の響きが最高潮に達したとたん、フルオーケストラの演奏が再び始まった。ピアノの足鍵盤が踏まれて、二十の指が情熱的に低音の鍵盤の上を駆け回り、探り回った。アポロはネッカチーフがロープのように固くなるまでフルートを吹き、準参事会員は壁に失神して倒れるまで両腕で演奏した。

今どうしてそれが始まったのか？　みなが分別からとはいわなくても礼儀からでも、静かに音楽に耳を傾けていなければならなかったそのとき、どうして黒い上着の軍団が潜伏場所を出て、小競り合いを始めたのか？　男性が一人ずつにじり出て、狙いも定めずに臆病に小火器をぶっ放した。ああ男性たちよ、敵がどんなに無防備でも、このような闘いではいかなる都市も奪うことはできない。男性陣はついにもっと強力な大砲を運び出して、ゆっくりと効果的に前進した。モスリンの隊列はくずれて、混乱に陥った。手ごわい椅子の陣立てはダンスのために動かされた。戦いはもはや対立する連隊間の戦いではなく、戦いが高貴であった古き栄光の時代のように手と手、足と足を使った白兵戦となった。部屋の片隅で、カーテンの陰で、ソファーの後ろで、ドアに半分隠れて、出窓のくぼみで、引っ込んだ窓の奥で、吊されたつづれ織りに隠れて、癒せない致命的な打撃の応酬があった。

これとは別に地味でまじめな戦いも起こっていた。大執事は太った中年の禄付牧師を味方、名誉参事会員ペアを敵にして、四人でショート・ホイスト[4]の危険と娯楽に没頭した。四人はいかめしく息を詰めると、切られたカードの山を見つめ、出てくる切り札を期待の眼で追った。四人はほかの人の眼を気にしながら、何という不安に満ちた正確さで手札を並べ替えたことだろう。あの痩せた博士[5]――母なる教会の豊かさには似つかわしくない、くぼんだ頬、くぼんだ目をした死体のような人――はなぜあんなにのろいのだろう。ああ、なぜのろいのだろう。大執事がどんな様子か見てほしい。身もだえして言葉もなく、テーブルの上に手札を伏せると、助けを求めるように天上か、天国を見上げていた。大執事がどんなふうに溜息をつくか聞いてほしい。ベストのポケットに両方の親指を突っ込んで、まるでこの苦しみはまだしばらく終わらないと言っているかのようだ。しかし、貧相な博士をまごつかせたいと思っても、そんな期待はむなしかった。大執事は注意深く手札の位置を定めながら、力強いエース、守られた王、慰めを与える女王一枚一枚の価値を計って、ジャックと十の札に思いを凝らし、そろいの札を数え、手札全体の値踏みをした。一巡目の最初の札がテーブルの上に出ると、すぐに三枚が出た。ペアの相方が光る眼で一巡目の札四枚を流しているあいだに、貧相な博士が二巡目の最初の札を出した。三度これがなされて、三度名誉参事会員ペアに幸運が恵まれた。大執事はやっと戦いに目覚めたように見えた。四度目の攻撃で、大執事の二の札がキングの札を一敗地にまみれさせた。もじゃもじゃの顎ひげと不機嫌な眉のキングを屈服させ、王冠と王笏を降ろさせた。

「ゴリアテを倒すダビデですよ」と大執事は四枚のカードを相方に押しやりながら言った。大執事は五巡目で切り札を最初に出した。次にまた切り札を最初に出した。次に切り札のキングを最初に出した。次に切り札のエースを最初に出した。次にたくさん持っている切り札のなかの十が最初の札だった。この十が貧相な博士が唯一残していた頼みの綱、なけなしの切り札のクイーンを引きずり出した。

「何、もうクラブはないのか?」と大執事は相方に聞いた。

「クラブは一枚しかありませんでした」と赤ら顔の、寡黙で鈍感な、用心深くて安全な、しかし強い味方とはなりそうもない太った禄付牧師が腹の底からつぶやいた。

大執事はクラブがたくさんあろうがなかろうがかまわなかった。敵方を当惑させる速さで残りの札を次々に繰り出した。四枚の札を取り分として敵方に押しやると、残りの札をテーブルの向かい側の赤ら顔の禄付牧師に渡して、大声で叫んだ。「勝ち数で二点、切り札で二点、最終回の勝ちで一点」大執事はゼロゲーム勝ちの三倍加算(6)を記録すると、貧相な博士が負け数を計算してしまう前に次のゲームの札を配っていた。

こういうふうに院長のパーティーはすぎていった。人々はショールと靴を整えながら、パーティーがいかに楽しかったか話し合った。グッドイナッフ夫人――赤ら顔の太った禄付牧師の妻――は院長の手を握ると、こんなに楽しんだことはないと言った。グッドイナッフ夫人はパーティーのあいだ何もしないで、話しかけることも話しかけられることもなく、同じ椅子に座っていたから、この世でいかに喜びを味わったことがないか明らかだった。マチルダ・ジョンソンは、銀行の若いディクソンに外套の首のところを結んでもらったとき、年二百ポンドと小さな田舎家があれば、幸せになるのに充分だ、そのうえディクソンはいつかきっと頭取になると考えた。アポロはフルートを折りたたんでポケットのなかに入れたとき、本分をはたしたと誇らかに感じた。大執事は嬉しそうに儲けたお金をちゃりんと鳴らした。しかし、貧相な博士は歩くとき時々「三十三点、三十三点！」とつぶやきながら、言葉少なに出て行った。

みなが帰って、ハーディング氏は娘と二人きりになった。

エレナー・ハーディングとメアリー・ボールドのあいだで話されたことは、ここで語る必要はないだろう。歴史家も、小説家も、主人公や女主人公が言ったことを残さず書かなくてもすむというのはありがたいことだ。さもないと三巻あっても、二十巻あっても充分とは言えないだろう。この物語の場合、私はこの種の立ち聞きをほとんどしないので、楽しい仕事を三百ページ以内、一巻で完結させたいと思っている。しかし、何かがエレナーとメアリーのあいだで話されたことは間違いなかった。院長が楽器をケースにしまって、ろうそくを吹き消したとき、娘は悲しそうに考え込みながら、空っぽの暖炉のそばに立って、どう言っていいかわからないが、父に話すことを決心した。

「さあ、エレナー」と父は言った。「ベッドへ向かいましょうか？」

「はい」と娘は歩きながら言った。「そうします。でもちょっと父さん、今夜ボールドさんは来ていませんでしたけど、どうしてだかご存知ですの？」

「あの人は招待していました。私が手紙を書いたんですから」と院長。

「でも、どうしてあの人は来なかったのかしら？　父さん」

「ああエレナー、理由はわからなくはないんです。でもね、そんなことは推測しても無駄ですね。どうしてそんなにそれが知りたいんですか、エレナー？」

「ねえ、父さん、教えて」と娘は父に抱きつくと、顔を覗き込みながら叫んだ。「あの人がしようとしているのは何なの？　何なのですか？　何か、何か」娘はどう言っていいのかわからなかった。「危険なことなのですか？」

「危険？　おまえ、どんな危険だい？」

「父さんに起こる危険、騒動の危険、失う危険、それと――、ああ、父さんはどうして前もって話してくれなかったの？」

ハーディング氏は誰についても人を厳しく見るような人ではなかった。ましてやもっとも愛する娘に対してはなおさらのことだった。しかし、この瞬間父は娘の気持ちを見誤った。娘がジョン・ボールドを愛していることはわかっていた。娘の愛情が報われたらいいとも思っていた。日々そのことを考えて、愛する父の優しい心づかいで、娘の気持ちが自分とボールドの争いの犠牲にならないよう、事態をどう取り計らったらいいか考えてきた。今初めて娘が今度の争いのことにふれたとき、父は自分のことよりも娘のことをまず考えたのは自然であり、娘が父のことよりも彼女自身のことを心配していると想像したのも自然なことだった。

ハーディング氏はしばらく黙ったまま娘の前に立っていた。それから見上げる娘の額に口づけすると、ソファーに座らせた。

「ネリー、教えておくれ」と父は言った。（もっとも優しく、穏やかで、甘い気持ちのときにだけ父は娘をネリーと呼んだ。父はふつういつも優しく甘かった。）「教えておくれ、ネリー、ボールドのことが好きなのですか――とても？」

エレナーはその問いにとまどった。彼女がジョン・ボールドについて考えたとき、自分のこと、自分の恋のことを忘れていたとは言えない。メアリーと会話するあいだも、忘れたことはなかった。当然自分のことは考えていた。恋していると認めざるをえない男性、心遣いをとても誇りに思っている男性、その男性が父に刃向かって、父を滅ぼそうとしていると考えると心が痛んだ。愛がそのような事態を食い止められなかったことに虚栄心が傷つくのを感じた。ほんとうに愛してくれていたら、そんな非礼によって恋を危険にさらすことはなかったはずだ。しかし、エレナーのほんとうの心配は、父についての心配だった。彼女が危険について話したとき、それは彼女のことではなく父の危険だった。

エレナーは父の問いにすっかり面食らってしまった。「あの人が好きかということですか、父さん」「そうです、ネリー、あの人のことが好きなんですか？　好きでもおかしくはないでしょう？　上手な言葉ではないが、あの人を愛していますか？」エレナーはそれに答えないまま、じっと父の腕のなかで座っていた。娘はジョン・ボールドの悪口を言うつもりでいたし、父がボールドの悪口を言うのを聞く気になっていた。それで、それとは逆にボールドに対する愛を告白するなんて、心の準備はできていなかった。「さあ、おまえ」と父が言った。「包み隠さずに話しておくれ。おまえの心配ごとを教えておくれ。私は私の心配ごと、慈善院のことを話そう」

それからハーディング氏は答えを待つこともなく、できるだけ上手に娘に説明した。ハイラムの遺言に関連して生じた告発、老人たちが提出した請願、院長の立場の強みと弱みについて考えたこと、ボールドが取った訴訟手続き、院長側が取ろうと思っている手続きのことを。それから段々とハーディング氏は聞かれはしなかったけれど、娘の恋を当然のことと見なして、断じて非難できない感情としてそれを語った。父はむしろボールドに代わって娘に謝り、ボールドがしていることについて釈明した。いやボールドの短所をあげつらうことなく、逆に長所を強調して、活力と意図の点で若者を賞賛した。それから父は娘にもう夜が深いことを思い出させて、自分では実感していない自信をたっぷりと見せて娘を慰めると、部屋へ送っていった。父は胸を詰まらせて、目に涙を貯めていた。

翌朝朝食でハーディング氏と娘が会ったとき、もはやその問題にふれる議論はなく、また数日間二人のあいだでそれが取り上げられることもなかった。パーティーのすぐあと、メアリー・ボールドは慈善院に立ち寄った。しかし、そのとき様々な人が客間にいたので、弟について何も言わなかった。その翌日ジョン・ボールドは構内の静かな、薄暗い、緑陰の散歩道でミス・ハーディングに会った。ボールドは彼女に会いたかったが、院長邸を訪ねる気になれなかったので、実際には散歩の途中を待ち伏せした。

「姉によると」とボールドは前もって考えておいた話を急いで切り出した。「姉によると、先夜は楽しいパーティーだったそうですね。出席できなかったのは残念です」

「私たちみんな残念に思いました」とエレナーは落ち着き払って言った。

「理由は、ハーディングさん、あなたには理解していただけると信じています。現時点では――」

ボールドはためらい、つぶやき、言葉を切り、再び説明を始め、また失敗に終わった。

エレナーは救いの手を差し伸べようとはしなかった。

「姉があなたに説明したと思います、ハーディングさん」

「どうか弁解などなさらないでください、ボールドさん。今も以前のように私の家へ来たいとお思いでしたら、父はきっと喜んであなたにお会いします。父の気持ちを変えるようなことは、何も起こっていません。あなたがどう考えるかは、あなた自身がいちばんの審判員です」

「あなたのお父さんはいつも親切で、寛大な方です。いつもそうでした。けれども、ハーディングさん、あなた自身は？――私のことをあまり厳しい目で見ないようにお願いします」

「ボールドさん」とエレナーは言った。「一つだけはっきりしています。私はいつも父が正しいと思い、父に反対する人が間違っていると思っています。父を知らない人が父に反対するとしても、判断の間違いから過ちに陥っていると考えるだけの思いやりはあります。でも、父を知って、愛して、尊敬している人が父を攻撃するのを見るなら、そんな人に対しては当然違う意見を持たなくてはいけません」こう言うとエレナーは低くお辞儀をすると、恋人を惨めな気持ちにして歩き去った。

註

(1) ルキウス・ユニウス・ブルートゥスはローマ最初の執政官であり、個人的な感情よりも義務を優先させた。国に対して陰謀を企てたかどで二人の息子を死に追いやった。
(2) ニューマンやキーブルやピュージーらによるオックスフォード運動を指す。
(3) 第二章の冒頭節参照。
(4) イギリスでもっとも一般的なホイストのかたちで、役札を数えて得点五点で競う。
(5) 名誉参事会員バースレム。
(6) グラントリー博士と相方は十三回のうち八回勝ち（二点）、三枚の切り札の役札を持ち（二点）、最終回に勝った。敵方が零点だったので三倍の得点をえた。

エレナー・ハーディングはジョン・ボールドのもとを見くだした態度で立ち去ったが、その振る舞いほど気勢が上がっているわけではなかった。第一には、恋人を失いたくなかったうえ、第二には、自分のほうが正しいようなふりをしたけれど、確実に正しいのかどうか自信がなかったから。父は何度も「ボールドは不正なことや、狭量なことはしていない」と言った。ボールドを失うのは嫌だ、堪えられないと心では思っていたのに、いったいどうして彼女はこの男性を非難したり、捨てたりすることができたのか？　心と裏腹の行為というのは、人には、特に若い女性にはよくあることだ。エレナーが楡の緑陰のなかをボールドから歩き去ったとき、表情も、声の調子も、あらゆる身振りや動作も、彼女の心を裏切るものだった。ほんとうはボールドの手を取って、何とか説得し、丸め込み、うまくなだめ、彼の計画をやめさせることができたら、つまり身を犠牲にしてでも女性の特権を武器にしてこの男性を征服し、父を救い出すことができたら、世界をくれてやってもいいと思っていた。けれども、自尊心が許さなかった。それで、彼女は愛情のかけらを見せることも、優しい言葉をかけることもなく、この男性のもとを立ち去った。

エレナー以外の恋人か、別の女性を判断する場合だったら、ボールドはこのとき相手の気持ちをもっとよく理解できていたかもしれない。しかし、男性は自分の恋愛に関してははっきり見えないようだ。臆病者は美しい女性を手に入れることができない、と人は言う。しかし、驚くべきことに男性が臆病であるにもかかわらず、美しい女性を手に入れることがしばしばある。優しい性質に恵まれた女性が、男性の勇気のなさを見て堅固な要塞を放棄し、自己の敗北を画策して男性を助けるから、男性は美しい女性を手に入れることができる。もしそうでなかったら、女性は傷つくことはあっても征服されないし、未練はあっても身体的には自由のまま逃げてしまうだろう。

かわいそうなボールドはすっかりしょげ返って、よろよろと歩き去った。最後までやると誓った訴訟をあきらめない限り、エレナー・ハーディングとの運命は決したと感じた。実際、ボールドにとって訴訟をあきらめるのは容易なことではなかった。弁護士はすでに雇われており、問題はある程度公に取り上げられて進行中だった。そのうえ、エレナーのように元気のいい女性が、請け負った任務を途中で投げ出すような男性を愛せるだろうか。女性の愛情を手に入れるため、自尊心まで犠牲にする男性を許せるだろうか。

慈善院の改革問題では、ボールドはかなりの成果に満足していた。バーチェスターじゅうがてんやわんやになっていた。主教、大執事、慈善院長、管財人、数人の聖職者仲間が毎日会議を開き、戦術を話し合い、大きな攻撃の準備をしていた。エイブラハム・ハップハザード卿は相談を受けたものの、まだ意見を出していなかった。ハイラムの遺言の写し、慈善院長の日誌の写し、賃貸契約書の写し、勘定書の写し、写せるものの写し、写せないものの写しまでが卿に送られた。この一件は相当重要なものになりつつあった。とりわけ日刊紙『ジュピター』(1)が記事を掲載した。全能の新聞は、聖クロス(2)に対して放った雷電のなかで次のように述べた。「確かにもっと小規模であるが、類似の訴訟が世間に知られつつある。バーチェスター聖堂に付属する古い慈善院では、報告によると、慈善目的の出費総額が毎年一定であるのに、院長か管財人かは、創始者の遺言で指定された年額の二十五倍にもなる報酬をえている。言い換えれば、創始者の遺言にある受益者、すなわち老収容者たちは、過去四世紀に増え続けた資産から何の利益もえていないことになる。増えた分はくだんの院長によって着服されているからだ。これほど大きな不正事件は考えられない。六人か九人か十二人かの老人が、この世で必要とする分だけの利益をえているではないか、というのでは答えにならない。何もしない院長が莫大な報酬を要求するのは、いったいどのような道徳的、倫理的、伝統的、法律的根拠に基づいているのか？　収容者たちがたとえ満足しているとしても、院長が富を蓄えてよいということにはならない！　院長は聖なる手を伸ばして、数十人分の働く聖職者の給料を受け取るとき、どのような奉仕に対してその報酬を受け取っているのか、自問することはないのか？　その報酬をえる権利に対して、良心は疑問を抱かないのか？　このような疑問は心に現れないのか？　この院長が何年ものあいだ金を横領し続けたうえ、もし神が見逃せば、過去の勤勉な敬神の結果であるこれらの果実を、この先何年にも渡って横領し続けることになる、そんなことが許されていいのか？　しかも役職上の権利とは無関係に、他人に対して不正を働きながらだ！　イギリス国教会とその聖職者以外のどこにも、このような道徳上の無責任は見いだせない。これが我々の意見である」

前述の記事を読んだあと、ハーディング氏の心理状態がどうだったか、読者にしばらく想像してもらいたい。毎日八万部の『ジュピター』が売られて、一部は少なくとも五人に読まれているようだ。

四十万人の読者がハーディング氏を非難するこの記事を目にして、四十万人がバーチェスター慈善院長の恥知らずな横領に憤慨する！　ハーディング氏はこれに対してどう答えたらいいのか？　この国の大衆の、何万もの、教養があり、洗練され、精選された人々に対して、彼はどのように胸襟を開いたらいいのか？　どうやって人々に証明したらいいのか？　院長は泥棒ではなく、つまり金を必死にかき集めるだけの貪欲な、怠惰な聖職者ではなく、ただ差し出されたものを単純に受け取った、内気で遠慮がちな男なのだ、ということを。

「『ジュピター』に申し開きの手紙を書いてはどうでしょう」と主教が提案した。

「そんなことをしたら」と父より世故にたけた大執事が言った。「たっぷり嘲笑を浴びますよ。侮蔑を浴びて激しく揺すぶられ、しつけられたテリアの口に捕まったねずみのように痛めつけられますよ。手紙に誤字脱字があれば、聖堂の聖職者は無学だなどとくどくど言われます。些細なミスを犯したら、それが虚偽か、自白か、自己告発にもなりえるんです。それから、ですよ、自分が無学で低俗な、気難しい不遜な人間に仕立て上げられていくのを目の当たりにする。聖職者ですから、あなたが神聖冒瀆の罪に問われることも十中八九ありえるんです！　あなたが言い分も、才能も、気概も、いちばんよいものを備えており、アディソン(3)のように達者に、ジュニアス(4)のように力強く、文章を書くことができるとしましょう。それでも『ジュピター』から攻撃されて、首尾よく反論することなんかできないんです。こういう問題で奴は全能なんですよ。ロシアでは皇帝、アメリカでは大衆、それに当たるのがイギリスでは『ジュピター』なんです。その記事に向かって申し開きの手紙を書くだなんて！とんでもないことです、院長。何があってもそれだけはしてはなりません。我々はこの種のことに出くわす運命にあったんです。しかし、わざわざ必要以上に攻撃を浴びることはないんです」

『ジュピター』の記事は哀れな慈善院長を大いに悩ませた一方、敵方には大勝利だった。ボールドはハーディング氏が個人攻撃を受けたことを見ると、かわいそうに思ったけれど、それでも有力な唱導者である新聞が彼の言い分を取り上げてくれたことを知って、気持ちが高ぶるのだった。弁護士のフィニーは有頂天になっていた。何とすばらしいこと！　『ジュピター』と同じ立場に立って、同じ主張に取り組むとは。彼の主張を『ジュピター』も支持し、発展させ、闘ってくれるとは。哀れな老人たちに向けた努力に報いをえた、学識ある紳士として、彼の名が取り上げられるとは。下院の委員会で彼の意見が求められるかもしれなかった――出費が一日にどれくらいかかるかわからないが。このような訴訟に何年にも渡って取り組むことになるかもしれない！　フィニーは『ジュピター』のこの社説を読んで、翔る心で栄光に満ちた金色の夢をはてしなく夢見た。

老収容者たちもこの記事のことを聞くと、今彼らの問題を取り上げたすばらしい擁護者に漠然と希望を抱いた。エイベル・ハンディは足を引きずりながら部屋から部屋へと歩き回り、新聞に印刷されたという内容に、必要と思う彼の意見をつけ加えて、繰り返し話した。『ジュピター』がどんなふうに慈善院長を泥棒同然に扱ったか、しかも『ジュピター』の言うことが世間から真実と認められたことをハンディは仲間に語った。『ジュピター』は明確に肯定したのだ。収容者一人一人が――「おれたち一人一人がなんじゃよ、ジョナサン・クランプル、考えてもみろよ！」――年百ポンドを受け取る権利があると。もし『ジュピター』がそう言ったのなら、それは大法官閣下の決定よりもいいものだった。ハンディはフィニー氏から与えられた新聞を持ち歩いた。誰も新聞を読むことはできなかったが、それでもその新聞は収容者について語られた筆致と見解の積極的な傍証となった。ジョナサン・クランプルは返ってくるお金のことをしきりに考えた。ジョブ・スカルピットは請願書に署名したことがいかに正しかったかを見て、何度もそのことを語った。スプリッグスはぞっとするような片目で横目使いをした。ムーディは黄金時代が近づくにつれて、切ないほど恋い焦がれる金をまだ持つ人をこれまで以上に憎んだ。ビリー・ゲイジィと寝たきりのベルさえもそわそわして、落ち着かなくなった。偉大なバンスは眉をひそめながら、心に深い悲しみを秘めて、孤立した。邪悪な時代が訪れつつあることを察知したからだ。

バーチェスターの聖職者会議は、大執事の忠告に従って、『ジュピター』の編集者に対して抗議も、説明も、弁解も、しないことに決めた。これがこれまでのところ聖職者会議が到達した唯一の結論だった。

エイブラハム・ハップハザード卿は「尼僧院管理法案」(5)というカトリック教徒迫害法案の準備に深くかかわっていた。この法案の趣旨は、反逆的な文書とか、ジェスイットの象徴とか、を持つと疑われる尼僧の身体検査権限を、五十歳以上のプロテスタントの牧師に与えるというものだった。法案には百三十七の項目があり、それぞれの項目がカトリック教徒に毒の棘を打ち込むようにしつらえてあった。逆上した五十人のアイルランド人が、一インチずつ法案を争うことがわかっていたので、エイブラハム卿は法案の正当な解釈と適切な噛み合わせの構築に忙殺されていた。法案は望ましい効果をあげた。もちろん、可決されることはなかったけれど、アイルランド選出議員たちの隊伍を完全に分断した。この議員団は団結して、男性にアイルランド産ウイスキーを飲ませ、女性にアイルランド産ポプリンを着せようという法案を内務省に突きつけていた。卿の法案のおかげで、残り議会会期では「ポプリンとウイスキー大連盟」は崩壊し、無害となった。[6]

エイブラハム卿の意見は、たまたますぐには出てきそうにもなかったので、バーチェスターの人々の半信半疑や期待、苦痛は長く続くことになった。

## 註

（1）タイムズのこと。タイムズのビクトリア時代の異名"The Thunderer"にちなむ。雷電を放つのはジュピターだから。

（2）第二章の冒頭節参照。

（3）*Spectator*（1711-12）の執筆者ジョゼフ・アディソン（1672-1719）。

（4）一七六九年から一七七一年までジョージ三世と閣僚たちを非難し続けた一連の手紙の作者の筆名。

（5）一八五三年六月に議論された「個人的自由の回復法案」のパロディー。この法案は意思に反して拘束された女性を解放するため、尼僧院等の建物の捜索権限を持つ委員の任命をめざした。実際の「個人的自由の回復法案」のほうがここに書かれた「尼僧院管理法案」よりも悪ふざけがひどく、破廉恥だった。

（6）「個人的自由の回復法案」はプロテスタント議員とアイルランドのカトリック議員を分断した。一八五三年六月二十三日この法案の二回目の審議は「酒に課す物品税法案」の議論当日に当たっていた。「酒に課す物品税法案」はアイルランド産とスコットランド産の酒に対する手当金について議論した。

# 第八章　プラムステッド・エピスコパイ

読者にはプラムステッド・エピスコパイの禄付牧師館を訪れて、朝まだ早いけれど、もう一度一緒に大執事の寝室へ上がっていただかなければならない。館の女主人は化粧室にいた。化粧室に留まって、女主人に不敬の目を向けたくないから、博士が着替えをしたり、長靴や説教を置いておいたりする奥の小さな部屋に移動しよう。敬愛するアダムと評価の高いイヴの会話が聞こえるくらいに、部屋のドアが開いているものとして、ここに位置を占めよう。

「みんなあなたのせいですわ、大執事」と夫人が言った。「どういうことになるか、初めからあなたには言っておきました。父さんがあなたに感謝するとお思いですの」

「おやおや」と博士。彼は粗いタオルを乱暴に扱うと顔や頭を包み込んで、化粧室のドアに現れた。「どうしてそんなことを言うんです？　できる限りのことはしていますよ」

「こんなにいろいろとあなたがしてくれなければよかったんです」と夫人は博士の言葉を遮って言った。「ジョン・ボールドと父さんが望んだように、ただボールドを自由に出入りさせていたら、今ごろエレナーは彼と結婚していたことでしょう。そうすれば、今回のようなことは聞かずにすんだはずですわ」

「しかし、おまえ――」

「まあよろしいわ、大執事。あなたはもちろん間違ってなんかいません。今のところ間違っていたなんて、認めはしないでしょうから。でも、ほんとうはあなたがこの若者を怒らせて、父さんに災難をもたらしたのですわ」

「しかしなあ、おまえ――」

「それもみなあなたがジョン・ボールドに義弟になってほしくなかったからなのです。エレナーには、彼との結婚以外に道はなかったのではないかしら。父さんは一文なしだし、エレナーはほどほどにきれいだけれど、魅力的というほどではないもの。エレナーには、ジョン・ボールドとの結婚がいちばんよかったの。せいぜいそれくらいの結婚しかできなかったのよ」と、心配な姉は靴紐の結び目に最後のひねりを加えると言った。

グラントリー博士はこの痛烈な批判を不当と思った。しかし、反論できなかった。博士は確かにジョン・ボールドを怒らせてしまった。義弟としてボールドを受け入れることに反対したから。数か月前には、博士はそれを考えただけで怒りに燃え上がった。しかし、状況が変わって、ジョン・ボールドが力を見せた。ボールドを相変わらず忌むべき存在とは見ていたけれど、力にはそれ相応の敬意を払わなければならなかった。この高位聖職者はそういう結婚も無分別ではなかったかもしれないと思い始めた。とはいえ、彼は座右の銘を相変わらず「我、降伏せず」としていたから、最後まで戦い抜く覚悟もしていた。彼はオックスフォードと、貴族院の主教たちと、エイブラハム・ハップハザード卿を固く信じた。何よりも彼自身を信じた。しかし、妻と二人きりになったときだけは、彼も敗北の恐れに悩まずにはいられなかった。今一度彼の固い信念を妻にわからせようとして、エイブラハム卿のことを二十回目に話し始めた。

「ああ、エイブラハム卿ね！」グラントリー夫人は下に降りる前に、家じゅうの鍵を籠に集めながら言った。「エイブラハム卿はエレナーの夫にはなれません。慈善院を追い出される父さんに新しい収入を与えてはくれません。よく聞いてくださいね、大執事。あなたとエイブラハム卿が一緒になって敵方と戦っているあいだに、父さんは栄誉ある地位を失ってしまいます。そうなったら、あなたの務めとして、エレナーと父さんをどうするつもりなのですか？　エイブラハム卿への謝礼はいったい誰が払うのですか？　エイブラハム卿がただで訴訟を扱うことなんかありませんわ」こういうと、グラントリー夫人は子供や使用人と一緒の家族崇拝、良妻賢母の模範となるもの、に参加するため、下に降りていった。

グラントリー博士は愛情に満ちた、健やかな家族に恵まれていた。上の三人の男の子たちは休暇で学校から帰ってきていた。それぞれチャールズ・ジェイムズ、ヘンリー、サミュエルと言った。残り二人の妹の内（子供は全部で五人だった）、姉の方は祖母であるヨーク大主教の妹の名をもらって、フロリンダと言った。妹は、洗礼のときカンタベリー大主教夫人の名をもらって、グリゼルと言った。少年たちは揃って賢く、世の困難や試練に強く立ち向かって成長する見込みを見せていた。とはいえ、少年たちはそれぞれ違った気質と個性を持っており、博士の友人のあいだでそれぞれの賛美者をえていた。

チャールズ・ジェイムズ(1)は几帳面な、慎重な少年であり、危険なことには手を出さなかった。バーチェスター大執事の長男として、どれほど期待されているか充分自覚していた。それゆえ、ほかの少年たちと見境なくつき合うような、不注意なことはしなかった。彼は弟たちのように優れた才能に恵まれなかったけれど、判断と礼儀正しさの点で弟たちより優れていた。もし欠点があったとすれば、それは現実の物よりも言葉のほうに注意を向けすぎてしまう点だった。この子は技巧に走りすぎるきらいがあり、時折父が忠告したように、度を越して妥協を好んだ。

ヘンリー(2)は大執事のお気に入りの次男であり、じつに優秀な少年だった。多面的な才能には目を見張らせるものがあった。意にそまない仕事でも、求められれば能力をそれに適合させてしまうこの少年の手際のよさに、プラムステッド・エピスコパイの訪問客もたびたび舌を巻いた。この少年はかつて大勢の客の前に改革者ルター(3)の姿で現れると、その役を完璧に演じてみせてみなを喜ばせた。それから三日もたたないうちに、カプチン会修道士の役を本物そっくりに演じて(4)、またもや客を驚かせた。後者の手柄をたたえて父からギニー金貨を与えられたとき、その褒美はあらかじめ成功報酬として約束されていたと兄弟たちからそしられた。ヘンリーはいちばん楽しみにしていたデボンシャーの旅にも行かせてもらった。しかし、父の友人である教師たちは、この子の才能を評価しないで、彼の御し難い気質について悲しい報告を家へ送ってきた。ヘンリーは骨の随まで勇敢で、元気だった。

バーチェスター聖堂から数マイル離れた彼の家でも、通っていたウェストミンスター校(5)でも、若きヘンリーがボクシングを得意としており、負けを絶対認めないことがまもなく知られるようになった。ほかの少年たちは持続力があるあいだしか戦わなかったが、ヘンリーはなくても戦った。介添え役は、時々彼が打ちのめされて、失血で気を失ったと思っても、彼を戦いから退かせることができなかった。

ヘンリーは降参することも、戦いに飽きることもなかった。リングこそ彼が唯一楽しめる場所だった。ほかの少年たちが友だちの多いことを喜ぶ一方、彼は敵の多さに喜びを見出した。

親戚の者は、ヘンリーの胆力を賞賛するほかなかったけれど、この子にいじめっ子のきらいがあることを知って、時々残念な思いを味わった。父ほどもこの子を依怙ひいきできなかった身内の者は、この子が先生や大執事の友人には、こびへつらう一方、使用人や貧乏人には、横柄で威圧的だと知って悲しんだ。

しかし、おそらく三男のサミュエル(6)がいちばん人気があるようだ。親愛なる石鹸ちゃん(7)――親しみを込めて彼はこう呼ばれた――は、母が甘やかしたいいちばん愛嬌のある子だった。この子はもの柔らかな、穏やかな態度を見せて、人を引きつける話し方をした。声の調子は美しい調べで、あらゆる動作が優雅そのものだった。二人の兄とは違って、どんな人にも礼儀正しく、身分の低いものにも愛想よく、皿洗いのお手伝いにさえ温和に接した。サミュエルは有望な少年であり、本をよく読み、先生たちを喜ばせた。しかし、二人の兄は特にこの子が好きというわけではなかった。兄らは石鹸ちゃんの礼儀正しさには、みな裏があると母に不平を言ってみたり、プラムステッド・エピスコパイでは、石鹸ちゃんの言うことばかりが注目を集めているとねたんだり、石鹸ちゃんが大人になったとき、家のなかで二人の兄よりも大きな力を持つことを恐れたりした。それゆえ二人の兄は石鹸ちゃんをこきおろそうと、一種の協定を結んでいた。ところが、これを実現するのはそう簡単ではなかった。サミュエルは年下とはいえ抜け目がなかったから。彼はチャールズ・ジェイムズのように礼儀作法の堅い盾を構えるわけでもなく、ヘンリーのように喧嘩ができるわけでもなかった。しかし、石鹸ちゃんにははぐらかしの特技があり、二人の兄に対抗して地位を守る対抗手段をしっかり身につけていた。ヘンリーはサミュエルをずる賢い嘘つきとなじった。チャールズ・ジェイムズはサミュエルをかわいい弟と呼ぶ一方、ことあるごとにこの弟を誹謗した。じつはサミュエルはずる賢い子だった。彼を愛する人でさえも、こんなに若い子にしてはあまりにも言葉の選び方が器用すぎるうえ、あまりにも声の調子の合わせ方が熟達しすぎていると思った。

年下の二人の娘フロリンダとグリゼルは、とてもよい娘たちだったけれど、兄らのような力強い素質は持ち合わせていなかった。プラムステッド・エピスコパイでは、娘たちの声が聞かれることはあまりなかった。娘たちは生まれつき内気な恥ずかしがり屋であり、人前で話すように言われても、上手に話すことができなかった。きれいな白いモスリンの上っ張りを着て、ピンクの飾り帯をつけるとき、とてもよく似合っていたが、父を訪ねる客の注目を集めることはあまりなかった。

大執事は顔をまっすぐ前に向け、力強い足取りで下の朝食用の居間に入った。彼は化粧室という至聖所で妻と会話するあいだは、謙虚で従順な姿勢を見せていたが、顔つきや足取りからもうそれを払拭していた。第三者のいるところでは、彼は主人の役、夫の役を完璧に演じた。賢くて才能のある妻は、人生の命運を託した男をよく知っていたから、妻の権威を埒外にまで拡張しようとはしなかった。プラムステッド・エピスコパイを初めて訪れた人は、朝、神の言葉を聞くために集まってきたお客、子供、召使いの大集団の沈黙を、大執事が傲慢な額で支配するのを見た。また、妻が鍵の入った籠を前に置き、両端に子どもを連れておとなしく座っているのを見た。こういうのを見たとき、初めて訪れた人は、ほんの十五分前に妻が夫に一歩も引かないで、夫が弁解のため口さえも開かせてもらえなかったことなんか想像できないだろう。だが、それが女性の如才なさであり、才能なのだ！

立派な家具を備えつけた朝食用の居間と、牧師館の身の回り品の心地よい雰囲気を観察してみよう。それらは心地よかったものの、豪華でも、華麗でもなかった。実際、ここに使われた金額を考えてみれば、客の審美眼と感覚はもっと満足させられてもよかった。部屋には重苦しい雰囲気があったけれど、それは避けられて、もっと作法にかなうものになっていたかもしれない。色彩はもっといいものに代えられて、光ももっと申し分なく拡散できたかもしれない。しかし、おそらくそうしたら、聖職者の家らしい全体の完璧な雰囲気が損なわれてしまったことだろう。いずれにしても、あの黒い、厚い、高価なカーペットが敷かれ、浮き彫りのある地味な仕切り紙が吊され、重いカーテンが太陽光の半分を遮るように掛けられていたのは、充分考慮されてのことだった。近代的な椅子の値をはるかに凌ぐ値で買われた、あの旧式の椅子も目的がないわけではなかった。テーブルの上の朝食は、同じように高価で、同じように質素だった。意図するところはお金は使うけれど、豪華さ、華麗さは一掃するということだった。壷は厚い純銀製で、ティーポット、コーヒーポット、クリームポット、砂糖のボウルも純銀製だった。カップは一つ一ポンド程度の高価な竜紋の磁器だったが、知識が乏しいものの目には価値あるものには見えなかった。銀のフォークは手にとると不快なほど重く、パンの籠は虚弱な者には恐ろしいほど重かった。紅茶は高級のもの、コーヒーは最高に純粋なブラック、クリームは最高に濃厚なものが飲まれた。何もついていないトースト、バターを塗ったトースト、マフィン、クランペット(8)もあった。熱いパン、冷たいパン、白いパン、茶色いパン、手作りのパン、パン屋のパン、小麦のパン、カラスムギのパンもあった。これら以外のパンがあるとすると、そのパンも並んでいた。ナプキンのなかに卵があり、銀の食器のなかにカリカリに焼かれたベーコンがあった。小さな箱のなかに小さな魚があり、湯皿のなかにじゅうじゅうと音を立てる芥子調理された腎臓があった。腎臓は立派な大執事の皿に隣接して置かれていた。これに加えて、食器台に広げられた純白のナプキンの上には、大きなハムと大きなサーロインがあった。サーロインは前の晩の食卓に出ていたものだ。このようなものがプラムステッド・エピスコパイのいつもの朝食だった。

しかしながら、私はこの牧師館が心地よいところだとこれまで一度も思ったことがない。人はパンのみで生きるものではない、という事実がここでは忘れられているように見えた。主人の外見は高貴で、女主人の顔は優しく、子供らには才能があり、食べ物とワインはすばらしかった。しかし、これらの魅力にもかかわらず、私はやはりこの牧師館は退屈だと思った。朝食後、大執事は退席して、当然聖職者としての仕事へ向かった。グラントリー夫人は一流の家政婦を年六十ポンドで雇っていたが、みずから台所を点検した。すばらしい家庭教師を年三十ポンドで雇っていたが、フロリンダとグリゼルの授業は夫人自身で見た。いずれにせよ夫人も姿を消してしまった。私はこの家の少年たちを一度も仲間と思ったことがなかった。チャールズ・ジェイムズはいつも何か言いたいことがあるような表情をしたが、実際には言うことはあまりなかった。しかも、言ったことをいつもすぐ取り消した。チャールズ・ジェイムズは、クリケットは走り回らないでできるなら、子供にとって紳士的なゲームだと、ファイブズ(9)も選手が過熱しすぎなければ、いいゲームだと私に言ったことがあった。ヘンリーは庭の花に水をやるじょうろの使い方で兄妹げんかをしたとき、私がグリゼルの肩を持ったからといって、くってかかってきたことがあった。ヘンリーはそれ以来しばしば当てつけを言うけれど、私に話しかけてくることはない。私は三十分程度ならもちろんサミーの穏やかなスピーチを聞いてやってもよかった。しかし、甘いものには飽きるものだ。サミーは私よりも、自家用菜園や建物の裏手で見つけられるもっと賛美の念に満ちた聴衆のほうが好きなのだ。そのうえ私はサミーが一度嘘をつくのを聞いたことがある。

そういうわけで、全体として牧師館のものは最上のものと認められただろうが、私は退屈なところと思っていた。

私たちが今見ているこの朝、大執事は朝食後、とても忙しいけれど、チャドウィックが来たら会う、と言って、いつものように書斎へ退いた。聖なる書斎へ入るとすぐ、大執事は書類箱――この上で好きな説教を書くのが習慣だった――を注意深く開けた。その書類箱の上に一枚のきれいな紙とある程度書き込んだ紙を広げた。インク壺を置き、ペンを見、吸取紙を折り畳んだ。それから再び席から立ち上がると、暖炉に背を向けて立って、心地よくあくびをし、大きな腕を大きく伸ばし、逞しい胸を広げた。それから部屋を横切ってドアに錠をかけた。こういうふうに準備してから安楽椅子に身を投げ、テーブルの下にある秘密の引き出しからラブレー(10)の一冊を取り出すと、パニュルジュ(11)の気の利いたいたずらを読んで楽しみ始めた。このように大執事のこの朝はすぎていった。

大執事は一、二時間邪魔されずに書斎にいた。それからドアにノックがあり、チャドウィック氏の到来が告げられた。大執事が秘密の引き出しにラブレーを戻して、安楽椅子をわざとらしく遠ざけ、すばやく差し錠をはずしたとき、管財人のチャドウィック氏は、大執事がいつものように教会――彼は非常に役立つその大黒柱だ――のため仕事をしているところを見つけた。チャドウィック氏はたった今ロンドンからやって来たばかりで、重要な知らせを携えていた。

「ついにエイブラハム卿の意見が出ました」とチャドウィック氏は座って言った。

「さあ、さあ、さあ！」と大執事は気ぜわしく言った。

「ええ、でもその意見が長ったらしいのです」と相手が言った。「要するに一言では言えないのです。自分で読んだほうがいいですね」と、チャドウィックは大執事にその意見の写しを手渡した。その写しは、いったい何枚のフォリオ判に長々と綴られているのかわからなかったが、法務長官がもともと自分に提出されたものをそのままカバンの奥か、側面かに詰め込んだものだった。

「結論は」とチャドウィック氏は言った。「その訴訟にネジのゆるんだところがあるから、私たちは何もしないほうがいいということなのです。敵方はハーディングさんと私に対して訴訟の手続きを進めています。ところが、遺言の内容と法的に確認されたその後の手続きのもとでは、ハーディングさんと私は、たんに支払いを受ける使用人にすぎないと、エイブラハム卿は考えています。被告はバーチェスター市か、ひょっとすると聖堂参事会か、もしくは主教であるあなたのお父さんか、のいずれかでなければならないようです」

「ほほう！」と大執事は言った。「そうすると、ボールド先生は間違ったところをついているというわけかい？」

「それがエイブラハム卿の考えです。ボールドはどう見ても失敗しそうです。エイブラハム卿は、たとえ敵方が市か、聖堂参事会か、を訴えていたとしても、敵方に一泡吹かすことができるはずだと考えています。卿によると、主教が、敵方にとってもっとも確実な被告であるらしいのです。けれども、主教が訴えられたとしても、私たちは、主教はたんに監察官であり、監察官以外の義務の執行を受け入れたことはないと主張することができるのです」

「はっきりしているではないか」と大執事。

「そんなにはっきりもしていません」と管財人は言った。「あなたも遺言にこう書いてあるのをご存知でしょう。『主教閣下は公正な正義がなされるよう、喜んで取りはからう』と。問題があるかもしれないのは、主教であるあなたのお父さんが慈善院長の任命権を引き受けて執行したとき、付随するほかの義務も受け入れていないかという点です。受け入れていないとも考えられます。この部分は微妙なところがありますから、もし敵方からたとえ急所を突かれたとしても――敵方はかなり急所から外れていますから――争点に達する前に、敵方に一万五千ポンドの支出を強いることができそうです。それほど問題は、エイブラハム卿が言うように、味方に有利なのです。いったいそんなお金がどこから出てくるというのでしょうか?」

大執事は喜びで両手をこすり合わせた。この訴訟で味方の正義を疑ったことはなかった。とはいえ、敵側の不正な成功には恐怖を感じ始めていた。敵方の申し立てが、岩や障害に囲まれていると聞くのはとてもうれしいことだった。そういう難破の原因は、陸に住む人には見えないが、法律の航海士の鋭い目には見えるのだ。 ボールドがエリナーと結婚したがっているなどと、妻は何という思い違いをしたことか！ ボールドが！ もし奴が訴訟を最後までやり通そうと思う馬鹿なら、訴訟の相手が誰かわかる前に物乞いをしなくてはならないだろう。

「すばらしいよ、チャドウィック、すばらしい！ エイブラハム卿は我々の味方だと言ったでしょう」それから大執事は意見の写しを机の上に置いて、優しく叩いた。

「でも、人に見せてはいけませんよ、大執事」

「誰が？　私が？　断じて見せはしないよ」とグラントリー博士は答えた。

「大執事、でもこれは噂にはなるでしょう」

「もちろん」と博士。

「もしこれが広まれば、敵方はどう戦ったらいいかわかってしまいますからね」

「確かにその通り」

「大執事、バーチェスターでは私とあなた以外に、これを誰にも知られないようにしなければなりません」

「そう、誰にもな」大執事は二人だけの秘密という考えに満足して言った。「誰にも知られないようにしよう」

「グラントリー夫人は今回の事件にとても関心がおありのようですね」とチャドウィック氏。

大執事はこのときウインクしたか、しなかったか？　ウインクはしなかったけれど、そんなつたない合図ではなくて、目の片隅の動きでチャドウィック氏に伝えた。たとえ夫人の関心が大きいとしても、夫人に文書を見せてはならないと。大執事は既に述べた小さな引き出しを開けると、ラブレーの本の上にこの文書を置いた。それから彼は隠された宝を守る錠の仕組みをチャドウィック氏に教えた。用心深い管財人は満足の意を表わした。ああ、グラントリー博士は思い上がっていた！　彼はブラーマとかチャッブとか[12]の技術でラブレーやほかの宝をしまい込んだ。しかし、彼はこの錠の謎を解く鍵をいったいどこにしまい込むことができただろうか？　おそらくこの家の女主人は、引き出しのなかに何があるか知らないはずはなかった。そのうえ女主人には、その中身を全部知る権利が与えられていた、と私たちは思う。

「当然のことですが」とチャドウィック氏は言った。「あなたのお父さんとハーディングさんには、訴訟がうまくいっているという卿の意見を、満足していただける程度に話さなくてはなりません」

「ああ、もちろんそう」と博士。

「とにかくエイブラハム卿の意見をお二人には知らせたほうがいいですね。ハーディングさんに対する訴訟はありえないと。今のところ言葉にされているものによると、そのような訴訟は失敗するばかりか、続けていっても却下されるに違いないと。ハーディングさんは使用人にすぎないし、そのような人に訴追は及ばないと。そういう明確なエイブラハム卿の意見をハーディングさんには話したほうがいいですね。あなたがご希望なら、私がハーディングさんに会いますよ」

「ああ、私が明日あの人に会わなければなりません。私の父にも。二人にきちんと説明しますよ。チャドウィックさん、帰る前に昼食を食べていってください。帰らなければならないのなら、しようがありませんな。あなたには時間が貴重なのだということはわかっています」大執事は主教区の管財人と握手すると、お辞儀をして相手を送り出した。

大執事は再び引き出しのところに戻ると、エイブラハム・ハップハザード卿の——法によって啓発され、法によって混乱する——頭脳の精華を二度ばかり読んだ。エイブラハム卿が慈善院の老人たちの要求の正当性とか、ハーディング氏の弁明の正当性とか、そういう問題に思いを馳せることがなかったのは明らかだった。敵対者に対する法的な勝利だけが、エイブラハム卿が考える報酬に値する奉仕にほかならなかった。卿の立場からすると、勝利の希望を胸に秘めて勤勉に働いたのは、これを実現するためだった。エイブラハム卿はハーディング氏の願望についてはまったく関知しなかった。ハーディング氏のほうは、彼が誰にも不正を働いていないこと、真に公平な報酬をえていること、良心の苦痛なしに眠ってよいこと、貧乏人から盗んでも奪ってもいないこと、『ジュピター』が歪曲して描き出した人物像を彼も、世間も、公式に否定できること、これらのことを権威ある人から保証してもらいたかった。これがハーディング氏の強い願望だったけれど、それを満たすことはエイブラハム卿の仕事ではなかった。そんなもののために卿は戦って、勝利をえているわけではなかった。卿は成功を目的として戦い、だいたい成功した。それも卿の力によるというよりも、敵方の弱さによって勝利をえた。エイブラハム卿を敵にしたとき、卿が欠陥を見いだせないような訴訟を組み立てることは、ほとんど不可能だった。

大執事はエイブラハム卿の論理が正確なのを見て喜んだ。大執事を公平に評価すると、彼が勝利を利己的なかたちで望んでいないことは明らかだった。負けたからといって彼が個人的に失うものは何もなかった。少なくとも失うかもしれないものが、彼を動かす動機とはなっていなかった。大執事をこれほどやきもきさせたものは、正義感でもなければ、義父ハーディング氏への配慮でもなかった。大執事は決して征服することのできない敵、教会の敵に対する終わりのない戦いを遂行中だったのだ。

大執事はハーディング氏に訴訟費用を支払う能力はないとわかっていた。エイブラハム卿の長い意見書、申し立てや弁論、事件が引き回される法廷等の費用。父である主教と彼自身がこの莫大な費用の大部分を折半しなければならないと思っていた。しかし、大執事のいいところだったが、これにひるみはしなかった。彼はお金を手に入れることが好きで、収入には貪欲だった。とはいえ、金を惜しまずに使う点でも気前がよかった。施した措置の成功を予見できれば、かなりの支払いを求められたとしても、勝利だと思っていた。

## 註

（1）ロンドンの主教（1828-56）であったチャールズ・ジェイムズ・ブロムフィールドをモデルにした風刺的人物素描となっている。
（2）エクセターの主教（1830-69）で、極端なトーリー派であったヘンリー・フィルポッツの風刺的人物素描となっている。フィルポッツは高教会派の論客で、喧嘩好き。権力を巡り枢密院との確執に巻き込まれた。
（3）ドイツの宗教改革者マルチン・ルター（1483-1546）のこと。
（4）フィルポッツは場合に応じてプロテスタントの闘士のようにも、カトリックの共鳴者のようにも見えた。
（5）ウェストミンスター・アビー付属のパブリック・スクール。
（6）オックスフォードの主教（1845-69）であったサミュエル・ウィルバーフォースの風刺的人物素描となっている。
（7）"Soapy Sam"のあだ名はウィルバーフォースのはぐらかしの能力と魅力を表現した。
（8）ホットケーキの一種。
（9）二人から四人で行うハンドボールに似たゲーム。
（10）フランソア・ラブレー（1494?-1553）はヒューマニストで諷刺家。その作品はグラントリー博士の時代には猥褻であるとされた。

（11）『パンタグリュエル』に登場する悪ふざけで有名な作中人物。

（12）ジョゼフ・ブラーマ（1748-1814）とチャールズ・チャッブ（d. 1845）は有名な十九世紀の錠前職人。

# 第九章　会議

翌朝、大執事は遅刻しないように父の主教のところへ行った。主教公邸の会議に出席するよう慈善院長にも短い手紙を送っていた。グラントリー博士は、バーチェスターへ向かう一頭立て箱馬車の席に身を委ねて、考え込むと、訴訟の見通しについて彼が感じている満足を父にも、義父にも、伝えるのは難しいと感じた。大執事は味方の成功と敵の失敗を追求していた。父の主教はこの問題に平安を、できれば安定した平安、主教としての残り少ない日々が尽きるまでの平安を望んでいた。義父のハーディング氏は成功と平安だけではなくて、世間を前にした自己の正当性の証明を求めていた。

主教は比較的扱いやすかった。従順な息子は、ハーディング氏が現れる前に、万事が順調に進むと父を説得していた。その後慈善院長が到着した。

公邸で朝をすごすとき、ハーディング氏はいつも主教のすぐそばに位置した。主教は巨大な肘掛椅子に座った。その肘掛椅子には、燭台や書見台や引き出しやそのほかの装具が備えつけられていて、夏冬問わずその椅子が動かされることはなかった。大執事がそこに加わるとき、二人の老人はいつも大執事と向かい合って座った。二人はこのように一緒に大執事に対抗して戦うことができたけれど、いつも決まって一緒に敗北した。

私たちの慈善院長は入ってくると挨拶して、いつもの場所に着き、優しく友の健康を尋ねた。主教は思いやりのある人で、ハーディング氏の柔らかな、女性的な愛情を特に慕った。二人の温和な老聖職者が互いに握手し、ほほ笑み、愛情のちょっとした仕草をするのを見るのは、風変わりで面白かった。

「エイブラハム卿の意見がついに出ましたよ」と大執事は口を切った。ハーディング氏はその噂をすでに聞いていて、結果を非常に知りたいと思った。

「こちら側に有利なのです」と主教は友の腕を押して言った。「とても嬉しい」

ハーディング氏はその喜ばしい知らせを確認したくて、力強い使者を見た。

「そうなんです」と大執事は言った。「エイブラハム卿はこの訴訟に細心の注意を払ってくれたんです。そうしてくれることはわかっていました。彼の意見によると――エイブラハム卿の人柄を知る人にはわかっていますが、こういう問題で彼の意見はいつも正しいんです――彼の意見によると、敵方はよって立つべき基盤を欠いているとのことです」

「どのように欠いているというんですか、大執事」

「うむ、第一に――でも院長、あなたは法律家じゃないから、わからないと思いますよ。問題の要点はこうです。ハイラムの遺言では、慈善院のため二人の有給の後見人を選んでいます。法は二人の有給の使用人と言っています。名前なんてどうでもいいことなんですよ」

「とにかくもし私がその使用人の一人なら、名を問題にしてほしくありませんね」とハーディング氏が言った。「ご承知のように薔薇の名前(1)が何だろうと――」

「ええ、ええ」と大執事はこのようなときに詩の話を持ち出されて、いらいらしながら答えた。「ええと、二人の有給の使用人、つまり一人は収容者を世話する人、もう一人はお金を管理する人です。あなたとチャドウィックはこの使用人であり、あなた方の俸給が多すぎようと、少なすぎようと、創設者が意図した額よりも多かろうと、少なかろうと、割り当てられた報酬をもらったからといって、それであなた方を非難することなんかできないことは、火を見るよりも明らかです」

「確かにはっきりしていますね」主教は使用人とか、俸給とか、そういう言葉を聞いて、明らかにひるんでいた。大執事はそんな言葉を使っても、気にするようには見えなかった。

「きわめて明確であり」と大執事は言った。「しかも充分に満足させるものです。事実、ですよ、慈善院のため使用人を選ぶことは必要であり、俸給はその時々の市場価格に従って、働きに応じて決められなければなりません。慈善院を管理する人が、この点で唯一の審判員なんです」

「それでは誰が慈善院を管理しているんですか?」と院長は尋ねた。

「そういうことは敵方が見つける仕事であり、別問題ですよ。訴訟はあなたとチャドウィックに対して起こされています。これがあなた方の弁護の核心であり、完璧で落ち度のない弁護です。今はとても満足できるものと思っています」

「さて」と主教は言うと、友の顔を伺うように見上げた。ハーディング氏はしばらく黙って座っていたが、明らかにあまり満足していない様子だった。

「争う余地のないしっかりした弁護ですな」と大執事は続けた。「敵方がそうするとは思えないが、もし強いて審判にかけたとしても、イギリスの十二人の陪審員なら、敵方に不利な決定をくだすのに五分とかからないでしょう」

「でも、その論法によるとね」とハーディング氏は言った。「管理人が割り当てさえすれば、私は年八百ポンドどころか、年千六百ポンドもらってもいいということになります。管理人の長とまではいきませんが、私だって管理人の一人なんですからね、そういうことが許されるなら、それは正当な取り決めとは言えません」

「いや、それは問題をはずした議論です。教会にとって誰が見ても本質的に正しく、かつ役に立つ取り決めがあるとします。問題は、このボールドという出しゃばりと、多くのいかさま弁護士と、やっかいな非国教徒が、そういう取り決めに口出しして来ないかどうかなんです。お願いですから、重箱の隅を楊枝でほじくるようなことはやめましょう。いつまでたっても訴訟は終わらないうえ、費用もかさみますよ」

ハーディング氏はしばらく黙ったまま座っていた。そのあいだも主教は友の腕を再三押さえると、満足と安堵の兆しはないかと友の顔を覗き込んだ。けれども、ハーディング氏にはそのような兆しは見えなかった。かわいそうな院長はいろいろな姿勢を取ると、目に見えぬビオロンチェロの弦を弾いて、葬送曲を奏で続けた。院長は胸中このエイブラハム卿の意見を反芻し、嫌な思いをしながら、満足できる部分を真剣に捜し求めたが、そんなものはどこにも見いだせなかった。院長はとうとうこう言った。「大執事、実際にその意見を見たのですか？」

大執事は見ていない——つまり見た——意見の実物は実際には見ていないと言った。いわゆる写しを見たけれど、全体を見たのか、部分だけを見たのかははっきりしなかった。見たものがエイブラハム卿の「言葉通りのもの」[2]かどうかもわからなかった。とはいえ、大執事が見たものには、今述べた結論が含まれており、彼の考えではそれはきわめて満足できるものだったと、もう一度繰り返した。

「その意見、その写しが見たいですね」と院長が言った。

「どうしてもと言うなら、もちろん見ることができますよ。しかし、それが役に立つとは思えませんな。意見の趣旨が人に知られてはならないというのがだいじな点です。写しを増やすことは、勧められません」

「なぜ人に知られてはならないんですか？」と院長は聞いた。

「何という質問！」驚いた様子で両手を宙にほうり上げながら大執事が言った。「しかし、あなたらしい聞き方です。実務にうといのは子供と変わりませんな。訴訟はあなたに対しては成立しない、別の人か、複数の人に対してなら、ひょっとしたら成立するかもしれないと、ですよ、もし敵方に教えたら、敵方の手に武器を与えて、こちらの首をどう切ったらいいか教えるようなものです」

院長は再び沈黙して座った。主教は再びせつない様子で院長を見た。大執事は続けて言った。「我々がしなければならないのは、静かに沈黙を守って、敵方にはこちらの利益になるように振る舞わせておくことです」

「それでは、私たちが法務長官に相談したこと、設立者の遺言が充分公正に実現されているとの助言を長官からえたこと、そういうことをほかの人に知らせることはできないんですね」と院長が言った。

「おやおや！」と大執事が言った。「何もしないことが肝心なのだということが、おわかりにならないとは、何ておかしなことでしょう。設立者の遺言について、我々のほうから何か言う必要はありません。我々は秘密を握っているんです。敵方が我々を困らせる立場にないことがわかっています。しばらくそれで充分ではないですか」

ハーディング氏は席から立ち上がると、考え込みながら図書室を行ったり来たりした。主教は痛ましげにハーディング氏の動きを見つめていた。大執事はこの議論が分別ある人をみな満足させる状態にあると持論をまくしたてた。

「では『ジュピター』は?」とハーディング氏は突然立ち止まって聞いた。

「ああ、『ジュピター』」と大執事は答えた。「『ジュピター』は害にはなりません。あれは我慢しなければなりませんな。もちろん多くのことに堪えることが必要です。我々にとってすべてが棘のない薔薇というわけにはいきませんから」大執事は道徳家ぶった顔つきをした。「そのうえ我々が騒ぎ立てなければ、ですよ、問題はあまりに些末な、あまりに特殊な関心になっていますから、『ジュピター』がこれを再度取り上げることはないでしょう」大執事は再び物知りの、世故にたけた人の顔つきをした。

院長は部屋のなかを歩き続けた。『ジュピター』の記事の鋭く刺す言葉、いわば一語一語が魂の中枢に一本一本棘を突き刺す言葉、を記憶のなかで生き生きと蘇らせた。彼はその記事を逐語的に幾度も読んでいたから。悪いことに、彼はみながその記事の内容を自分と同じように考えていると思い込んでいた。彼はそこで描かれている不正な、貪欲な聖職者と見られなければならないのか。貧しい人のパンを奪う者として指弾されたまま、告発に反論したり、汚名をすすいだり、これまでのように無辜の人として世間に出る手段を講じたりすることは許されないのか。このようなことに堪えて、憎むべき報酬をこれまで通り受け取って、教会に汚名をもたらした強欲な聖職者の一人として、みなに知られることになるのか。どうして、なぜこのようなことに堪えなければならないのか。なぜ死ななければならないのか。このような汚名の重圧のもとでは生きられそうもなかった。部屋のなかを行ったり来たりしながら、院長は惨めな気持ちと高揚した気分との入り交じるなかで、もし許されるなら、喜んで院長の職をあきらめ、心地よい屋敷を捨て、慈善院を去り、汚れのない名を胸に抱いて、残り僅かの財産で貧しく幸せに暮らしたいと思った。

院長はなじみの人々、愛する人々の前でさえ、恥ずかしがって自分のことを話さなかったが、このときは思わず本心を口に出して、この惨めさには堪えられない、堪えるつもりもないと、ぎこちないながら雄弁に語った。

「私は院長の職について正当な、公正な権利を有していると思っていました」と院長はとうとう言った。「それが証明できるなら、この俸給か、報酬かが私に正しく与えられていると証明できるなら、私は誰にも劣らず院長の職に留まっていたいんです。私は子供の幸せを考えてやらなければなりません。年を取りすぎているからね、慣れ親しんだ安楽な生活を失うのも苦痛です。ほかの人がやっているように、自分が正しいことを世間に証明して、これまでの職に就いていたいんです。でもね、これほどの犠牲を払ってまでそれはできません。これには堪えられません。私に堪えろというんですか」彼はほとんど涙を浮かべて主教に訴えた。主教は席を離れると、テーブルを挟んで大執事と向かい合って立つ、院長に寄り添った。「こんなふうに私のことが世間で騒がれているというのに、私がくつろいで、無関心に、満足して、今の地位に留まっていていいとあなたは言えるんですか?」

主教は院長に同情し、気の毒に思ったけれど、助言することができなくてただこう言った。「いえ、あなたが苦痛と感じるようなことは、しなくていいようにします。ただ心に正しいと思う行いをして、最善と思うことをしてください。セオフィラスよ、この人に忠告をしてはいけません。お願いですから院長に苦痛を強いるような忠告をしてはいけません」

ところが、大執事は院長に同情はできなくても、忠告はできた。しかも、いささか有無を言わせぬやり方で忠告すべき時が来たと考えた。

「しかし、主教閣下」と大執事は父に言った。息子から「主教閣下」と呼ばれたとき、善良な老主教は不吉な時が近いことがわかって身震いした。「主教閣下。忠告には二つの仕方があります。今この時のためによい忠告と、来るべき時のためによい忠告です。どちらかしか選べないとなると、私ならどうしても前者を選ぶ気にはなれませんな」

「いやいや、そうは思わない」主教は再び席に座ると、顔を両手で覆いながら言った。ハーディング氏は背を奥の壁に向けて座ると、こんな痛ましい場面にぴったりの曲を心のなかで演奏した。大執事はからの暖炉に背を向けて立つと、言いたいことを言った。

「ほじくり返す必要のなかった問題から、たいへんな苦痛が生じてきます。我々はみなそれを予見したはずですな。しかし、問題は予想したほど悪い方向には向かっていません。それでも、ですよ、調べるのが苦痛だからといって大義を捨て、進んで悪を受け入れるのは、軟弱でもあり邪悪でもあります。我々が注意を払わなければならないのは、我々自身のことだけではない。ある程度教会の利益にも配慮しなければならないんです。攻撃が繰り返されるたびに、次々に聖職者がその職を捨てることがわかったら、我々に何も残らなくなるまで攻撃が繰り返されるのは明らかではないですか？　こんなふうに職が放棄されたら、イギリス国教会は一敗地にまみれなければならないのは明らかではないですか？　多くの場合にこれが当てはまるのなら、この一件にも当てはまります。あなたは今非難されているけれど、自分に私利私欲のないことを証明したいという無益な目的を達成するため、もし院長職を投げ出して、正式に所有する職を放棄するとするなら、ですよ、もともとのあなたの目的を遂げることができないばかりか、仲間の聖職者にも致命的な打撃を与え、イギリスじゅうのけんか腰の非国教徒に、聖職者の収入源に対する同様の攻撃をしかけさせることになります。それはあなたを擁護して、あなたの立場を支持したいと思う人々を幻滅させること、はなはだしい行為なんです。これほど軟弱で、これほど邪悪なことは想像できません。あなたは自分に向けられた非難に正当性があるとも、院長の職に対するあなたの権利に疑念があるとも、考えていません。あなたは自分の誠実さを確信しています。しかし、臆病であるために非難に屈服しているんです」

「臆病！」と主教が大執事を諫めて言った。ハーディング氏は婿を見つめながら、動かずに座っていた。

「そう、臆病ではないんですか？　嘘で固められた邪悪な噂に堪えられないからといって、職を投げ出す。それは臆病ではないんですか？　あなたが恐れる邪悪の大きさが、どの程度なのか見てみましょう。確かに『ジュピター』は多くの人が読む記事を世に出しています。しかし、ですよ、問題を正しく理解する人の何人が『ジュピター』を信じていますか？　『ジュピター』の目的が何であるか、みなが知っています。『ジュピター』はギルドフォード卿、ロチェスターの参事会長、六人の主教など、そういう人を被告とする訴訟を取り上げてきました。『ジュピター』の考え方を広めることができれば、同種の訴訟を取り上げるというのは、みなが知っていることなんです。正しかろうが、悪かろうが、ほんとうであろうが、嘘であろうが、周知の正義であろうが、周知の不法であろうが、かまわないんです。世間の人はみなそれを知っています。『ジュピター』の記事があるからといって、あなたをほんとうに知っている人があなたのことを悪く思うでしょうか？　あなたを知らない人のことは、気にかける必要がありません。あなたの気持ちが晴れるかどうかについては、何も言うつもりはありません。一時の感情に——そう言っていいでしょう——駆られて、エレナーが唯一持っている生計を放り捨ててしまうなら、あなたに正当性はないと言えます。もしあなたがそんなことをしたら、もしほんとうに院長職を投げ出して破滅するなら、それにどんな利益があるというんですか？　院長の報酬に対して未来の権利がないとすれば、過去の権利もなかったことになります。院長職を捨てるというまさにそのことこそ、あなたがすでに受け取って使ってしまった分に対する返済要求を引き起こすことになります」

哀れな院長はじっと座ったままうめき、このように苦しめる無情な演説者を見上げた。主教は顔を覆った両手の背後でやはりうめいた。けれども大執事はそういう軟弱さが嫌いだったから、忠告を最後まで述べた。

「院長職を投げ出して職を空けるとしましょう。この問題についてあなたの悩みの種がなくなったとしましょう。それで満足ですか？　あなたの願っていることは、自分と家族のことだけに限定されているんですか？　それは違うと私は思いますよ。あなたが誰よりも我々の教会のことを気にかけていることを知っています。職を投げ出すような背信行為が、どれほど嘆かわしい打撃を教会に与えることか！　どんなにつらくともこの苦悩に堪えることが、教会、あなたがその一員であり聖職者である教会に対する義務です。主教の権利を守ることが、あなたを任命した主教、私の父に対する義務です。あなたの職の法的正当性を主張することが、前任者に対する義務です。前任者から無傷で受け取ったものを、後任者のために無傷で維持することが、後任者に対する義務です。この問題で教団の同志愛をあなたがひるまず掲げ続けることが、我々みなに対する義務です。そうしてこそ、ですよ、お互いに支え合いながら、恥辱も汚名もこうむることなく大義を維持できるんです」

大執事は話をやめて、語られた英知の効果を観察しながら、満足して立っていた。

院長は窒息させられたように感じた。部屋に一緒にいる人に話しかけたり、挨拶したりしないで、空気が自由に吸えるところへ出られるなら、何をくれてやってもいいと思った。けれども、それは不可能であり、何か言わなければここを立ち去ることはできなかった。大執事の雄弁のせいで自分がうろたえているのを感じた。大執事の言葉のなかには厳しく、冷酷な、反駁できない真実があったし、現実的で常識的だが、非常に不愉快な正当性があったので、院長は賛成する方法も、異議を唱える方法もわからなかった。自己の正しさが確信できるのであれば、苦しまなければならないとしても、不満を言ったり、臆病になったりせずに我慢できた。我慢できなかったし、許せなかったのは、他人から非難されたことが自分の心のなかで無罪とならなかったことだった。院長は自己の立場の正当性に疑念を抱いたものの――確かに疑念を抱き始めた――、ボールド氏が法律上の手違いを犯したため、かえってその疑念を解消できる状況にないことを悟った。慈善院から多くの報酬を受け取っておきながら、彼はただの使用人の一人だと、法的な虚構で逃げを打っても、それでは満足できなかった。

大執事の言葉は彼を沈黙させ、麻痺させ、消滅させた。とはいえ、納得させることはできなかった。主教も院長とあまり変わらぬ痛手を負った。主教は状況をはっきりとは把握できなかったものの、戦いの用意が必要であることはわかった。その戦いでは、わずかに残る心の平安も破壊され、悲しんで墓場へ下る[3]ほかはないのだろう。

院長はまだ座ったまま、大執事を見つめた。今置かれた状況から脱出する方法を胸中でまとめることができなかった。蛇に魅せられた小鳥のように感じた。

「私の考えに同意していただけますか？」と重い沈黙を破って、とうとう大執事が言った。「閣下、同意していただけますか？」ああ、何という溜息を主教は洩らしたことだろう！「閣下は同意していただけますか？」と無慈悲な暴君は繰り返した。

「そう、そうします」と哀れな老人はゆっくりとうめいた。

「院長、あなたはどうでしょうか？」

ハーディング氏は今行動しなければならなかった。口を利き、動かなければならなかった。彼は立ち上がると、身体の向きを変えて答えた。

「今回答を迫らないでください。この問題で軽はずみなことをしたくありません。どうするか決めたら、あなたと主教にはお知らせします」彼はこれ以上何も言わないで暇乞いをすると、すばやくこの場を抜け出した。公邸の大広間を抜け、高い踏み段を降り、静かな構内の大きな楡の木の下で一人になると、やっと楽な息をついた。彼は時間をかけてゆっくりとここを歩きながら、混乱した様子で事件を考え、大執事の主張を論破しようとむなしく試みた。恥辱、未決状態、不名誉、自信喪失、むしゃくしゃした感情、彼はそのすべてに堪えようと思い、正しく忠告できるうえ、忠告者としてふさわしい人だと、今でもまだ信じている人が言う通りにしようと決意して、それから家へ帰った。

## 註

（1）『ロミオとジュリエット』の第二幕第二場でジュリエットのせりふに「名前がいったい何だろう。私たちが薔薇と呼んでいるあの花の名前が何と変わろうとも香りに違いはない」とある。

（2）*ipsissima verba*

（3）「創世記」第四十二章第三十八節参照。

第十章　苦難

家へ帰ったとき、ハーディング氏はこれまで経験したことがない悲しみに包まれた。宗教音楽の高価な本を世に出したとき、ある朝彼は婿から出版費用を明らかにするよう迫られたことがあった。その朝も、よく覚えているけれど、かなり悲惨だった。人の援助を受けないで支払いをしたあと、三百ポンド以上の借金を抱えていることがわかったから。あのときの苦痛は、しかし現在の悲惨な状態に較べたら無に等しかった。あのときは過ちを犯しており、それを自覚していた。再び罪を犯さないように決意することもできた。しかし、今は何の決意もすることができないうえ、志操を固めておく見込みもなかった。運命が間違った立場に彼を置いたとしか考えようがなかった。彼は世論に背き、心の確信に背いて、その間違った立場に固執しようとしていた。

ハーディング氏は、聖クロスの管理人ギルドフォード伯爵に対してときどき現れる酷評とか、主教区の金持ち高位聖職者や肥えた冗職の兼職者に浴びせられる罵倒とか、そういう批判をほとんど恐怖に近い哀れみを感じながら聞いた。どちらかというと、そういう酷評や罵倒は、彼には厳しすぎるように感じられた。聖職者という自分の職業に対する先入観のせいで、非難されている人々は犯した罪よりもひどく罰せられていると感じ、毒のある不公平な敵意で断罪されていると思った。(1)批判されている人々は、むしろ非常にみじめな状況にあると思った。酷評や罵倒を聞いたとき、髪は逆立ち、体はむずむずした。どうしたらこのような恥辱の重圧のもとで人は生きられるのか、どうしたら名が公然と指弾されたなかで、人は仲間に顔を会わせられるのか、知りたいと思った。今その運命が彼に降りかかっていた。彼は内気で、遠慮がちで、隠れたところに身を置くことを好み、その控えめな温かい場所にいることに幸せを感じていた。それなのに、今はぎらぎらとした表舞台に力ずくで引きずり出されて、残忍な群衆の前で晒し者になろうとしていた。ハーディング氏は不幸に打ち勝つ希望もないまま、辱められ、意気消沈して家へ入った。

彼は娘のいる居間へ入っていったが、言葉をかけることができないまま次の図書室に入った。機敏に動けなかったから、エレナーの視線を浴びて、悩んでいることを見抜かれてしまった。娘はすぐあとを追うと、父が座り慣れた椅子に座っているところを見つけた。父は本を開くことも、ペンを持つことも、インク染みのついた楽譜の——型くずれした——ノートをいつものように前に置くことも、正確だが、乱雑な慈善院の会計簿をつけることもなく座っていた。何もせず、何も考えず、何も見ておらず、ただ悩んでいた。

「一人にしておくれ、エレナー」と父は言った。「一人にしておくれ、ね、少しのあいだだけ、忙しいんです」

エレナーは父の状態を見るとその場を離れ、静かに居間に戻った。ハーディング氏は何もしないいま一人でこのように座っていたが、再び立って歩き出した。座っているよりも歩いているほうが考えをまとめることができた。庭にゆっくりと歩いて出たとき、玄関口でバンスに会った。

「ああ、バンス」と院長にしては鋭い口調で言った。「何かね？　何か用かい？」

「ただご機嫌を伺いに来ただけです」と老いた収容者は帽子に手を触れて言った。それから間をおいてつけ加えた。「それにロンドンからの知らせを聞きたいと思いまして」

慈善院長はたじろいで片手を額に当てた。

「弁護士のフィニーが今朝来ていました」とバンスは続けた。「奴の表情から判断すると、前ほど景気がよろしくないようでした。大執事がロンドンから重大な知らせを受け取ったという噂が広がっています。ハンディとムーディは二人とも悪魔のように険悪な顔つきをしています。形勢が上向いてきて」とバンスは上機嫌な調子を保とうとして言った。「あなたを悩ませているこの問題がじきに終わるといいと思います」

「ああ、終わりがくるといいね、バンス」

「ところで知らせの中身は何だったんですか？　院長」と老人はほとんど囁くように言った。

ハーディング氏は歩き続けながら、苛立った様子で頭を横に振った。哀れなバンスは恩人をいかに苦しめているか理解しなかった。

「あなたを力づける知らせがどんなものだったか、わかったら嬉しいのです」と老人は言った。不幸のまっただなかにいる慈善院長には、抗しがたい、愛情に満ちた声だった。

院長は立ち止まると老人の両手を取って、「私の友」と言った。「古い友のあなた、何もないんです。私を元気づけてくれる知らせはないんです――神の御心のままになりますように」小さな熱い涙が二粒院長の瞳からあふれて、しわの刻まれた頬を落ちた。

「では、神の御心のままになりますように」と老人は重々しく言った。「ロンドンからよい知らせが来たという噂でした。だから、あなたが喜んでおられると思って来たんです。とにかく神の御心のままになりますように」院長は再び歩き出した。その老いた収容者は、院長からついて来るよう求められなかったので、恨めしそうに背中を見送ったあと、悲しげに住まいへ戻っていった。

院長は二、三時間ほど芝生の上を歩いたり、立ち止まったりしながら庭に留まっていた。やがて足が疲れると、思わず知らずベンチに座り込んで、それからまた歩き出した。エレナーはモスリンの窓カーテンから、父が木々のあいだを抜けて、視野に入ってきたと思うと向きを変え、また姿を隠してしまうのを眺めていた。五時までこのようにすごしたあと、慈善院長はのろのろと歩いて家へ帰ると、ディナーに備えた。

悲しいディナーだった。遠慮がちな小間使いは食器を手渡して皿を交換しながら、すべてがうまくいっていないとわかると、いつもよりいっそう控えめになった。父娘とも食欲がなかった。しゃくにさわる食事はすぐ片づけられて、ポートワインがテーブルに置かれた。

「バンスさんに来てもらいましょうか、父さん？」とエレナーは、あの老人がそばにいるほうが、父の悲しみを軽くしてくれるかもしれないと思って言った。

「いえ、今日はやめておきます。でもね、エレナー、こんなに気持ちのいい夕べなのに外出しないのかい？　私のために家に残っていてはいけないね」

「父さんがとても悲しそうに見えるのよ」

「悲しそう？」と父はいらいらして言った。「ああ、人はみなそれぞれこの世で悲しみを抱えていて、私もそれを免除されていない。でもね、私に口づけしておくれ、おまえ、そしてもう外出しておくれ。私はおまえが帰ってきたころには、できればもっと愛想よくするから」

エレナーはまたも父の悲しみから閉め出されてしまった。ああ！　彼女の願いは、父に幸せであってほしいというのではなく、悲しみをわかち合わせてほしいということだった。父に愛想よくさせることではなく、娘を信頼してほしいということだった。

エレナーはボンネットをかぶると、父の望み通りメアリー・ボールドのところへ行った。ここは彼女の行きつけの場所だった。ジョン・ボールドは今姉のもとを離れ、ロンドンで法律家や教会改革派の人たちとつきあって、バーチェスター慈善院長の問題とは別のことに没頭していた。ボールドは国会議員の一人に情報を提供したり、別の議員と食事をしたり、聖職収入廃止基金に寄付を約束したり、国教会聖職者には年千ポンド以上、二百五十ポンド以下の収入を許さないという決議を支持したりした。この決議をしたのは「王冠と錨」で開催された全国会議であり、このときボールドは短いスピーチをした。何しろ十五人もの人がスピーチをしなければならないうえ、部屋の利用時間も二時間と限られていた。終わりのほうでは、クエーカー教徒やコブデン氏(2)がロシア皇帝を支持するよう聴衆に訴えた。この訴えは強く鋭い印象を与えた、とトム・タワーズが言った。トム・タワーズはボールドが今行動をともにしており、大いに当てにしている仲間だった。第一級の天才であり、『ジュピター』の記者のなかでも高い地位にあった。

そういうわけで、エレナーは今行きつけのメアリー・ボールドのところにいた。メアリーは、エレナーが父について語る多くのことを優しく聞いてやり、話題が弟のことに移ってエレナーが聞き手になると、彼女にいっそう優しくした。そのあいだ院長のほうは椅子の肘掛にもたれたまま、一人座っていた。グラスにワインを注いだけれど、たんに習慣でそうしただけで、その証拠に手をつけないままだった。開け放した窓の外を眺めて、過去の幸せな生活のことばかり考えながら座っていた。意識することもなく享受していた過去の喜びが蘇ってきた。安楽な日々のこと、苦しい労働を免れたこと、心地よい緑陰の屋敷のこと、十二人の老いた隣人のこと——彼ら収容者の幸せを考えることが快い心配の種だった——、優れた二人の娘のこと、老主教との友情のこと、アーチ形の天井を頂いた側廊の厳粛な壮麗さのこと——その側廊のなかに響く自分の声を聞くのが好きだった——、それから友のなかの友、あのビオロンチェロ、見捨てられることのないあの選び抜かれた味方、頼めばいつも楽しい音楽を奏でるあの雄弁な仲間のこと。ああ、何と幸せだったことか！　もうすぎ去ったこと！　苦労のない安楽な日々が犯罪となり、逆に難儀をもたらすことになろうとは。緑陰の屋敷はもはや居心地のよさを失い、おそらく彼のものですらなくなるだろう。幸せを祈った老人たちは敵になり、娘も父と同様に不幸になり、主教ですらその立場によって惨めになってしまった。聖職者仲間のあいだで、これまでのように大胆に声をあげて歌うことはできなかった。恥辱を受けたと感じた。今はチェロの弓に触れることすら恐かった。その生み出す音色がいかに悲痛なむせび泣きであるか、いかに悲しい悲嘆であるかわかっていた。

ハーディング氏は同じ椅子に同じ姿勢で座っていた。二時間ものあいだ手足をほとんど動かさなかった。夜食に帰ってきたエレナーからやっとのことで客間に連れて行かれた。

院長は夜食をディナーと同じようにわびしいものに感じたが、一日じゅう何も食べていなかったので、何をしているのかわからないまま皿一杯のバター付パンをむさぼった。

エレナーは父にどうしても話をさせようと決めていた。とはいえ、どのように切り出せばいいのか皆目わからなかった。紅茶沸かしが下げられて、使用人が出入りしなくなるまで待たなければならなかった。

ついに静寂が訪れて、客間のドアは閉じたままになった。エレナーは父に近づいて後ろに回ると、腕を父の首に回して言った。「父さん、何のことなのか教えてくださらない？」

「何のこと？」

「父さんを苦しめている新しい悲しみのことよ。不幸せなのでしょう、父さん」

「新しい悲しみ！　新しい悲しみなんかないね。誰でも時には心配事があるものです」父はほほ笑みを浮かべようとしたけれど、ひどく失敗した。「でも、話し相手を退屈させてはいけないね。さあ、音楽でも演奏するとしよう」

「いいえ父さん、今夜はよしましょう――今夜ばかりは音楽も父さんを煩わせるだけですわ」エレナーは陽気な気分のときに時々するように父の膝に座ると、腕を父の首に回したまま言った。「父さん、話してくれるまで放しませんわ。そうねえ、全部話してしまったら、どんなに気が晴れるかわかってくださればいいのに」

父は娘に口づけしてから、胸にひしと抱き寄せた。それでも何も言えなかった。悲しみを打ち明けるのはとても難しいことだった。娘の前でさえ内気なのだ！

「父さん、お願いですから話してちょうだい。慈善院のこと、相手の人たちがロンドンで取り組んでいること、あの残酷な新聞記事のことなのでしょう。とにかくそういうことが悲しみの原因なら、一緒に悲しみましょう。私と父さんと、お互いにかけがえのない存在なのですもの。ねえお願い、父さん、話してちょうだい」

ハーディング氏は口を開くことができないまま、代わりに止むことのない五月雨のように熱い涙を頬に流した。父は娘を胸に抱き寄せると、まるで恋人のように娘の手を握り締めた。娘は父の額や涙の頬に口づけすると、頭を胸に預けて女性だけができる慰めを父に与えた。

「私の大切な娘」話せるようになると、涙のなかで父が言った。「私の大切な、大切な娘。いずれ私たちがこの屋敷を出ていくとき、悲しむことになるから、今おまえまでが悲しむことはないんです。まだその時が来ていないのに、どうしておまえが、夢も希望もある若い日々を曇らせる必要があるんですか」

「それで全部なの？　それなら、お屋敷なんか捨てて、明るい気持ちでよそに行きましょう。それなら、それでいいじゃない。ねえ父さん、私たち二人とも明るい気持ちでいられるなら、たとえパンしか食べられなくても幸せになれるはずですわ」

そうやって悩みから逃れる方法を父に語ったとき、エレナーは顔を熱っぽくキラキラと輝かせた。ハーディング氏はすべてを捨てて逃げ出すという方法をもう一度心に描き出すと、喜びで表情をぱっと明るくした。世間が妬む報酬を全部放棄し、戦斧の振い手が書いた記事の嘘を立証し、エイブラハム卿や大執事やボールドたちに訴訟をまかせて逃げ出し、両手を汚す悲しみと動揺を洗い落とすことができたら、と一瞬空想した。ああその向こうには素晴らしい幸福が待ち受けている。小さな田舎家にエレナーと二人だけで住み、過去の栄光を捨て、音楽だけを残し、つつましく暮らすという幸福が！　そう、二人で音楽の本と楽器を手にたずさえ、決然と足のちりを払い落とし[3]、不快な場所を去って、前進するのだ。

私たちの慈善院長がその職を逃れたいと思ってつく溜息は、貧しい聖職者が安楽な聖職禄を求めてつく溜息よりも大きかった。

「院長の職をあきらめるのよ、父さん」とエレナーはもう一度言って、父の膝からすっくと立ち上がると、前に立って父の顔を大胆に覗き込んだ。「あきらめるのよ、父さん」

ああ、私たちの哀れな院長が記憶のなかで大執事の言葉を甦らせて聞いたとき、つかの間の輝く喜びがどんなふうに彼の顔から消え去ったか、どんなふうに希望の表情がなくなって、悲しみに満ちたものに戻ったか、見るのは悲しかった。退きたいと思う院長の職を今は退けないと彼は思った。鉄の手かせで縛られ、強固な足かせをかけられた男。彼は決して自由な行動を取れない男だった。選択肢はなかった。「院長職をあきらめる！」ああ、それさえできたら、何と簡単に悩みから解放されることだろう。

「父さん、院長の職をあきらめる道を忘れないでね」とエレナーは続けて言った。父が快適な屋敷を失うのが嫌でためらっていると思ったから。「この家に留まるのは私のため？　ポニーの馬車と立派な客間がなければ、私が幸せになれないと思うの？　父さんの名誉に疑いがかかっている限り、私はここにいても幸せにはなれません。でも、もし父さんが明るい気持ちで出入りするのを見られるなら、私はいちばん小さな田舎家でも一日じゅう快活でいられる。ああ！　父さん、父さんの顔が多くを物語っています。声では私に話してくれないけれど、見ればどんなに悲しい思いをしているかわかります」

ハーディング氏がふいにもう一度娘を胸に抱いた仕方はどうだったか！　老いた両眼から雨のように涙を流しながら、娘に口づけした仕方はどうだったか！　娘を祝福した仕方、父の唇にとって新鮮な、甘くかわいい娘の名を呼んだ仕方はどうだったか！　このような無二の家宝を——胸のなかの宝石を——選りすぐった心の花園のとても美しい花を、一緒に不幸にしてきたことで自分を幾度も叱責した仕方はどうだったか！　やっと堰を切ったように言葉の洪水があふれ出した。ようやく父は望んだこと、望まなかったことを包み隠しなく細部まで娘に話した。大執事の言い分も繰り返した。大執事の論理に反対しつつも、その主張から逃れることができないことを娘に説明した。教団の利益、主教の恩、友人たちの希望、義務感——理解できないけれど、喜んで認めざるをえない義務感——で、彼が今いる場所に縛りつけられていることを、大執事からいかに告げられたか説明した。大執事から臆病者と非難されたことも話した。ハーディング氏は世間を前にしたとき、このような非難を重く見る人ではなかったが、今やまったく率直に心のうちを娘にさらけ出すつもりでいたから、この非難が彼自身にとっていかに嘆かわしいものであったかも明らかにした。たんに今の悩みから逃れるため職を辞するのは男らしくなかった。だから、与えられた不幸に立派に堪えなければならないと娘に説明した。

娘はこの詳しい説明を退屈に感じただろうか？　いやまったく逆だった。父の心の隅に隠れているものをさらけ出して、そこにある感情を残らず詳しく述べるように娘は促した。父娘は大執事のことを、二人の生徒が厳格で不人気だけれど尊敬されている校長について話すように話し、主教のことを、全能の校長の前で無力な、優しい親について話すように話した。

父が娘にすべてを打ち明けて、父娘がこれらを議論したとき、娘は父と同じように心のなかを打ち明ける気持ちになった。ジョン・ボールドの名が話のなかに出たとき、娘は彼を愛していたことを認めた――「かつては愛していた」と娘は言った。「でも今は愛していないし、愛せない――ええ、たとえ結婚を誓った仲だったとしても、取り消します――たとえ妻として愛を誓った仲だったとしても、彼を捨てます。父の敵だとわかった今、彼は私が違約したとか、偽証したなんて思わないでしょう」

しかし、院長は、ボールドは敵ではないとはっきり言って、娘にボールドを愛し続けるよう促した。娘に口づけすると、ボールドと別れるという娘の苦渋の決断を優しく批判した。裁判沙汰がすべて終われば、幸せな日々が訪れることを話した。聖職者や高位聖職者、聖堂参事会長や大執事を喜ばせるため、若い心をばらばらにしてはならないと娘に言った。いや、オックスフォードじゅうの人間(4)が招集されて娘に犠牲を求めたとしても！　そんな犠牲は払うべきではないと言った。

このように父娘は慰めあった！　このような相互の告白が、慰めをもたらさないような悲しみがあるだろうか！――最後に優しい愛の表情を浮かべながら、二人は別れると、かなり明るい気持ちで部屋へ戻った。

註

（1）『リア王』第二幕第二場参照。

（2）リチャード・コブデン（1804-65）は政治家で自由貿易主義者。その仲間のジョン・ブライトはクエーカー教徒で平和主義者。二人はロシアとのクリミア戦争（1854-6）に反対した。

（3）「マタイによる福音書」第十章第十四節に「もしあなた方を迎えもせず、またあなた方の言葉を聞きもしない人があれば、その家や町を立ち去るときに、足のちりを払い落としなさい」とある。

（4）高教会派の人々。

# 第十一章　イーピゲネイア

その夜頭を枕に横たえたとき、エレナーは父を不幸から解放する計画を練った。情熱に駆られるまま自己犠牲をその手段とすることに決めた。アガメムノーンのように立派な父には、イーピゲネイアのような犠牲(1)がふさわしいのではないか？　彼女は父に対する訴訟を取り下げるよう、ジョン・ボールドにじかに懇願しようと考えた。父の悲しみとひどい苦境をよく説明しよう。父は公衆の面前に引っ張り出されて、過度の恥辱にさらされたら、死んでしまうと言おう。ボールドの昔からの友情、雅量、男らしさ、慈悲心に訴えながら、願いを聞いてもらうため、必要とあればひざまずこう。とはいえ、こういうことをする前に、まず恋愛感情がそこに入り込まないようにしておかなければならない。この懇願に取引なんかあってはならなかった。ボールドの慈悲心と雅量に訴えかけることはできる。しかし、求婚された経験のない無垢な乙女として、こちらから彼の恋愛感情に訴えかけることなんかできない。事情からみて、彼にも恋愛感情に溺れてもらいたくなかった。ボールドは挑発されたら、もちろん彼女に対して熱い思いを明らかにするだろう。それは予想できた。それを確実視させるものが二人のあいだにはあった。とはいえ、そうなったらボールドを拒絶しなければならなくなる。これも確かだった。父を自由にしてください、そうすれば報酬としてこの身を差し出します。そんなふうにボールドに受け取ってもらったら困る。そんなふうになったら、犠牲ではなくなってしまう――エフタ(2)の娘が父を救ったのも、純粋な自己犠牲からだった。エレナーもあの優しい父、愛する父の幸せのため、いかに堪えて、自己犠牲をはたすことができるか純粋に示したかった。だから、それを自分の恋愛の成就とからめることなんかできなかった。そうだ――彼女の魂は一つの決意、取引と恋愛感情を峻別する決意に縛られなければならない。そう思ったとき初めて、彼女はボールドの祖父に対しても恥じない自信を持って、彼に重大な頼みごとをすることができると感じた。

ここでヒロインについて私が懸念していることを告白しよう。エレナーがこれからしようとしている行為の結末について心配しているのではない。人間性と小説に通暁している人なら誰でも、彼女の高潔な計画の成功と企画の最終結果について疑念なんか抱かない。心配は結末についてのことではなくて、同性の人々からエレナーが受ける共感の量についてである。二十歳未満の少女とか、六十を超えた婦人とかは、エレナーを公平に見てくれるかもしれない。六十を超えた婦人の場合、女心のなかにある甘いロマンスの穏やかな泉が、幾星霜もすぎたのちに再び湧き出して、昔と同じきれいな水となって流れ、墓場へ向かう道を大いに清新にしているから。ところが、二十と六十のあいだの大多数の女性は、エレナーの計画をいいとは言わないだろう。三十五歳の未婚の女性は、こんな馬鹿馬鹿しい企画が実現するはずがない。恋人の前でひざまずく若い女性は、きっとその恋人から口づけされる。その口づけを期待しなければ、若い女性がひざまずくことなんかしない。場合が場合だけにボールドがエレナーに近づけないから、エレナーのほうからボールドに近づいている。エレナーはおそらく馬鹿者か、策士か、のどちらかだ。きっと父や犠牲のことよりも、恋の成就のほうを期待している、と言い放つのではなかろうか。

敬愛する世慣れた女性方、状況についてのあなた方の眼識は、当をえた鋭いものだ。しかし、ミス・ハーディングの人柄に関しては、まるっきり誤解している。ミス・ハーディングはあなた方よりも若く、それゆえこのような男女の出会いにどんな危険が潜んでいるか――あなた方にはわかっても――彼女にはわからないのだ。彼女はボールドから口づけされるかもしれない。私はそうなるだろうと思う。しかし、今述べた重大な決意をエレナーがしたとき、そのような結末が身にふりかかってくるなんて、彼女自身が夢にも思っていなかったと、私は厳粛に自信を持って保証できる。

それからエレナーは眠りに落ちると、すがすがしい目覚めをした。優しい抱擁と、情のこもった笑顔で父に会った。総じてこの日の朝食は、前日の夕食のようにせつないものではなかった。娘は父に言い訳をして早々に席を立つと、計画を実行に移した。

ジョン・ボールドはロンドンにいる。だから今日目的の場面を演じることはできないとわかっていた。けれども、すぐ、おそらく明日には、彼が戻ってくる。彼と会う計画の下準備をメアリーとしておく必要があった。メアリーの家へ着いて、いつものように朝の居間に入っていったとき、エレナーはステッキと大きな上着と乱雑に置かれたさまざまな小荷物を目にして、ボールドがすでに帰ってきているとわかり、ぎょっとした。

「ジョンが急に帰ってきたの」と、メアリーが部屋に入ってきて言った。「徹夜で旅してきたのよ」

「それならまた別のときに来るわ」エレナーはそう言うと、あわてて退却しようとした。

「弟は今外出中よ。二時間もすると帰ってきます」とメアリー。「弟はあの恐ろしい弁護士のフィニーのところにいます。フィニーに会うために帰ってきて、今夜また郵便列車でロンドンに戻るんですって」

エレナーは勇気を奮い起こして考えた。今夜郵便列車で戻る、今夜またいなくなる、やるなら今しかないと。彼女は立ち上がっていたが、座り直した。

厳しい試練が先延ばしになればとエレナーは願った。ボールドに会う決意はできていたが、この日に会う決意はできていなかった。彼女は落ち着きをなくし、とまどい、困りはてた。

「メアリー」と彼女は口を切った。「弟さんがロンドンへ戻る前に、彼とちょっとお話がしたいのです」

「いいですとも」とメアリーは答えた。「弟はあなたに会えたら喜びますわ」メアリーはエレナーの申し出を当然のもののように聞いたけれど、じつは驚いていた。メアリーはエレナーとは毎日彼女の弟のこと、弟の行動や愛情について話し合ってきた。エレナーには彼女のことを姉と呼ぶように主張する一方、エレナーが弟を洗礼名で呼ばないといって小言を言った。エレナーもボールドに対する愛をある程度告白したが、慎み深い乙女らしく、たとえ恋人の名であっても、洗礼名で呼ぶというようななれなれしさには異議を唱えた。そうやって二人は何時間も語り合ってきた。かなり年長のメアリー・ボールドは、エレナーがためらわずに姉と呼んでくれる日を――確信とともに――心待ちにしていた。とはいえ、状況が状況だけに今はエレナーが弟を避けたがっていると、信じて疑わなかった。

「メアリー、私は弟さんに会わなければいけないの。だいじなお願いがあるのよ」とエレナーはいつもとは違う重々しい口調で話した。父を悲しみから救い出すため練り上げた計画を、それからみな友に打ち明けた。悲しみがこのまま続けば、父は墓場に連れて行かれてしまう、とエレナーは言った。「でも、メアリー」と彼女は続けた。「あなたはもう私と弟さんのことで変な冗談を言うのをやめなきゃならないわ。これ以上私たちのことにふれるのは駄目よ。弟さんにこのお願いをするのが恥ずかしいというのではないわ。でも、いったんお願いしたら、私たちのあいだに今以上の関係はなくなるはずよ」エレナーは落ち着いた、重々しい口調で言った。エフタの娘か、イーピゲネイアか、が話したとしてもおかしくないせりふだった。

メアリー・ボールドはエレナーの言うことがわからなかった。エレナーが父のためボールドの良心に訴えるのも、ボールドが娘の涙と美しさに心を和らげるのも、ともに自然なことのように思えた。ジョン・ボールドが心をやわらげたとき、恋人の腰に手を回しながら、「さあ、これを決着させたらぼくらは夫婦だ。終わりよければすべてよし！」と言ったとしても、ごく自然なことのように思えた。このような報いが誰の不利益にもならないとしたら、気立てのよい弟がこの報いを受けてもいいはずだ。メアリーは情緒よりもむしろ分別を備えていたから、エレナーの言うことが理解できなかった。だからそういう趣旨のことを言った。

しかし、エレナーは毅然としており、雄弁に自分の考え方を述べてから、今言った条件以外では頭を下げてボールドにお願いすることはできないと言った。お高くとまっているとメアリーには思われたかもしれない。とはいえ、エレナーは自分なりの考えを持っており、自尊心を犠牲にすることはできなかった。

「でも、あなたは弟を愛している――そうでしょう？」とメアリーは言葉を返した。「弟もきっと世界じゅうの誰よりもあなたを愛している」

エレナーは新たに議論を始めようとしたけれど、両目に涙が込み上げてきてできなかった。彼女は鼻をかむふりをして窓のほうに歩み寄ると、心に勇気を奮い起こそうとした。何とか自分を励まして、簡潔に言った。「馬鹿げているわ、メアリー」

「でも、あなたは弟を愛している」とメアリーは言い、友を追って窓に歩み寄ると、腕をぴったりと相手の腰に巻きつけた。

「私は――」とエレナーはこれに反論しようと鋭くふり返った。ところが、言おうとした嘘が喉につかえて言葉にならなかった。ボールドに対する恋愛感情を否定することができなかった。そこで、彼女はおびただしい涙に訴え、友の胸ですすり泣いた。彼女は愛があろうとなかろうと、決意は変わらないと言い張って、何度もメアリーをひどい人、と呼んだ。それからメアリーに秘密を守るよう百回も誓わせた。たとえ弟に対してでも、友の秘密を洩らすような女は、敵に向かって城門を開く守備隊の兵士と同じくらいに腹黒い裏切り者だ、と言葉を結んだ。二人がなおも論じているうちにボールドが帰ってきた。エレナーは計画を実行するか、中止するか、とっさの判断を迫られた。紳士が玄関のドアを閉めているあいだに、彼女は友の寝室に逃げ込むと、涙の跡を拭い、この計画をやり遂げようと心に決めた。「私がここにいると弟さんに伝えてください」と彼女は友に言った。「私に会ってくださるように。でも私たちを二人きりにしないでちょうだいね」メアリーは何となく憂鬱な面持ちで、弟にミス・ハーディングが隣の部屋であなたを待っていると伝えた。

鏡の前で髪を整え、顔から涙の跡を拭ったとき、エレナーは紛れもなく自分のことよりも父のことを考えていた。そのくせ恋人にはきれいな姿を見せたがっている、と言っておかなければ嘘になる。そうでないとすれば、どうして思うようにならない巻き毛に入念な手入れをしたり、リボンのしわを懸命に伸ばしたりしたのか？　充血を散らすため目を冷やしたり、血色をよくするためかわいい唇を噛んだりしたのか？　結局、彼女も恋人にいちばん美しい姿を見せたがる、この世の天使にすぎなかった。もし彼女が不死の存在なら、智天使ケルビムの翼で隣の居間へたやすく舞い戻れるとしたら、どんな犠牲を払ってでも父を救いたいという、生身のエレナーの誠実な心と真の願いは持ちえなかっただろう。

怒ったエレナーから聖堂構内で置き去りにされて以来、ジョン・ボールドは彼女に会っていなかった。それ以来彼女の父に対する訴訟の前進に心血を注いで、ある程度成果をあげていた。ボールドはしばしばエレナーを思い浮かべながら、彼女への思いがいかに私心のないものであるかを示すたくさんの計画を立てた。できればエレナーに手紙を書いて、彼が市民として義務をはたしているからといって、評価を下げないでほしいと弁解したかった。ハーディング氏にも手紙を書いて、自分の考えを説明し、不幸な訴訟のせいで古い友情や親しいきずなを損ねることのないように促し、できれば院長に娘をくれと大胆に要求したかった。恋人の前でひざまずきたかった。院長が屋敷も、収入も、失う時を待って、娘と結婚したかった。『ジュピター』とフィニー氏に訴訟の決着を任せてしまい、できれば彼はエレナーと手に手を取って、オーストラリアにでも逃げだしたかった。朝目覚めて時々熱で苛立ったとき、銃で頭を吹き飛ばして、あらゆる心配事に決着をつけたいとも思った――このような考えは、概してトム・タワーズと軽率な夕食会を楽しんだあと生じたものだった。

エレナーが部屋へゆっくりと歩いて入ってきたとき、ボールドは何と彼女は美しいのだろうと思った。彼女のためにあれもしたい、これもしたいと思ったのはやはり無駄ではなかった。彼女の姉、大執事の妻は、エレナーの魅力を過小評価したけれど、欲目なしにエレナーは美しかった。顔は大理石でできた半身像の美女の無表情とは違っていた。半身像のモデルとなった美女は、のみで刻まれたように完璧な輪郭を保って、知らぬ人の目にも、友の目にも、喜ばしい均整美の法則にかない、病気や年齢の影響さえなければ変化しない。エレナーには、半身像のモデルの驚くべき美の輝きも、真珠のような白さも、輝く肌もなかった。半身像のモデルの、周囲の目を釘付けにし、即座に賛美を求めて、その魅力の冷たさで次には失望させるあの麗しい体の線もなかった。通りでエレナー・ハーディングとすれ違っても、注意を引かれることはないかもしれない。しかし、エレナーとともに夕暮れをすごして、心を奪われずにいることは不可能だろう。

このときほどエレナーが美しい姿で恋人の前に現れたことはなかった。表情は生き生きとしていたが、深刻だった。黒い光沢のある大きな目は、不安な力を帯びて輝いた。ボールドの手を取ったとき、手は震えていた。話しかけたとき、彼の名を言うことさえできなかった。ボールドはオーストラリア逃避行の計画が実現できたらいいと思い、エレナーとともに遠くへ逃げて、訴訟のことなどこれ以上聞かずにすめばいいと願った。

ボールドはエレナーに話しかけて、ご機嫌をうかがうと、――ロンドンは退屈なところ、バーチェスターは楽しいところなどと述べてから、これから気候が暑くなると言い、ハーディング氏の健康を尋ねた。

「父さんはあまりよくありません」とエレナーは答えた。

ジョン・ボールドは気の毒に――非常に気の毒に思った。深刻にならなければいいと言うと、このような場合、人がよくするように無意味にまじめくさった表情を浮かべた。

「私は特に父さんのことをお話ししたいのです、ボールドさん。その目的で今ここにいるのです。慈善院の問題のことで、父さんはとても不幸なのです。ほんとうに不幸なのよ。父さんがこの問題のせいでどんなに不幸になってしまったか目にしたら、ボールドさん、きっとあなたは父さんを哀れに思いますわ」

「ああ、ミス・ハーディング！」

「誰もが父さんを哀れに思うことでしょう。でも、友だちなら、あなたのように古くからのお友だちなら――きっと父さんを哀れに思ってくださるでしょう。父さんは変わってしまいました。陽気なところが消えてしまいました。優しい気質も、柔らかくて幸せそうな声の調子も消えてしまいました。父さんに会っても、父さんだとはわからないでしょう、ボールドさん、父さんはあまりにも変わってしまいました。しかも――そのうえ――この状態が続けば、父さんはきっと死んでしまいますわ」エレナーはそう言うとハンカチを使った。聞き手たちもハンカチを使った。エレナーは勇気を奮い立たせて、話を続けた。「父さんは胸が張り裂けて死んでしまいます。わかっていますわ、ボールドさん。新聞にあんな残酷なことを書いたのはあなたじゃないって――」

ジョン・ボールドはしきりに自分が書いたわけではないと抗弁した。しかし、トム・タワーズとの盟友関係に関しては激しい後悔の念に打たれた。

「ええ、あなたじゃないってわかっていますわ。父さんは一瞬たりともあなたが書いたなんて思っていません。あなたはそんな残酷な人ではありませんから――でも、父さんはもう少しであの記事のせいで殺されてしまうところでしたわ。父さんはみんなが父さんについてそんなふうに話しているなんて、またそんなふうに聞いているなんて、考えるだけでも堪えられないのです。みんなが父さんは強欲で、嘘つきだと言っています。父さんがお年寄りたちからお金を横取りしていて、慈善院からいわれもなくお金をくすねていると言っています」

「ぼくはそんなことは言っていませんよ、ハーディングさん。ぼくは――」

「はい」とエレナーはボールドを遮って続けた。というのも彼女の力強い言葉が今、最高潮に達していたから。「はい、あなたが言っていないことは信じています。でも、ほかの人たちはそう言っています。もしこれが続けば、もしこれと同じような記事がもう一度書かれれば、父さんは殺されてしまいます。ああ！　ボールドさん、父さんが置かれている状態さえ知っていただけたら！　今、父さんはお金には何の関心もありません」

聞き手の姉弟はこれに同調して、知っている限り、院長ほど汚いお金(3)に無縁な人はいないと断言した。

「ああ！　そう言ってくださるなんて、ご親切ですわ。メアリー、そしてボールドさんも。私はみんなが父さんのことを誤解していることに堪えられません。父さんが慈善院を辞めてしまおうとしたことをご存知ですか。ただ辞めることができなかっただけなのです。大執事はそんなことをしたら卑怯だ。教団を見捨てて、教会の名誉を傷つけることになると言っています。どんなことになっても、父さんは卑怯なことはできません。父さんは明日にでも喜んで職を辞して、屋敷も収入もすべて捨てるつもりでいます。もし大執事さえ――」エレナーは「父さんにそうさせてくれるなら」と言うつもりだったが、父の威厳を損なう前に口をつぐんだ。そして長い溜息をついてからつけ加えた。「ああ、私はほんとうに父さんが辞職できたらと願っています」

「ハーディングさんを個人的に知っている人なら、誰もあの人を非難したりしませんよ」とボールド。

「罰に堪えて、苦しまなければならないのは父さんなのです」とエレナーは言った。「何のため？　父さんが何か間違いを犯したのでしょうか？　どれほど父さんが迫害を受けてきたことでしょう？　父さんは一生でただの一度も思いやりのない考えを持ったことなんかないわ。ただの一度もむごい言葉を口にしたことなんかないわ」彼女は泣き崩れて、言葉がとぎれた。

ボールドは五度、六度と、彼も友人たちもハーディング氏個人に責任を負わせたことはないと言った。

「それなら、なぜ父さんが迫害されなければならないのですか？」とエレナーは涙を流しながら、唐突に激しい口調で彼を問い詰めた。エレナーは熱く感情を高ぶらせてしまって、ジョン・ボールドの前では哀願者の立場に立ち、身を低くしなければならないという当初の意図を忘れてしまった。――「なぜ父さんが嘲笑と恥辱の的にならなければいけないのでしょうか？　なぜ父さんがこんな惨めな目に遭わなければいけないのでしょうか？　ああ！　ボールドさん！」――彼女はまるでひざまずく懇願の場面を、これから始めようとするかのようにボールドのほうを向いた。――「ああ！　ボールドさん、あなたはいったいなぜこんなことをやり始めたのですか？　私たちみんながあれほど――あれほど――あなたを誇りに思っていたのに！」

じつを言うと、ボールド氏は改革者としてこれまで働いてきたその罰を受けていた。彼は今とてもうらやましがられるような状況ではなくて、市民としての義務というような陳腐な言い訳をする以外に、攻撃をかわすすべがないむごい立場に置かれていた。もし男性からハーディング氏の救いを求められたとしたら、ボールドはその問題にふれることさえ断っていたはずだ。しかし、美しい娘、名誉を損なわれた人の娘、恋人の要求をいったいどうして断ることができただろうか？「ボールドさん」とエレナーは言った。「私はこの訴訟を取りやめてもらうように、あなたにお願いするためここに来ました」ボールドは椅子から立ち上がると、非常に困惑した表情を浮かべた。「訴訟を取りやめてもらうよう、父さんを許してくれるよう、父さんの命か、父さんの言い分か――もし訴訟が続けば、そのどちらかが犠牲になるのですから――そのどちらかを容赦してくださるよう、お願いしたいのです。どんなに大きなお願いをしているかわかっています。お願いできるような権利はこれっぽっちもないことも。でも父さんのためなら、あなたなら私の言うことを聞いてくださると思っています。ああボールドさん、お願いです、私たちのためにお願い――お願いですから、あなたのことをとても愛した、あの父さんの心を狂気に駆り立てないでください」

エレナーはボールドの前にひざまずいてはいなかったから、彼が椅子から立ち上がったとき、彼を追ってきゃしゃな手を哀願するように彼の腕に載せた。ああ！　平素ならその触れあいがどれほど貴重なものとなったことだろう！　しかし、ボールドは今心を取り乱し、ものも言えないほど驚いて、男らしさを失っていた。このいとしい嘆願者にどう答えたらいいのか？　この問題がもう彼一人では制御できないものになってしまっていると、どう説明したらいいのか？　彼が巻き起こした騒動をもう鎮めることはできないと、どう告げたらいいのか？

「まさか、まさかジョン、エレナーの願いを拒むことはないでしょうね」と彼の姉は言った。

「ぼくはこの人に魂をあげてもいい」と彼は言った。「もしその魂がこの人に仕えるのなら」

「ああボールドさん」とエレナーは言った。「そんなふうに言わないでください。私は私のためにお願いしているのではないわ。父さんのためにお願いしているのよ、それをしてくれても、あなたに害を及ぼすことはないでしょう」

「もし魂がこの人に仕えるのなら、ぼくはこの人に魂を差し出してもいい」ボールドはなおも姉のほうを向いて話した。「この人が受け入れてくれるなら、ぼくのものはみなこの人のものだ。ぼくの家も、心も、全部。この人を中心にぼくの胸の希望が巡っている。この人のほほ笑みがぼくにとっては太陽よりも優しい。この人が今のように悲しんでいるのを見ると、ぼくの体のあらゆる神経が苦痛を感じる。ぼくほどこの人を愛せる人はいない」

「やめて、やめて、やめて」とエレナーは叫んだ。「私たちのあいだに恋愛の話は入りませんわ。あなたは父さんにもたらした害悪から、父さんを守ってくださるの？」

「ええ、エレナーさん、ぼくは何でもしますよ。ぼくがどれだけあなたを愛しているか言わせてくださるなら！」

「まあ、とんでもありませんわ！」エレナーはもう少しで金切り声を上げるところだった。「男らしくありませんわ、ボールドさん。あなたは、あなたは父さんに静かな屋敷で安らかな死を迎えさせてくださるの？」それから彼女はボールドの手と腕をぐいとつかむと、彼を追って部屋を横切り、ドアのほうへついて行った。「あなたが約束してくださるまで放しませんわ。通りに出ても、あなたにしがみついて離れません。私は人前であなたにひざまずきますわ。それを約束してください、それを約束してください、私に――」彼女は執拗にボールドにしがみつくと、ヒステリックな情熱で決意を繰り返した。

「この人に話してあげて、ジョン。この人に答えてあげて」メアリーはエレナーの予期せぬ激しい追及に当惑しながら言った。「あなたはこの人を拒めるような残酷な人ではないわ」

「私に約束してください、約束してください」とエレナーは言った。「父さんは大丈夫だと言ってください――一言でかまいませんわ。あなたがどれだけ誠実な人かわかっています。一言言ってください。そうすれば放しますわ」

エレナーはまだボールドの手をつかんだまま、彼の顔を夢中で見つめていた。髪の毛はぼさぼさで、両目は血走っていた。彼女は今自分のことをいっさい考えず、外見にもまったく注意を払っていなかった。しかし、ボールドのほうは彼女がこれほど美しいのを見たことがないと思った。エレナーのあまりの美しさに驚いて、それが、彼が生意気にも愛した女性だとはにわかに信じられなかった。

「約束して」と彼女は言った。「約束してくださるまで放さない」

「ぼくは」と彼はようやく口を開いた。「ぼくは――できることは何でもしよう」

「ああ！　全能の神があなたをいつまでも祝福なさいますように！」エレナーはそう言うとひざま

ずいて、メアリーの膝に顔をのせ、子供のように泣きじゃくった。割り当てられた務めを成し遂げたから、今やほとんど力を使い尽くしてしまっていた。

やがて彼女は少し落ち着きを取り戻すと、退出しようと立ち上がった。ここでボールドが、ハーディング氏に対する訴訟手続を終わらせるには、彼の力がいかに無力であるか説明しなかったら、彼女は立ち去っていたことだろう。ボールドが別の話題を持ち出したとしても、彼女は姿を消していたに違いない。ところが訴訟の話題なら、彼女は話を聞かないわけにはいかなかった。今彼女の立場に危機が迫っていた。彼女が積極的な役割を演じて、嘆願者としてボールドにしがみついていたあいだは、彼の申し出を拒むことも、愛撫の言葉を振り払うことも容易だった。しかし、ボールドが降伏し、父の幸せを穏やかに、優しく語る今、そうするのはじつに難しかった。メアリー・ボールドは初め彼女に助け舟を出していたが、すぐ弟の味方になった。メアリーは少ししか話さなかったけれど、言葉の一つ一つが直接致命的な打撃をエレナーに与えた。メアリーはまず弟がエレナーのそばに座れるようにソファーの席を空けた。ソファーは三人で座るのに充分な大きさだったから、エレナーはこれに腹を立てるわけにはいかなかった。別の椅子に座って、姉弟の思惑に疑念を表わすこともできなかった。はなはだひどいやり口だと感じていると、メアリーはまるでこの三人が親密な、特別な絆で結びついているかのような、まるでこれから三人がともに望み、ともに画策し、ともに行動するかのような話し方をした。エレナーはそれに反論することもできなかった。新たに意見を立て直して、「ボールドさんとわたしは他人ですわ、メアリー。これからもね！」と言うこともできなかった。

ボールドは、慈善院に対する法的手続きは、確かに彼一人の手によって動き出したが、ほかの多くの人々が今やこの問題に関心を抱いており、そのうちの何人かは彼よりも影響力を持っていると言った。しかし、弁護士たちが行動指針を求め、肝心の請求書に支払いを求めてくるのは、彼一人になのだとエレナーに説明した。彼は訴訟を取りやめる意思をすぐ弁護士に知らせると約束した。『ジュピター』には、慈善院の記事が一時的に載ることはあるかもしれないが、彼がこの件から撤退したあとは、実際の動きは止まると思うと言った。最大限の影響力を駆使して、記事のなかにこれ以上ハーディング氏への個人的な言及がなされるのを、阻止するつもりだとも約束した。それから、午後にでもグラントリー博士のところへ馬を走らせて、この件に関する意思の変更を知らせに行こうと申し出た。こう考えて、ボールドはロンドンへ帰るのを後回しにした。

すばらしい成功だった。エレナーはこの面会の目的を達成して、勝利感を味わった。しかし、やはり彼女はイーピゲネイアの役割を最後まで演じることになった。神々は彼女の祈りを聞き、願いを聞き届けたけれど、約束された犠牲は受け取らないつもりでいたのだろうか？　エレナーは故意に神々を欺くような娘ではなかった。礼を欠かさずに退出できるようになると、彼女は婦人帽を取るために席を立った。

ボールドは三十分前には、彼女をバーチェスターに残してロンドンに向かうためなら、百ポンドを捨ててもよかった。それが今や彼女との別れを惜しんで、「もう行くのですか？」と聞いた。

「ええ！」とエレナーは言った。「ほんとうにあなたには感謝しますわ。父さんもあなたのご親切をありがたいと思うでしょう」彼女がこのとき父の気持ちを正しく認識していたとは言えなかった。

「もちろん、父さんに話さなくてはなりません。あなたが大執事に会いに行くということも伝えておきます」

「ぼくのことを一言話してもよろしいでしょうか？」とボールドが聞いた。

「ボンネットを取ってくるわ、エレナー」メアリーはそう言うと、部屋を離れようとした。

「メアリー、メアリー」とエレナーは立ち上がると、メアリーの服をつかんで言った。「待って、帽子は自分で取りに行きますわ」しかし、裏切り者のメアリーはドアの傍にしっかりと立つと、エレナーが部屋から出ることを許さなかった。かわいそうなイーピゲネイア！

ジョン・ボールドは熱烈な恋の思いを爆発させると、男がみなそうするようにわずかな真実とたくさんの嘘を並べながら胸の内を吐露した。エレナーはさまざまな度合いの激しさで「やめて、やめて」と繰り返した。その言葉は少し前までは抜群の効果をあげたけれど、ああ！　いまやその力は失われていた。激しい否定は彼女には似合わなかった。激しさは尊重されなかったから。エレナーが激しく言う「やめて」は、それに対抗する彼の断言によってすべて押さえ込まれ、圧倒されてしまった。あらゆる面で彼女は計画の裏をかかれてしまった。お父さんが反対するのか、エレナー自身に渋る気持ちでもあるのか（――渋るとは！　かわいそうな娘！　その言葉で彼女はボールドの腕に飛び込んでしまいそうになった――）、ほかにいい人でもいるのか（――彼女はきっぱりとそんな人はいないと言った――）、彼を愛することはできないのか（――エレナーはできないとは言えなかった――）。最後に防御は破壊され、乙女の防衛線も一掃されてエレナーは降伏した。明らかに目に見えるかたちで征服されたが、まだ降伏を認める羽目にはならないで、戦士の栄誉を保ったまま行軍して陣地から出た。

このようにして現代のアウリス[4]の岸辺の祭壇は、犠牲の悪臭を放つことはなかった。

## 註

（1）ギリシア軍の総大将アガメムノーンは、トロイア遠征の途上アウリス（Aulis）というところで凪のため船が進めなくなったとき、追い風を吹かせるため娘のイーピゲネイアを生贄に捧げた。

（2）「士師記」第十一章第十二節から第四十節参照。エフタは戦いに勝てたら、家から出てきた最初の者を犠牲にすると神に誓った。最初に家から走り出てきた一人娘は、父の誓願を守るため進んで身を捧げた。

（3）「テモテへの第一の手紙」第三章第三節参照。

（4）古代ギリシアの港町で、イーピゲネイアが生贄となった場所。

# 第十二章　ボールド氏のプラムステッド訪問

前章の始めで、世慣れた女性たちが思い描いたあの意地の悪い予測が事実となったかどうか、私は述べる立場にはない。とはいえ、父に新しい事態を伝えるため家へ帰ったとき、エレナーは困惑していた。勝利したというのも確か、目的を達成したというのも確か、幸せな気持ちでいるのも確かだったが、意気揚々とした気持ちにはなれなかった。しかし、これからはすべてが順調に進むだろう。エレナーは『恋敵』[1]のリディアのようにロマンティックな世界にかぶれてなんかいない。あの劇で、男爵家跡継ぎのアブソリュート大尉は、駆け落ちを夢見るリディアのため、文無し旗手のベヴァリーに身をやつさなければならなかった。エレナーの場合、わざわざ彼がベヴァリーを名乗って、窓から引っ張り出してくれなくても、アブソリュートの名で正式に玄関から入って来てくれれば、拒絶したりなんかしないだろう。それでも、エレナーは何かロマンティックな罠にはめられたように感じて、メアリー・ボールドを姉のように慕うことができなかった。「私、メアリーを信頼できると思っていたのに」と彼女は何度もつぶやいた。「私が部屋から出ようとすると、そこに閉じ込めようとするなんて！」とはいえ、エレナーは年貢の納めどき、これ以上は何もできないと感じた。彼女は父に話さなければならない多くの知らせのなかに、ジョン・ボールドを恋人として受け入れたことをつけ加えなければならないと思った。

ここで、私たちはジョン・ボールドとともにプラムステッド・エピスコパイへ出かけることにしよう。父のもとへ向かうエレナーとはお別れである。彼女は家へ帰るやいなや、あてどなく期待していたようには事態が円滑に進まないことを知るのだ。二つの知らせが、一つは父のもと、もう一つは大執事のもとに届いていた。二つとも、難局を何とか穏便に解決しようとするエレナーのやり方に敵対するものだった。一つは『ジュピター』の記事、もう一つはエイブラハム・ハップハザード卿の追加意見である。

ジョン・ボールドは馬に乗ると、プラムステッド・エピスコパイへ向かって走った。明確な目的意識がある乗り手のようにきびきびと、激しく拍車をかけて乗るというのではなく、ゆっくりと、控えめに、考え込んで、待ち受ける面会をいくらか恐れながら馬を進めた。ときおり先ほど終わった場面へ立ち返ると、彼女の承諾をえる沈黙の記憶に支えられて、幸せな恋人として悦に入った。しかし、この高揚感にすら悔恨の影がないわけではなかった。美しい娘の涙を前にしただけで、何時間もかけて熟考した決意を放棄するような、子供じみた弱さを彼は見せてしまったのではないのか？　どんな顔をしてこれから弁護士に会ったらいいのか？　彼の名がすでに公のものとなった問題から、いったいどうやって撤収したらいいのか？　ああ、トム・タワーズにいったい何と言ったらいいのか？　こういった胸の痛む問題を考えているうちに、大執事の聖職領耕地(2)に通じる番小屋に到着し、生まれて初めてその神聖な構内に入った。

ボールドが馬で玄関のドアへ近づいたとき、博士の子供たちはみな道ばたの芝生の斜面に集まっていた。少年たちはプラムステッド・エピスコパイで明らかに強い関心を集める問題を議論していた。声は番小屋の門が閉じられる前から聞こえた。

フロリンダとグリゼルは、よく知った家の宿敵の姿を見てぎょっとすると、乗り手の出現とともに逃げ、母の腕のなかにおびえて駆け込んだ。娘たちのやることとは、侮辱に憤慨して、教会の闘士の一員らしく敵に向かって甲冑を身に着けることではなかった。しかし、少年たちは英雄のように一歩も引かないで、大胆に侵入者に用向きを聞いた。

「ここのうちの誰かに何か用があるのですか？　あなた」とヘンリーは挑戦的な目つきと敵意ある口調で聞いた。とにかくここの住人は、こういうふうに言われた人には会いたくないのだと、露骨に相手に告げていた。そう言いながら、ヘンリーはじょうろの注ぎ口を握って高く振りかざすと、今にも相手の頭を叩き割ろうとした。

「ヘンリー」とチャールズ・ジェイムズが言葉に威厳を込めてゆっくりと言った。「誰にも会いたくないのなら、ボールドさんはもちろん来られなかっただろう。ボールドさんに、もしここの人に会いたい理由がおありなら、ここに来る権利だっておありなのだ」

しかし、サミュエルは馬の頭のほうに軽快に歩み寄ると、お役に立ちたいと申し出た。「ああボールドさん」とサミュエル。「パパはあなたに会えたら、きっと喜びますよ。パパに会いに来たんでしょう。手綱を持っていましょうか？　ああ何てかわいい馬なんだろう！」サミュエルは振り返ると、兄たちにおかしそうにウィンクした。「パパは今日慈善院の件で、とてもいい知らせを受け取ったんです。あなただって嬉しいんじゃないかと思いますよ。だってあなたはハーディング爺ちゃんの親友であり、ネリー叔母さんの恋人なんだもの！」

「こんにちは、若い人」とボールドは馬から降りながら言った。「お父さんがご在宅ならお会いしたいんですが」

「若い人！」とヘンリーはかかとでくるりと振り返ると、ボールドにも聞こえる声で兄に話しかけた。「若い人だって！　ぼくらが若い人なら、自分のことは何て呼ぶのだろうね？」

チャールズ・ジェイムズはこんな相手にこれ以上言葉をかける必要はないと思い、帽子を正確に傾けると、訪問者を末の弟にまかせて立ち去った。

サミュエルは使用人が来るまでその場に留まって、ボールドと雑談をしたり、馬を撫でたりした。しかし、ボールドが玄関のなかに姿を消すやいなや、馬のしっぽの下に一むち当てて、できれば馬に蹴り癖をつけようとした。

教会改革者ボールドは、すでに紹介した禄付牧師館の至聖所、あの同じ書斎に大執事と差し向かいになった。部屋に入ったとき、カチッと特殊な錠のかかる音が聞こえたが、べつだん驚きはしなかった。さだめしこの有徳の聖職者は、推敲を重ねた最新の説教を不敬の者の目から隠したのだろう。というのも大執事はめったに説教しなかったけれど、説教のうまさでは有名だったから。ボールドはこの部屋ほど教会の高位聖職者にふさわしい部屋はないと思った。四方の壁に神学の本が積まれていた。それぞれの本棚の上部には、偉大な神学者の名が金色の小さな文字で刻まれており、名の下にその人の著作が並べられていた。初期の教父たちから年代順に始まって、ハンプデン博士[3]の主教叙任に反対する最新の小冊子まで、教会の選ばれた奉仕者たちの貴重な著作がそこに見られた。本棚の上にはクリュソストモス、[4] 聖アウグスティヌス、[5] トマス・ア・ベケット、[6] ウルジー枢機卿、[7] ロード大主教、[8] フィルポッツ博士[9]ら偉人の半身像が見えた。

書斎には、そこを居心地のよいものにして、疲れた脳に安らぎを与えるあらゆる道具が整っていた。手足と筋肉を楽にさせる椅子、どんな角度にも調節できる書見台と書き物机、研究者の望み通りに光が当たるように工夫されたランプとろうそく、忙しい仕事の合間のささやかなくつろぎの時に楽しむ新聞の山など。窓からは樹木の眺望が見渡せて、そこに牧師館から教会へ通じる広い緑の通路があった。その通路のはしには、色とりどりの小尖塔と欄干を備えた黄褐色の立派な古塔が見えた。プラムステッド・エピスコパイ教会ほど修理が行き届いて、維持に値する教区教会はイギリス国内でも珍しい。それでも、この教会は不完全な様式で建てられている。教会は背たけが低い――もしまわりを囲う彫刻の欄干がなければ、ほぼ平らの鉛の屋根が構内から見えるほど低い。教会は十字形だけれど、翼廊の一方がもう一方よりも大きくて均整を欠く。塔は教会のたけに較べると高すぎる。しかし、その建物の色調は申し分なく、深みのある黄色がかった灰色で、イギリス南部と西部にしか見られない色であり、チューダー様式の古い家に見られる特徴を強く表わしている。石細工もまた美しい。窓の縦仕切りとゴシック細工の厚いはざま飾りは、空想が及ぶ限りの意匠を凝らす。このような建物をじっと見るとき、昔の聖職者がこの教会を様式上誤ったかたちで建ててしまったことはわかるが、これとは違ったふうに建てられていたらと願う気にはなれない。

ボールドは書斎に案内されたとき、ここの主人が火のない暖炉に背を向けて、客を迎え入れようとしているのを見た。彼はこの主人の広い額が勝ち誇って高揚していることにも、厚ぼったい唇がいつも以上に尊大に勝利感を表わしていることにも、気づかずにはいられなかった。

「おやおや、ボールドさん」と主人は言った——「さて、何のご用ですか？　義父の友人のために何かお役に立てればまことうれしいことです。いやほんとうです」

「突然の訪問で申し訳ありません、グラントリー博士」

「いえいえ」と大執事は言った。「ボールドさん、訪問の許しなんか必要ありません。ただ用件を教えてくだされぱいいんです」

グラントリー博士は立ったままで、ボールドに座るようにとは言わなかった。そのためボールドは帽子を手に取り、机に寄りかかり、立ったまま話さなければならなかった。しかし、どうにか話した。大執事がその話を中断させることも、言葉をかけて促すこともしなかったため、話し終わるのに時間はかからなかった。

「それでボールドさん、君はハーディングさんに対するこの攻撃をやめたいと望んでいる、そう受け取っていいんですね」

「いえ、グラントリー博士、攻撃などしていません。ほんとうです——」

「まあまあ、上げ足を取って争うつもりはありません。私はあれを攻撃と呼びます——生活の糧である収入を一シリングも残らず人から取り上げてしまおうなんて、たいていの人はそういう企てをそう呼びます。しかし、君が嫌なら、あれは攻撃には当たらないのでしょう。君はやめたいと望んでいる——君が始めたこのちょっとした双六をね」

「やり始めた訴訟をぼくは終わらせたいのです」

「わかっていますとも」と大執事は言った。「君はもう充分楽しみましたから。まあやめても意外とは思いませんよ。儲けはなくて、支払うばかりの損な訴訟を続けるのは、楽しくありませんからな」

ボールドはひどく顔を赤らめた。「あなたはぼくの動機を誤解なさっている」と彼は言った。「けれどもそれは取るに足らないことでしょう。ぼくは動機のことであなたを悩ますためではなく、事実を話しに来たのですから。さようならグラントリー博士」

「ちょっと――ちょっと待ちなさい」ともう一方が言った。「私に個人的にこの問題を伝えようとした君のやり方が正しいとは思いません。が、おそらく私のほうが間違っており、君の判断のほうが正しいんでしょう。しかし、君が言い出したことなんですから――弁護士に任せておいたほうがいい問題について、君が私を話のなかに引きずり込んだんですから、君の言葉に対する回答を話させてください」

「ええ別にぼくは急いでいませんから、グラントリー博士」

「しかし、私は急いでいるんですよ、ボールドさん。私の場合、暇な時間なんかありませんから。というわけで、できればすぐ本題に入りましょう――君はこの訴訟をやめるつもりなんでしょう？」

――大執事は返事を待った。

「はい、グラントリー博士。やめるつもりです」

「君は父の親友である紳士に、新聞が書きたい放題に書いた恥辱と無礼を浴びせたんです。老いた馬鹿ども――君が慈善院でだまして結集した連中――を守るのが公の問題にかかわる善人の義務だと、君はこれみよがしに宣言した。そんな君は、双六が値打ち以上に金がかかると気づいた今、この訴訟をやめてしまおうと決意した。賢明な決意ですよ、ボールドさん。決意に至るまでに時間がかかったのは残念です。しかし、我々が引き下がらないかもしれないとは、こうむった損害に対して君に罰を与える必要があると気づくかもしれないとは、思い至らなかったんですか？　君、君のこの不正なもくろみに対抗するため、我々が莫大な金を使ったことをご存知ですか？」

ボールドは今顔を猛烈に赤くして、もう少しで帽子を両手で押しつぶすところだった。しかし、何も言わなかった。

「我々は金で手に入る最善の忠告をえる必要があると思ったんですよ。君、法務長官を味方につけるのにいったいいくらお金がかかるかご存知ですか？」

「まったくわかりません、グラントリー博士」

「そうでしょうとも、君。君が無謀にもこの訴訟を君の友人のフィニーの手に委ねたとき――奴の手数料の六ポンド八ペンスとか、十三ポンド四ペンスなんか、とても大金をかけたとは言えないでしょうな――君は出費についても、このような訴訟が他人に及ぼす被害についても、無頓着でした。しかし君、この膨大な訴訟費用も、今となっては君のふところから出さなくてはならないのはご存知ですか？」

「ハーディングさんの弁護士が、間違いなくぼくの弁護士にその種の請求をすることになります」

「ハーディングさんの弁護士とぼくの弁護士ですって！　君は私にただ弁護士のところへ行くように言うために来ただけなんですか？　何たること、わざわざお越しいただく必要なんかなかったかもしれませんな！　それでは君、私の意見を言いましょう――我々は君がこの訴訟を法廷から取り下げるのを許しませんよ」

「どうぞご随意になさってくださいグラントリー博士。それでは」

「最後まで聞きなさい、君」と大執事は言った。「私は手もとに今この訴訟に関するエイブラハム・ハップハザード卿の最終意見を持っている。おそらくもう君はそのことを耳にしていることでしょうな――それは今日の君の訪問とも関係があるんでしょう」

「ぼくはエイブラハム・ハップハザード卿のことも、そのご意見のことも、知りません」

「ともあれ、さあこれです。卿は明確に言っていますよ。この問題のどの局面においても、君はよって立つ論拠を欠いていると。私がこの牧師館にいても後ろ指を指されないように、ハーディングさんは慈善院にいても後ろ指を指されることはないと。君がハーディングさんを破滅させるためにやったこの企てほど無益な試みはなかったと。ほら」と大執事はテーブルの上に意見書をぴしゃりと置いた。「私はこの国の筆頭の法律家からこの意見を受け取ったんです。こんなふうな状況があるというのに、仕掛けた網からハーディングさんを解放するという君の申し出に、私が腰を低くしてありがたがると思っているんですか！　君、君の仕掛けた網は、あの人を拘束できるほど強くはないんです。網はバラバラなんですよ。私が言わずともそれは充分ご存知でしょう――それではお別れしましょう。私も忙しいんです」

　ボールドは怒りのあまり息を詰まらせた。どんな言葉を使っても、大執事の弁舌を止められないと思った。それで相手にしゃべらせておいた。しかし、ボールドは今ことごとく挑戦され、侮辱されたから、何も答えないまま部屋を出ることができなかった。

「グラントリー博士」とボールドは口を開いた。

「これ以上は何も言うことも、聞くこともありません」と大執事は言った。「馬の準備を整えさせてください」大執事はベルを鳴らした。

「グラントリー博士、ぼくは穏やかな、優しい気持ちでここへ来ました――」

「ええ、もちろんそうでしょう。そう信じます」

「これ以上ないほど優しい気持ちで来ました――その気持ちは、あなたの扱いでひどく踏みにじられました」

「そういう目にあって当然ですよ――私は義父の破滅を見たくなかった。それがとりもなおさず君の感情にひどい侮辱を働く結果となったんです！」

「いつかあなたも、グラントリー博士、ぼくがどうして今日あなたを訪ねたかわかる時が来ます」

「そうでしょう、そうでしょうとも。ボールドさんの馬はそこかい？　よろしい。玄関を開けなさい。さようならボールドさん」博士はゆっくりと大股で居間に入ると、後ろ手にドアを閉めて、ジョン・ボールドに二の句を継がせなかった。

ジョン・ボールドは馬に乗ったとき――乗らざるをえなくなったとき、まるで台所から追い出された犬のように感じた――、もう一度小さなサミーから挨拶を受けた。

「さようなら、ボールドさん。遠からずまたお会いできるように願っています。パパはあなたに会えたら、いつだって嬉しいんです」

これがジョン・ボールドの人生でいちばん苦々しい時だった。成就した愛の記憶ですら慰めにはならなかった。いや、エレナーのことを考えたとき、このような羽目に陥ったのは、まさしく彼女への愛のせいなのだと感じた。あんなにも侮辱されて、応戦することさえできなかった！　若い娘の求めに譲歩したうえ、訴訟をやめる動機についてもあんな誤解を受けてしまった！　大執事邸を訪問するというひどい過ちを犯してしまった！　彼は鞭の上部を噛んで、角製の一部を噛み通してしまった。怒りにまかせてかわいそうにも馬を打ち、その無益な怒りのせいで自分に二重の怒りを感じた。彼は完全に行き詰まり、打ちのめされた！　何ができただろうか？　訴訟を取りやめると誓った以上、訴訟を続けることはできない。恨みを晴らす道も閉ざされた――これが彼を責め立ててきた敵のやり口だった！

ボールドは馬を受け取りに来た使用人に手綱を投げると、二階の居間へ駆け上った。姉のメアリーがそこに座っていた。

「もし悪魔がいるとするなら」と彼は言った。「この地上の真の悪魔、それはグラントリー博士だ」彼は姉にそれ以上何も説明しないで、再び帽子をつかむと、部屋を飛び出して、誰にも何も告げずにロンドンへ出発した。

註

（1）シェリダンの戯曲。ヒロインはリディア・ラングウィッシュ。

（2）禄の一部として聖職者に割り当てられた耕地。
（3）R・D・ハンプデン（1793-1868）はオックスフォードの神学欽定講座担当教授。リベラルというより広教会派。ジョン・ラッセル卿によってヘレフォードの主教に指名された。
（4）クリュソストモス（c. 347-407）は教父で、コンスタンティノープルの主教。世俗的支配者の悪徳を咎める説教をして追放された。
（5）最初のカンタベリー大主教（d. 604）で、エセルバート王を改宗させた。
（6）カンタベリー大主教（d. 1170）。ヘンリー二世の世俗の権力から教会の特権を護り殉教者となった。
（7）トマス・ウルジー（c. 1475-1530）。ヘンリー八世の大法官。一五三〇年に反逆罪で告発された。
（8）ウィリアム・ロード（1573-1645）。カンタベリー大主教。反逆罪で斬首された。
（9）ヘンリー・フィルポッツについては第八章の註二参照。。

　エレナーは父と話し合った。それは前章で描かれたやりとりほど荒れたものではなかったものの、同じように不調に終わった。エレナーはボールドの家から帰ってみると、父の様子がこれまでとは打って変わったのに気がついた。父は婿の大執事からいっさいは教団のためと説教されたあの忘れられない日のように、悲嘆に暮れて黙りこくった様子でも、いつものように、落ち着いた様子でもなかった。エレナーは慈善院にたどり着いて、父が芝生の上を行ったり来たりしているのを見たとたん、とても興奮しているのがわかった。

「ロンドンへ行ってきます」と父は娘を見て言った。

「ロンドンですって、父さん！」

「そう、ロンドン。この問題をどうにか決着させようと思ってね。私には背負いきれないものがあるんです、エレナー」

「まあ父さんったら、いったい何かしら？」と娘は言い、父の腕を取って家のなかへ導いた。「すばらしい知らせが父さんにありますわ。父さんの様子を見ると、それがもう手遅れになってしまったんじゃないかと心配です」父には、どうして突然こういう旅の決意をするに至ったか娘に知らせる、つまりこの決意のきっかけとなった、テーブルの上の致命的な新聞を指さす余裕なんかなかった。その前に娘は父に語った。訴訟が終わること、訴訟を取り下げる保証を父に与えてよいとボールドから言われたこと、もはや不幸の原因はなくなったこと、万事何事もなかったかのように思えることなど。娘は父にとって有利なこの譲歩をどんな固い決意で手に入れたか、どんな代価を支払わなければならなかったか、言わなかった。

院長はこの知らせを聞いても、特に喜びを表わすことはなかった。エレナーは感謝されようと思って行動したわけでも、自分がはたした役割を誇張するつもりもなかったけれど、この知らせが肩すかしを食ってしまって傷ついた。「ボールド君は正しいと思うことを行動できる人です」と父は言った。「もし過ちを犯したと思えば、当然それをやめることだってできます。彼がやめるとしても私の決意は変わりませんね」

「まあ、父さん！」と娘はいらだって、ほとんど泣き出しそうになりながら叫んだ。「私、父さんがとても喜んでくれるものと思っていました――すべてがうまくいくものと思っていましたわ」

「ボールド君はね」と父は続けて言った。「著名な人々を訴訟のために動かしたんです――著名すぎる人々ですから、残念ながらもう彼には連中を抑え切れないと思いますね。これを読んでごらん、おまえ」院長は『ジュピター』を折りたたむと、読んでほしい記事を娘に示した。ハーディング氏が注意を向けたのは、日々供給されて国論を支える三つの社説の最後のものだった。社説は、聖職に就くさまざまな怠慢者たち――何もしないで年何万ポンドもの金を受け取る家族、稼いだわけでも、相続したわけでもなく、記事がいうように、ほかの貧乏聖職者から盗んだ富にあぐらをかく男たち――に重い一撃を与えていた。社説は、主教の息子たち、大主教の孫たち、横領の規模が大きすぎて多くの人の目に恥辱をもかすませてしまうそれなりの大物たちを指弾していた。これらのレビヤタン(1)を始末したあと、社説はハーディング氏のことにもふれていた。

「我々は数週間前、バーチェスターの私設慈善院長がかなり控えめな規模ながら、施設全体の収益の大部分を横領するという同種の不正にふれた。我々にはその私設慈善院にそもそも院長が必要である理由がわからないし、十二人の老人がバーチェスター聖堂に指定席を確保しているところを見ると、彼らが特定の聖職者の礼拝を受けなければならない特別な理由もわからない。しかし、とにかくその紳士には院長とでも、音楽監督とでも、好きなように名乗らせておこう。院長には十二人の扶養者に宗教上の義務を厳しく強要しないよう、聖堂の礼拝を遺漏なく執り行うよう、職務を執行させておこう。そうしておくとしても、院長には創設者の指定した割り当て分以外に、院の収益の一部たりとも受け取る資格がないのは火を見るよりも明らかだ。創設者が今のように慈善事業の五分の三を院長に割り当てることを意図しなかったことも同じく明白だ。

「この件は院長職の報酬が何しろほんの年八百ポンドだから、我々がこれまで扱ってきた何万ポンドという事件のあとでは確かにつまらぬ問題だ。年八百ポンドということは、この職自体がたいしたものではないことを表わしている。よくはわからないが、おそらくこの職は、教会にとって価値があるものなのだろう。もしそうなら、教会がそれ自体の資金から正しくその職に支払いをすべきだろう。

「我々はイギリス人聖職者の心を特別逆なでするような申し立てがあったことを知っている。それで、今バーチェスター私設慈善院の問題にふれておきたい。施しを受ける収容者を代表し、公的正義のために行動する一紳士によって、ハーディング院長を被告とする訴訟が起こされた。ハーディング氏は院の使用人として受け取る報酬以外に何ももらってはならないこと、仕事に対する報酬については彼自身に何の責任もないこと、がこのなかで主張されるはずだ。建築に従事する煉瓦職人の日給や、建物を掃除する掃除婦の報酬のことを考えれば、このような申し立ては間違いなく正当なものだ。しかし、我々はそのような主張を一紳士にさせておく、イギリス国教会聖職者の感受性をろくでもないと思う。

「もしこの申し立てが進めば、おそらくハーディング氏は雇用の本質、仕事量、受け取った報酬、職の任命権者などに関して、証人として陳述を求められることになる。我々はハーディング氏がそのような尋問の煩わしさに見合う大衆の共感をえられるとは思わない」

エレナーは社説を読みながら、憤りのあまり顔をほてらせて、読み終わるころには恐くて父の顔を見上げることができなかった。

「ねえ、おまえ」と父は言った。「どう思うかね――院長でいるために、これほどの代価を払う必要があるだろうか?」

「ああ、父さん――父さん!」

「ボールド君はこの記事を削除することができなかった。ボールド君はオックスフォードの聖職者が、いやこの国の紳士がね、これを読むのを止めることができなかった」院長は部屋のなかを歩き回った。そのあいだエレナーは絶望して、無言のまま父の姿を目で追っていた。「なぜかというとね、おまえ」と院長は続けた。口調はとても冷静だが、父らしくない作った声だった。「ボールド君は今おまえが読んだ社説に書いてある言葉の真実性にね、異論を唱えることができなかったんです——私にもやはりできません」エレナーはまるで父の言っていることがわからないかのように、父をじっと見つめた。「私にもやはり異論は唱えられません、エレナー。それは最悪のことですね。何の救済方法もないとすると、最悪の事態です。昨夜おまえと一緒にいたときからずっと考えていた」父は娘のそばに来て腰かけると、いつものように娘の腰に腕を回した。「大執事が言ったこと、この新聞が主張したことをずっとね。どうやら私にはこの屋敷にいる資格がないようです」

「院長の資格がないというの、父さん？」

「年八百ポンドの院長の資格はないね。こんな屋敷に住む資格もない。慈善のためのお金を贅沢に使う資格もない。ボールド君は訴訟を好きなようにしていいけどね、私のために訴訟を取り下げることなんかしないでほしい」

かわいそうなエレナー！　父のこの言葉は娘に対して無情だった。娘が一大決意をしたのは、父を訴訟から解放するためだったのに！　娘が穏やかな物腰を捨てて、悲劇のヒロインのようにわめき立てたのは、そのためだったのに！　人は感謝されるために働いているわけではないが、相手から感謝されなければ傷つくものだ。エレナーにもそれは言えた。人は善意の行動には無関心であっても、そのくせ、その行動が認められないとなると、不満に思うものかもしれない。施しは秘かに左手でなされて、右手に気づかれないように(2)であっても、左手のほうは直接の報酬がないのを悔しがるものかもしれない。エレナーは父に恩を着せたいとは思っていなかったけれど、それでも父を悲しみから救ったことを知ってもらって、父に喜んでもらうことを期待していた。今そんな希望もすっかりついえた。

彼女のしたことは無益だった。ボールドに対して卑屈な振る舞いをしたことも無駄だった。邪悪はエレナーの救済力を遙かに凌ぐものだった！

エレナーは、恋人が自分に言ったことをどう父に優しく囁こうかと、これまで考えていた。ボールドを拒むことが、どれほど不可能なことかわかっていた。だから、その愛に許可を与えてくれる父の優しい口づけと熱い抱擁を期待していた。ああ！　今これについては何も言えなかった。ボールドのことを話したとき、父はこの恋人の考えも、発言も、行動も、さほど重要なものではないように片づけてしまった。寛大な読者よ、これまで冷遇されたと感じたことはないだろうか？　うぬぼれているとき、突然つまらない人間に突き落とされたことに気づいたことはないだろうか？　それが今のエレナーの気持ちだった。

「社説が私のためにこういう訴えかけをすることはないね」と院長は続けて言った。「問題の真実が何であれ、とにかくそういう訴えは真実とはならないのでしょう。そういう訴えが、誠実な心の持ち主にとっては不愉快だと判断する点でね、あの社説を書いた人は正しい。私はロンドンへ行ってね、おまえ、弁護士に会って、これよりましな言い訳が私のためにできないようなら、慈善院とはお別れしなくてはならない」

「でも大執事は？　父さん」

「私にはほかにどうすることもできないね、おまえ。人には堪えられないものがあって――私はこれに堪えられない」こう言うと、院長は新聞の上に手を置いた。

「でも、大執事が父さんと一緒に行くことになるんでしょう？」

　じつを言うと、ハーディング氏は大執事を出し抜こうと秘かに決めていた。恐い婿に何も知らせないまま、一人で行動を起こすことはできないとわかっていた。計画の詳細を記した手紙をプラムステッド・エピスコパイへ送らなければならないが、彼がロンドンへ発ったあとで、この手紙の使者をプラムステッドへ向かわせて、間違いなく追ってくる大執事に一日だけ時間稼ぎをしようと決めていた。その一日さえあれば、もし運がよければ、すべてに決着をつけられるかも知れない。彼は院長をやめるのだから、これから始まる弁護と自分とはもはや無関係だと、エイブラハム卿に説明できるかもしれない。友人の主教に公式の辞表を送って、その措置いっさいを公にできるかもしれない。そうすれば、大執事といえどもハーディング氏のやったことを取り消すことはできないだろう。彼は自分の弱さと大執事の強さを知りつくしていた。大執事と一緒にロンドンに着いたら、こういうことが実行できるとは思わなかった。もし大執事が彼の旅の意図を知って止めたら、ロンドンにたどり着くことさえできないだろう。

「いや、大執事と一緒には行きません」と院長は言った。「大執事の準備が整う前に出発しようと思う――明日の朝早く発ってね」

「それがいいと思いますわ」とエレナーは父の策略を正しく察知して言った。

「そうそう、おまえ。じつは大執事がその――干渉してくる前にすべてをすませたいと思ってね。大執事の言うことはたいていほんとうのことなんです――議論はとてもうまいし、いつも私は言い返せない。でも古いことわざがありますね、ネリー。『自分の靴の当たるところはわかる！』と。私には精神的勇気と意志の強さと忍耐力が欠けていると大執事は言う。それはほんとうです。でもね、もしこの件で私に屁理屈以上のことが言えないようなら、この屋敷に留まってはいられません。だからネリー、私たちは居心地よいこの場所を退去しなければなりません」

エレナーは表情をぱっと明るくして、父の意見にどんなに心から賛成しているか請け合った。

「ねえ、そうでしょう」と院長は言った。今やいつものようにとても幸せそうで、態度もくつろいでいた。「もし私たちが陰口をたたかれるようなら、この屋敷とか、お金とかが、何の役に立つというのかね」

「ああ父さん、私はとても嬉しいわ！」

「でもなあ、おまえが心地よい客間やポニーや庭を失うことを考えるとね、ネリー、私も初めは心苦しかった。なかでも庭は特につらいね――けれどもクラブツリーにも庭はあります。とてもすてきな庭がね」

クラブツリー・パーヴァは、ハーディング氏が準参事会員として保有する小さな教区であり、今でもハーディング氏の管轄だった。それはわずかに年八十ポンドの禄と小さな家と聖職領耕地だけの価値しかなくて、今はハーディング氏の副牧師に委ねられていた。ハーディング氏が隠退を考えたのはこのクラブツリー聖職領耕地だった。この教区をクラブツリー・キャノニコーラムという別の聖職禄と取り間違えてはならない。クラブツリー・キャノニコーラムのほうは、とても立派な教区だ。教区民は二百人しかいないけれど、四百エーカーの聖職領耕地がある。大小の十分の一税(3)は禄付牧師に与えられて、年四百ポンド以上になった。このクラブツリー・キャノニコーラムは、聖堂参事会長と参事会に人事権があり、当時ヴェシー・スタンホープ博士が管轄した。スタンホープ博士はバーチェスター聖堂の参事会にグースゴージという受給名誉会員席(4)を保有しており、アイダーダウンとストッグピンガムの合併教区、すなわちストーク・ピンクイアムと表記できる禄付牧師職も兼任していた。この人はコモ湖畔(5)のもてなしのよい別荘の所有者として、イギリス人旅行者の名士によく知られ、ロンバード蝶の収集が独自のものと見なされている、ヴェシー・スタンホープ博士と同一人物だ。

「そうそう」と院長は思いにふけって言った。「クラブツリーにはとてもすてきな庭があります。でもね、貧しいスミスさんにご迷惑をかけるのは申し訳ないですね」スミスはクラブツリーの副牧師であり、その職の報酬によって妻と六人の子どもを養う紳士だ。

エレナーはまったく後悔なしに、屋敷ともポニーともお別れできると父を安心させた。彼女はただ嬉しかった――父がこの恐ろしい混迷から逃れられる場所へ行けることが嬉しかった。

「ただ楽器だけは持って行こうね、おまえ」

それから父娘は将来の幸福を設計して、どうすれば大執事の介入なしに計画を整えられるか考え続けた。ついに二人は再びうちとけると、院長は娘のしたことに感謝した。エレナーは父の肩にもたれながら、やっと秘密を打ち明ける機会をえた。父は娘に祝福を与えると、娘の愛している人は正直で、善良で、情け深く、概してまともな考えを持っている――ただ彼をまっすぐ導いてくれる立派な妻を欠くだけだ――と言った。「あの人はね、おまえ」と父は締めくくった。「おまえという宝を安心してまかせられる人だと堅く信じている」

「でもグラントリー博士は何て言うかしら？」

「そうそう、おまえ、私にはそれはどうしようもないね――そのときまでにはクラブツリーへ行っていよう」

エレナーは父の旅の着替えを用意するため、二階へ駆け上がった。院長は庭に入ると、見慣れたあらゆる木に、潅木に、緑陰の隅に、最後の別れを告げた。

## 註

（1）巨大な海獣。「ヨブ記」第三章第八節、第四十一章、「詩編」第百四章第二十六節参照。

（2）「マタイによる福音書」第六章第三節参照。

（3）この税（tithes）は聖職者と宗教的施設を維持するため土地の生産量の十分の一を教区が収めたもの。large tithesは穀物、干し草、木材、その他の主要収穫物から収め、small tithesは教区の二次的収益から収めた。

（4）スタンホープ博士は聖堂内に居住しない会員である。一八四〇年の「聖職者の職務と歳入に関する法」にならうなら、博士がこの地位にあって収入をえることは考えられない。しかし、トロロープは正反対のことを書いている。スタンホープ博士は職務をいっさい行わないで多額の収入をえており、当時非難された不在者で、かつ複数兼職者だ。

（5）イタリア北部ロンバルディア州にある湖。

# 第十四章　オリュムポス山

ボールドは大執事から受けた侮辱にうめき、みじめさと自責の念とあらゆる方面への不満を抱いてロンドンの宿へ戻った。大執事との話し合いは不調だったが、それでもエレナーに誓ったことをはたさなければならないと思った。ボールドは重い心で嫌な仕事に取りかかった。

ボールドがロンドンで雇った弁護士は、訴訟取りやめの指示を聞いて、驚き、明らかに疑惑の目を向けた。しかし、弁護士はそれに従うほかなくて、重い訴訟費用が雇い主の上にのしかかることについて残念のつぶやきを漏らした。特にわずかな忍耐で敵方にその費用を押しつけることができそうだったから。ボールドは最近足繁く通っていた事務所を憤然として立ち去った。彼が階段を降りきらないうちに、請求書準備の指示が出されていた。

ボールドは次に新聞のことを考えた。事件は複数の紙面で取り上げられていたけれど、『ジュピター』が論調を主導することがわかっていた。ボールドはトム・タワーズと親しい関係にあって、慈善院の問題をしばしば一緒に議論してきた。その記事がボールド自身の示唆によって書かれたとも言えないし、友人によって書かれたとも事実は、はっきりしなかった。トム・タワーズは彼の新聞が事件についてこうこう、こういう見方、こういう論調を取ると公言することはなかった。トム・タワーズはそういうことについて非常に口が堅かった。タワーズにはあの力強い機関――その一部を密かに動かすのが彼の大いなる特権だ――の関心をおおざっぱに語る気なんかなかった。しかし、ボールドはバーチェスターに恐慌を引き起こしたあの恐ろしい記事が、タワーズの仕業だと確信しており、二度と記事が繰り返されないようにするのが、彼の義務だと考えた。こう考えると、ボールドは弁護士事務所を出てから、トム・タワーズが地球上の邪悪なものを懲らしめ、善なるものを推進するため、驚くべき化学力で雷電を作る工場へと向かった。

オリュムポス山のことを聞いたことのない人がいるだろうか？　活字という権力のあの高所の住い、活字の女神パイカ[1]のあの御座、神と悪魔のあの不思議な在所、そこからはぶんぶんという絶え間のない蒸気の音とカスタリア[2]のインクの流れとともに、毎夜傘下にある国の統治のために八万部[3]の布告が流れ出るのだ。

ビロードと金メッキが玉座を作るのではない。金と宝石が王笏を作るのでもない。最高位の者が座るから玉座であり、最強の者が振るうから王笏である。オリュムポス山についてもそうだ。不案内なよそ者が退屈な真昼か、静かな午後の眠い時間かにここを訪れても、力と美の宮殿も、大警世紙に似合いの神殿も、この世の最高君主の威厳にふさわしい誇らかな建物前面も、柱付屋根も、見いだすことができない。よそ者の目にはオリュムポス山はいくぶん質素な――目立たない、飾りのない、むしろみすぼらしい――場所だ。雑踏する人家の密集の近くに位置しながら、騒音にも群衆にも影響されず、強大な都市のなかでいわば孤高を保つ場所、野心のない人々が楽な家賃で住める小さな、人目につかない、わびしい場所だ。よそ者が信じられなくて、「これがオリュムポス山ですか？」と聞く。

「誤謬のない法――内閣がこれに従うことを余儀なくされ、主教がこれに導かれ、貴族と平民がこれに支配され、裁判官が法を、将軍が戦略を、海将が海軍戦術を、女オレンジ売りが手押し車の操作をこれに教えられる――その法を布告するのは、この小さな、暗い、すすけた建物ですか?」「そうですよ、あなた、この壁の向こうからです。イギリス人の魂と肉体を導くものとして、唯一知られる誤謬のない教書がここから出てくるのです。この小さな四角い建物がイギリスのバチカンです。ここに一人の法王――彼自身を叙任し、彼自身を聖別し、もっと奇妙なことに彼自身を信じて疑わない――法王が君臨しています。お薦めします。もしこの法王に従うことができなければ、できるだけ黙って不服従を貫くことをお薦めします。ルターのような人にもひるまぬ法王、彼自身が被告となった審問には手心を加えることがスペインの手だれの異端審問官さえ思いつかない仕方で不信心者を罰する法王、徹底的に恐ろしく過激に破門する法王、あなたを人の慈愛の届かぬところに追放し、親しい友人を厭わしい存在、後ろ指を指される怪物に変えてしまう法王なのです!」

何とまあ! これがオリュムポス山なのか!

一般人には、『ジュピター』が誤謬を犯さないというのは驚くべき事実だ。いったいどれほどはてしない心労、どれほどおびただしい努力を費やして、私たちは国会に最適の議員を集めようとすることか。それでいて何という失敗なのだろう! 国会はいつも過ちを犯している。『ジュピター』を見てご覧なさい。そうすれば議員の集会がいかに無益か、審議会がいかにむなしいか、労力がいかに不必要かわかるだろう。主要閣僚、国家の偉大な使用人、寡頭政治の担い手たち、困難な時代に私たちが指導を求め、英知に頼るそういう人たちは、いったいどれほど誇りをもってあがめられることか!

しかし、『ジュピター』の記者に較べるとき、彼らはどれほどのものなのか？　閣僚たちは会議を開き、思いを凝らし、苦労して国益を練り上げる。すべてができあがったころ、『ジュピター』はそれが無価値なものだと言う。トム・タワーズが苦もなく正してくれるとき、どうして私たちはジョン・ラッセル卿を当てにする必要があるのか？　パーマーストン(4)やグラッドストーン(5)を尊敬する必要があるのか？　将軍たちがどんな過ちを犯すか見てご覧なさい。お金と誠実さと科学ができることを残さず尽くしても、いかにひどい状態で兵士が召集され、食事をあてがわれ、輸送され、軍服を施され、武器を与えられ、管理されることか？　もっとも優れた提督が艦に要員を配置するため、あらゆる器具を外から運び込んで最善を尽くすけれどもむなしい。あらゆることに間違いが生じる。ああ、ああ、残念。トム・タワーズ、彼だけが正しいやり方を知っている。ああ、なぜ、どうしてこの世の大臣たちは、天から送られたこの使者の声にもっと耳を傾けないのか？

私たちは無知なのだから、みな『ジュピター』にまかせるほうがいいのではないか？　無益な話や怠惰な考えや無意味な労働は捨てたほうが賢い。下院の多数決を捨てよう。裁判官の遅すぎる評決を捨てよう。疑わしい法律や誤りに陥りやすい人の努力を捨てよう。『ジュピター』が生死にかかわる事柄に誤りなき多くの決定を下し、八万部もの印刷物を絶えず送り出して、残さず問題を決着してくれるのではないか？　このトム・タワーズは喜んで私たちを導いてくれるのではないか？

ああ、人が疑うことを知らぬ従順さで、独裁者に従うように従っている限り、トム・タワーズは喜んでどの局面でも人を導くことができる。忘恩の大臣には、トム・タワーズが認める同僚政治家としか合従連衡をさせてはならない。教会や国家、法律や医術、商業や農業、戦争の技術や平和の技術など――あらゆる問題でタワーズの指示に耳を傾け、従え。すべてが完璧になされるだろう。トム・タワーズに全知の眼がないなんて考えられようか？　オーストラリアの下宿からカリフォルニアの貸間まで、地球上の居住できるどこにいようと、タワーズが人々の行いを知り、見つめ、記録しないなんて考えられようか？　ニュージーランドの主教から北西航路(6)の悲運の重役まで、タワーズが人の能力の唯一ふさわしい審判者でないなんて考えられようか？　ロンドンの下水道からインドの中央鉄道まで――サンクト・ペテルブルグの宮殿からアイルランド北西部コノートの丸太小屋まで――タワーズの目を逃れることなんかできない。イギリス人はただ記事を読み、従い、祝福を受けるだけでよい。愚者以外の誰も『ジュピター』の賢明さを疑う者はいない。狂者以外の誰も記事の真偽を問う者はいない。

もっとも宗教が定着し、確立されている国にも、その宗教を信じない者がいる。どのような信条も嘲笑を浴びない信条はない。異端者をなくすほどまで栄えた教会はない。当然『ジュピター』を疑う人々がいる。そういう人々は上流社会に住んで、軽蔑されても傷つくことなく、この世を闊歩する。イギリス人の母から生まれ、イギリスのミルクで育てられたにもかかわらず、オリュムポス山は賄賂の額次第で不正を働くと、トム・タワーズは金で買収できると、公言することをためらわない人々だ。

これがオリュムポス山、この偉大な国、イギリスの英知の代弁者だ。十九世紀のどの場所を取ってみても、このオリュムポス山ほど注目に値するところはないだろう。閣僚全部の署名を備えたどのような大蔵省令さえも、この新聞一部が持つ力の半分の力も持ちえない。新聞のほうは一つの署名もなくとも、ここからおびただしい数で出てくるのだ。

ある大人物、ある権勢ある貴族――公爵としておこう――が領民から恐れられ、敬われて引退し、安らかな生活に入る。公爵自身は恐れを知らない人だ。善良な人ではないとしても、とにかく権勢家であり、他人から美徳の欠如について指摘されても、それが気にならないほど力のある人だ。その公爵がある朝起きてみてわかる。自分が失墜して、卑劣な、惨めな存在、領民の侮蔑の的になっている。公爵はドイツの隠遁地か、気づかれぬイタリアの隠れ家か、とにかくどこでもいい、人目を避けられる場所にできるだけ早く隠れ込みたいと願うばかりだ。何がこの恐ろしい変化をもたらしたのか。何がこれほど公爵を苦しめたのか。『ジュピター』に記事が載ったから。五十行ほどの小さなコラムが、閣下の平穏な生活を破壊して、世間から永久に彼を追放したのだ。誰がこの厳しい内容の記事を書いたのか知るよしもない。クラブの人々はとまどいながらも記者の噂をして、互いにあの人とか、この人とか、その名を上げて囁く。そのころトム・タワーズは、オリュムポス山頂から雷電を放つ神のようにではなく、死すべき普通の人のように、東風に上着のボタンをぴたりと留めると、パルマル街(7)を黙って歩く。

私たちの友人ボールドが足を運んだのはオリュムポス山ではなかった。ボールドは昔この寂しい場所をさまよいながら、『ジュピター』に記事を書くというのは、何とすばらしいことだろうと思ったことがあった。持てる力を拡張することによって、このように卓越した職業に身を置くことが彼にはできないものかと考えたあと、もしささやかな才能を新聞社に捧げた場合、トム・タワーズはどう思うだろうかと推測した。タワーズ自身もかつては初心者であり、記者として成功するかどうか疑ったこともあったと踏んでいた。タワーズといえども、生まれながらにして『ジュピター』の記者ではなかったはずだ。ボールドはそのとき半分野心に、半分畏怖にとらわれて、そんなことを思いながら、一見物静かな神々の仕事場を眺めたことがあった。しかし、ボールドはこれまで一度も言葉とか、身振りとかで友人の誤謬なき記事に干渉しようと試みたことがなかった。それが今はどうしたら干渉できるか気を揉んでいた。ボールドは心にかなり動揺をかかえながら、トム・タワーズが朝のトーストとお茶を口にする、つまりアンブロシアを食べ、ネクタルを飲む、静かな知恵の住まいへと赴いた。

オリュムポス山からあまり遠くないところ、ロンドン西部高級住宅地の近くに法と正義の女神テミスの住まうテンプルがある。カエサルが建てたという伝説の塔、ロンドン塔からバリーがデザインした雄弁の館、国会議事堂[8]まで、テムズ川を遡上したあと、都市の下水を新たに受け入れると、貴族の宮殿から商人の市場まで、再び流れ下ってくる豊かな潮に洗われて——誉れにも女神テミスが喜んで在所を構える——あの静かな防壁の区域がある。テンプルは何という世界中世界なのだろう！　ある人が最近「もつれ合った歩道」と呼んだ場所は、密集する群衆に取り囲まれながら、何と静かなところなのだろう！　罰当たりなストランド通りや下品なフリート通りから一歩しか離れていないというのに、テンプルの地味な小道は、何と重々しく上品なのだろう！　古い聖ダンスタン教会[9]は鐘突きの巨人とともに移築された。心地よい由緒ある顔つきをした古い店も、一軒一軒なくなりつつある。テンプル・バー[10]も移転する予定——と『ジュピター』は伝えた。法に奉仕するこの地区に大きな王立裁判所[11]が出現するという噂がある。その建物ができたら、ウエストミンスターの裁判所に壊滅的な打撃を与え、公文書館ロールズとリンカンズインに対抗することになるだろう。しかし、このような変化にもかかわらず、テンプルの静かな美しさを脅かすものはない。大都市に残る中世の宮廷だ。

この選ばれた場所の選ばれた地点に、汚れたテムズをはすかいに見渡せる高層の賃貸集合住宅がある。窓の前にはテンプル・ガーデンの芝生が広がり、くすんでいるけれどかぐわしい青緑は、ロンドンの人の目にすがすがしい。ロンドンの濃い霧のなかに住むことが避けられないとするなら、ここそ選ばれた場所と言えるだろう。そうだ今私が語りかけている読者よ、あなた、独身中年のあなたにとって、ここほど住まいとするにふさわしい場所はない。ここにはあなたが在宅か、留守か、一人か、客を迎えているか、などと詮索する人はいない。ここにはあなたの日曜日の行動を調べる安息日厳守主義者もいない。あら探しの好きな家主のおばさんが空の酒瓶を調べることもない。健康を気にする隣人があなたの夜更かしの不平を言うこともない。もしあなたが本好きなら、本はどの場所に置くのがふさわしいと言えるだろうか！　ここだ。ここには印刷の臭いが充満する。もしあなたがパフォスの女神[12]アプロディーテーを崇拝し、情事の場所を選ぶなら、テンプルの木立のほうがキプロスのそれよりも静かな場所だ。機知とワインはいつも、ここに、ともにある。テンプルの酒宴は、大狂乱のバッコス神の信者が、崇敬する神の威厳を決して忘れなかった洗練されたギリシアのそれに似ている。ここほど完璧に隠遁できるところがあるだろうか？　ここほど社会のあらゆる快楽を確信できるところがあるだろうか？

トム・タワーズが住んでいたのはここだ。今定期刊行物を支配する第十の詩神ムーサ[13]と積極的に交感しながら、彼が際立った成功を収めていたのはここだ。しかし、その彼の部屋が、法曹界で出世を夢見る新米のがらんとした部屋と同じように、居心地の悪いものだと考えてはならない。当世そういう駆けだしの部屋にあるのは、次のようなものだ。四つの椅子、半分本が入った樅材の本棚（くすんだカーテンが下がっている）、書類が載った古い仕事用テーブル（書類は半年に一度も動かされないからほこりっぽい）、脚がぐらぐらのさらに古い常用ペンブルック・テーブル[14]、海老やコーヒーを運ぶ配膳ワゴン、トーストや羊肉の切り身を焼く器具など。しかし、こんな貧弱な家具や器具では、トム・タワーズの優雅な生活を満たすことなんかとても不可能だ。彼は二階の四部屋を思い通りに使っていたけれど、豪華とは言えないにしても、各部屋にスタッフォード・ハウス[15]よりも快適な家具を揃えていた。現代生活を贅沢にする科学技術が最近追加したものが残らずここには見られた。いつも使う部屋にはぐるりと本棚が取り巻いて、そこに注意深く選書された本が並んでいた。どの本もこのようなコレクションにふさわしい価値と装丁の豪華さを備えていた。部屋の一隅にある持ち運びのできる踏み段は、高い位置の書棚も使われていることを示していた。その部屋には美術品は二つしかなかった。一つはパワーズ[16]作のロバート・ピール卿[17]の胸像であり、タワーズの個人的な政治信条を表わした。もう一つはラファエル前派のミレイ[18]作の肖像――妙に長身の陶酔する女性像――であり、やはりタワーズが熱を上げる芸術一派を表わした。この絵は通常のように壁にかけられていなかった。壁にはそんなことをする空いた空間が一インチもなかったから。絵は画架か、台座のようなものの上に載せられていた。この台の上でその女性は額に入れられ、ガラスをはめられて、どの女性もこんなふうに見つめることはないといった陶酔の様子で、一本の百合を一心に見つめて立っていた。

ラファエル前派と称される現代芸術家は、ルネサンス初期の画家の洗練された完成度と独自の様式に回帰するだけでなく、描く題材の点でもそこに喜んで回帰しようとした。前派の画家の精妙な辛抱強さには、どれほど賞賛を与えても与えすぎることはない。彼らは霊感のもととなった往年の巨匠の完成された細部に肩を並べようと努めた。ラファエル前派の新しい絵の技法を凌駕するものはおそらくないだろう。しかし、題材の点で彼らが陥っている過ちを見ると奇妙だ。ラファエル前派は、古い陳腐な題材群——矢を受けた殉教者聖セバスティアヌス[19]とか、両目を皿に置いた盲人の守護聖人聖ルチア[20]とか、焼き網の上で殉教した聖ラウレンティウス[21]とか、二人の子供と一緒にいる聖母マリアとか——をそのまま描くのでは満足できなかった。とはいえ、それを変えてみてもやはり満足できなかった。いかなる人物像も想像しがたい姿勢で描かれることはないから。聖セバスティアヌスの辛抱強さ、荒野にいる聖ヨハネの荒々しい恍惚、聖母マリアの母性愛、それらは当然のことながら型にはまった姿勢でしか描き出せない情感だ。しかし、背筋をまっすぐに立てて首を曲げ、何時間も百合を見続けるこの女性は、優雅さに欠ける苦痛、理由のない放心の印象を与える。

トム・タワーズの部屋を見るだけで、彼が勤勉なシュバリス人、快楽主義者、と容易に見て取れた。彼がぐずぐずと紅茶の最後の一口をすすっていた——まわりは新聞の大海のようであり、そこで軽やかに彼が泳いでいた——とき、ジョン・ボールドの名刺がお仕着せの小姓から手渡された。この小姓はしばしば主人の不在は了解していたが、在宅をいっさい知らなかった。こういう具合だったから、トム・タワーズが許可なく私生活を侵害されることはなかった。このとき、タワーズは指で名刺を二度よじったあと、客に会う気があることを小姓に知らせた。内側のドアのかんぬきがはずされると、私たちの友人ボールドの名が告げられた。

『ジュピター』のタワーズとジョン・ボールドが親しい間柄であることは前に述べた。年齢にはたいした違いがなかった。タワーズはまだ四十にならなかった。彼はまだ駆けだしのころ、ロンドンで病院勤めをしていたボールドと親しく交際し、しばしば野心と将来の見込みを語り合った。そのころトム・タワーズは、はやらない弁護士であり、生計を維持するため苦闘していたから、雇ってくれた新聞社に速記の報告を書いていた。当時は『ジュピター』に社説を書くとか、閣僚の行動を念入りに調べるとか、そんなことをする身になるとは夢にも思っていなかった。事態はそれからずいぶん変わってしまった。タワーズは今でもはやらない弁護士として訴訟摘要書がない状態だったが、今はその摘要書を軽蔑していた。たとえ裁判官の席が手にはいるとしても、現在の職を去るつもりはなかった。確かに彼は蝦夷イタチの毛皮や、世間の尊敬の印を裁判官として身に着けることはなかった。とはいえ、心には何という尊大な自負の念が満ち満ちていたことか！　確かに彼の名が大文字で現れることはなかった。壁にチョークで「トム・タワーズよ、永遠なれ」とか、「言論の自由とトム・タワーズ」などと書かれることもなかった。しかし、国会議員の誰が彼の権力の半分も持ち合わせていたと言えようか？　遠い地方の人々が日々トム・タワーズのことを話すことは確かになかった。しかし、人々は『ジュピター』を読み、『ジュピター』なしには生きる価値がないことを認めていた。目立たなかったけれど、はっきりと意識できるこの種の栄光が、この男の気質に合っていた。クラブの一隅に黙って座り、政治家の大声のお喋りに耳を傾けながら、彼はこういう政治家がみな手中にあること――ペンを取る価値があると思えば、いちばん大声の政治家さえも容易に打ち負かすことができること――を考えるのが好きだった。日々記事に書いている偉大な人物を見つめ、その誰よりも自分のほうが偉大だと思うと鼻が高かった。偉大な人物はそれぞれ国に責任を負い、もし審問を受ければ、答えなければならなかった。上機嫌で侮辱に堪え、怒りをこらえて横柄な言動にも堪えなければならなかった。しかし、トム・タワーズは誰に責任を負うというのか？　誰からも侮辱を受けたり、審問されたりすることはなかった。人をひるませる言葉を大声で言っても、誰からも問い詰められることはなかった。大臣らはおそらく名は知らなかっただろうが、彼の歓心を買おうとし、主教らは彼を恐れ、裁判官らは彼の後押しがなければ判決に疑念を抱き、将軍らは作戦会議で敵の作戦よりも『ジュピター』の言うことのほうを重視した。トム・タワーズは『ジュピター』を一度も自慢したりしなかったし、もっとも親しい友人にも新聞の名を上げたりしなかった。彼は『ジュピター』に関係していると噂されることさえ嫌った。しかし、それでもやはり自分の特権を高く評価し、自尊心を重んじた。トム・タワーズが自分をヨーロッパでもっとも権力のある人物と見なしたということはありえる。彼は日々歩き続けながら、慎重に人間のように見せかけていたが、胸のうちでは自分を神と思っていた。

註

（1）活字の大きさを神格化した女神。
（2）パルナッソス山にあるアポローンとムーサ九女神を祭った泉。これに浸かると詩的霊感がえられるという。
（3）トロロープは当初五万部としていたが、修正した。
（4）パーマーストンは自由党首相（1855-58）（1859-65）。

(5) グラッドストーンは自由党首相（1868-74）（1880-85）（1886）（1892-94）。ここで上げられた三人の首相はみなホイッグ党か自由党の出身。
(6) 北大西洋から北米大陸の北岸に沿って太平洋に出る航路。
(7) セント・ジェイムズ宮殿近くの高級クラブ街。
(8) イギリスの国会議事堂はチャールズ・バリー卿（1795-1860）がデザインした。
(9) フリート通りにあったこの教会（The Old Church of St. Dunstan-in-the-West）は一八三三年に移転を完了した。十五分おきに鐘を突く巨人像はそれから何年ものちまで修復されなかった。
(10) シティの境界を印すテンプル・バーは一八七八年に移転した。
(11) 新しい裁判所（The Royal Courts of Justice）は結局ストランド通りに一八七四年から建設された。
(12) アプロディーテーの神殿はキプロスのパフォスにあり、神殿は情事のためひっそりと静まりかえるという。
(13) 芸術・学問をつかさどる伝統のムーサ九女神につけ加えられたジャーナリズムをつかさどる女神。
(14) 両側に垂れている翼を上げて広げられるテーブル。
(15) 現在のランカスター・ハウス。一八四〇年代初頭ロンドン中心部に完成したサザーランド公爵の壮大な屋敷。
(16) アメリカの彫刻家ハイラム・パワーズ（1805-73）。
(17) イギリス首相（1834-35）（1841-46）。一八四六年穀物法を廃止してトーリー党を分裂させた。
(18) ジョン・エバレット・ミレイ卿（1829-96）。
(19) ローマのキリスト教殉教者。
(20) ローマ皇帝ディオクレティアヌスの迫害によりシチリア島シラクサで殉教した聖女（D. 304）。
(21) ローマで殉教したスペイン出身の聖人。

第十五章　トム・タワーズとアンチカント博士とセンチメント氏

「ああ、ボールド！　元気？　朝食はすましたかい？」

「はい、数時間前に。お元気ですか？」

一人のエスキモーが別の仲間と出会うとき、二人はこれと同じような約束事でお互いの健康を聞き合うのだろうか？　健康の問いかけを挨拶として義務化するというのは、人の本性に根ざすものと言っていいのか？　読者のうち一人でもこういう問いかけをしないまま、友人か、知人か、に会った人がいるだろうか？　また、その問いかけに答えを聞いた人がいるだろうか？　いないと思う。ときどき嫌らしいほど丁寧に何でも問題にしたがる人が、この問いに自分で答えるほど思い入れを見せて、直接会っているのなら健康のことなんか聞く必要はないと言う。目の前の姿こそあなたの健康を決定的に擬人化するものと言いたいのだ。しかし、そういう人はつまらない効果を前もって意図している人にすぎない。

「忙しいんですか？」とボールドが聞いた。

「うん、まあかなり忙しいね。しかし、忙しくないとも言える。一日に暇な時間があるとすれば、今がそのときだよ」

「ある問題であなたから助言がもらえないかと思いまして」

タワーズは友の声の調子から、その問題が新聞にかかわるものだとすぐ直感した。ほほ笑んでうなずいたけれど、約束はしなかった。

「ぼくが取り組んできた訴訟のことは知っているでしょう?」とボールドが聞いた。

トム・タワーズは慈善院について係争中の訴訟は知っていると臭わせた。

「それをあきらめたんです」

トム・タワーズはただ眉を上げて、両手をズボンのポケットに突っ込むと、友人が先を続けるのを待った。

「そう、訴訟をやめたんです。いろいろ話をしてあなたを煩わせるまでもなかったから。けれども、事実はハーディング氏が立派に振る舞って――。ハーディング氏は――」

「ああ、その人はそこの院長で、お金は全部取っているのに何もしない人だね」とトム・タワーズは相手を遮って言った。

「いや、それははっきりしません。けれども、この問題で院長はたいへん立派に、身を捨てて、率直に振る舞いましたから、ぼくはこの人の不利になる訴訟を進めることができないんです」こう言ったとき、ボールドはエレナーとの約束を隠していることに負い目を感じた。しかし、発言は嘘ではないと思った。「院長職が空席になるまで、この件には手が出せないと思います」

「それから、またその空席が埋められる」とタワーズは言った。「よくあることだが、その職が空席になったと誰も知らないうちに埋められるんだ。それから、またそういうお定まりに対するまったく同じ反対意見が生じる。現職の既得権の話はよく聞く話だろ。ところが、実際には現職がもともと既得の悪しか体現しないで、町の貧しい人が既得の善を体現しているのに、ただそれを実現する方法がわからないだけ、としたらどうだろう。今度の場合がそのいい例じゃないのかい？」

ボールドはそれを否定できなかった。しかし今度の場合、真の善がなされるためには多くのやりくりが必要だと思った。弁護士事務所という獅子の口に進んで頭を突っ込んで、危険な立場に身を置く前に、こういうことを考えておかなかったのを残念に思った。

「ずいぶんとお金がかかることになるんだろうね」

「数百ポンドですよ」とボールドは言った。「おそらく三百ポンド程度。これを逃げるわけにはいきません。用意します」

「達観しているねえ。数百ポンドのことを、こんなにすっきりと無関心な態度で話すのを聞くのは爽快だねえ。しかし、訴訟をあきらめるのは残念だよ。こういうことを始めて最後までやり通せないと、人は傷つくもんだ。これは見たことがあるかい？」そう言うと、タワーズはテーブルの上に小さなパンフレットを投げて寄こした。それは印刷されたばかりで、まだ湿っぽかった。

ボールドはそのパンフレットを見たことはなかったが、作者についてはよく知っていた。この紳士はパンフレットを通して現代の問題に残らず有罪宣告を下し、最近大いに議論の的になっていた。

ペシミスト・アンチカント博士(1)はスコットランド人であり、若いころは大部分をドイツですごした。そこの学究生活で大いに成果をあげたあと、ドイツ的繊細さで物事の根源を覗き込み、その本質的価値、無価値を独力で検証する方法を身に着けていた。善なるものを善として受け入れ、悪なるものを悪として排斥しようと勇敢に決意する点で、アンチカント博士に並びうる者はいなかった。しかし、この世ではいかなる善も混ぜもので損なわれ、いかなる悪も善的なものの萌芽を内包するという事実を、博士が理解できていなかったのは残念だ。

アンチカント博士はドイツから戻ってくると、風変わりな言葉遣いによる思考の力強さで読者大衆を驚嘆させた。批評家は、博士には英語が書けないと言ったけれど、大衆は、それはたいしたことではない、博士が書くものは読めるうえ、あくびなしに読めると言った。ペシミスト・アンチカント博士は有名になった。多くの著作家がそうだったように、博士もまた真価を見せないうちに人気によって台無しにされた。博士は始めのうちは気おくれからか、公然たる非難を人間の時々の愚かさとか、欠点とかに限定した。ヤマウズラの猟にうつつを抜かす郷士の精力を嘲るとか、詩人(2)をビール樽の検量税関吏にしたパトロン貴族の過ちを嘲るとかだ。そうしているあいだ博士はうまくやっていた。私たちは博士から喜んで欠点の指摘を受け、次の至福千年を期待した。アンチカント博士の著作を充分研究したあと、みなが真実に近づき、力に満たされる理想世界だ。しかし、博士は時代の兆しと人心を読み誤った。次の千年王国を約束しないまま、自分を物事一般の検閲官としてすえ、あらゆるもの、あらゆる人を非難する大仕事を始めた。これはまずかった。真実を言うと、このもくろみで博士は失敗した。博士の理論は非常に美しく、教えてくれる道徳律は確かに時代の慣習を改善しようとした。博士は曖昧で、神秘的で、漠然としているあいだは、私たちに多くのものを教えることができたが、実用的なものへ向かったとたん魅力を失った。

しかし、詩人とヤマウズラに関する博士の意見は、好意的に人々から受け入れられた。博士は言った。「ああ、兄弟よ。一丁の銃当たり四十羽の割合で殺されるヤマウズラとか、年六十ポンドでビール樽を検量するダンフリースの詩人(3)とか、が大いなる時代の前兆であるとはとても言えない！　おそらくこれまでに記された最狭量の時代の前兆なのだろう。政治的にしろ、何にしろ、経済を追求するなら、これが不経済の最たるものだということはすぐにわかる。ヤマウズラはいわば一羽一ギニーつまり二十一シリングで地主らに殺され、五十羽に一人の割合で密猟者を刑務所にぶち込み、レドンホール(4)で一羽一シリング九ペンスで小売りされる。私たちの詩人、すなわち想像者であり、創作家でもある人がビールを検量――しかも下手くそに――して、ビール樽相手の仕事の時間はあっても、酒を飲む時間も、想像や創作の時間もない。これこそ錆びたナイフで顎を不快にする一方、繊細な刃の剃刀で石のブロックを切るようなもったいない仕儀である！　ああ政治経済学者よ、需要と供給、労働と諸力の専門家よ、ああ大声の友よ、あなたが多くのことを知っているのなら、教えてくれ。ヴィクトリア女王のこの王国で、詩人の需要はどれほどあるのか？　詩人の供給はどれほどえられるのか？」

博士のこの論理には訴えるところがあり、私たちに希望を与えた。次に詩人がえられたら、その詩人をもっとうまく処遇できるかもしれない。ヤマウズラは捨てられないものの、密猟者については何か対策が打ち出せるかもしれない。しかし、私たちはこんな不明瞭な教授から政治面で教えを受ける気にはなれなかった。博士がウエストミンスターの議員たちは無価値だと言うようになったとき、私たちはもう充分だと感じるようになった。公文書かばんに対する博士の攻撃は、もはや有意義なものとは見なされなかった。しかし、短いものだから博士の意見をもう一度ここに引用することは許されるだろう。

「もし公文書の赤いひもの巧妙な扱い、すなわちお役所官僚ふうのやり口が、あえいで横たわる――瀕死のと言ってもよい――人々にとって何か役に立つものなら、もしビロードの裏地と錠前師チャップ[5]の特許錠を備えた公文書かばんが、臨終の人々の慰めとなるものなら、ほかの大勢の人とともに私もからからに乾いた舌でジョン・ラッセル卿の名を呼び求めよう。あるいは兄弟よ、あなたの忠告に従ってアバディーン卿[6]の名を、いとこよ、あなたの忠告に従ってダービー卿[7]の名を、どの党の首相かなんか気にせずに、乾いた舌で呼び求めよう。どの首相もみな同じことだ。ああ、ダービーよ！　ああ、グラッドストーンよ！　ああ、パーマーストンよ！　ああ、ジョン卿よ！　どの首相も澄んだ顔をして、公文書かばんを手に下げて走ってくる。中身のない医者たち！　そういう首相は大勢いるけれど、どの公文書かばんもこの無秩序の病を治してはくれない！　何だって！　新しい別の医者の名もあるって？　赤いひもで魂をきつく縛りつけていない弟子なんているのだろうか？　では、もう一度呼んでみよう。ああ、ディズレイリ[8]よ、偉大なる反主流主義者にして、苦痛の表情の人！ああ、モールズワース[9]よ、偉大なる改革者にして、ユートピアを約束する人。連中はやってくる。それぞれがあの澄んだ顔をして、それぞれが――ああ悲しい、私も！　ああ悲しい、私の国も！――やはり公文書かばんを手に下げている。

「何とのどかなダウニング通り！

「兄弟よ、戦場で希望がなくなったとき、かすかな勝利の希望も残らなくなったとき、古代ローマ人はトーガで顔を隠し、威厳を保ったまま死ぬことができた。今、あなたや私はそれをすることができるだろうか？　もしできるなら、それがいちばんいい。できなければ、ああ兄弟よ、私たちは恥辱のうちに死ぬほかはない。生命と勝利の希望がこの世にはもう残されていないからだ。私は決して澄んだ顔と公文書かばんには信頼を置くことができない」

この引用には真実があり、論証の深さがあるのかもしれない。しかし、イギリス人は政府の調停に信頼を失わせようとする議論には納得がいかなかった。アンチカント博士による当世の腐敗に関する月刊パンフレット[10]は、彼の初期の作品ほど大きな注目を浴びなかった。これらのパンフレットのなかで、博士は批判の矛先を政治問題だけに限定しないで、広く公共の利益一般の問題に向けるようになり、あらゆるものに悪を発見した。博士によると、人は偽りであり、人だけでなくすべてのものが偽りだ。男性は女性に向かって帽子を取るとき、嘘をつく。女性はほほ笑むとき、また嘘をつく。紳士のシャツの襞飾りは、嘘に満ちており、女性の襞飾りは、欺瞞でいっぱいだ。麦わらのボンネットに対する博士の攻撃ほど、あるいは、主教のかつらから髪粉を振るい落とす博士の破門ほど、厳しいものがあっただろうか？

トム・タワーズが今テーブルの上に投げて寄こしたアンチカント博士のパンフレットは、『現代の慈善』と題してあった。それは先人がどれだけ多く慈善をなしたか、現代人がいかに慈善をなさないか、を証明するという観点から書かれたものだった。それは大昔と現代との比較で終わっており、現代にほとんど評価を与えていなかった。

「これを見てくれ」とタワーズは立ち上がると、パンフレットのページをめくり、終わり近くの一節を指さして言った。「君の友人のハーディングさんは、たとえ利己的なところがない人といっても、残念ながらこの部分を読みたくはないだろう」ボールドが読んだのは次のような一節だった。

「おやまあ、何という光景だろう！　目を大きく見開いて四世紀前の信心深い人、暗黒時代の人を見てほしい。その人がどんな信心の行いをしたか、現代の信心深い人がどんなことをするか、見てほしい。

「中世の人は分別の人らしくこの世のなりわいを尊重しながら、苦労してこの世を歩き通し、勤勉な人が栄えるようにそのなりわいで栄えた。しかし、彼は盗人が忍び込むことのできないあの天上の宝のほうに、いつも目を向けていたと言っていい。ふるさとの町の目抜き通りを、オーク材の杖にすがり、丁寧な挨拶と尊敬の印を受け取りながら歩くとき、この老人の姿には高貴なところがあったのではないか？　ベルグレーヴ・スクエア(11)とその近辺の赫々たる住人たちよ、この老人こそ高貴だと言っていいのではないか？　彼はせいぜい羊毛の繊維揃えの仕事を大がかりに手がけていたにすぎなかったが、それでも高貴な人だった。

「この羊毛の繊維揃えの仕事は、しかし当時大きな利益をもたらしたから、私たちの中世の友人は死に臨んだとき、人々から当時はやっていた俗語で莫大な財産を「しこたま遺す」と言われた。息子や娘には、この産業によって支えられた充分な生計の手段があった。友人や親戚には、死の悲しみを癒す償いとなるものがあり、高齢の居候たちには、老年の慰めとなるものがあった。暗黒の十五世紀に一人の老人がたいした業績を成し遂げた。しかし、これがすべてではなかった。来るべき幾世代もの貧しい繊維揃え職人が、この金持ちの老人の名を祝福することになった。羊毛揃えの仕事で勤勉に働いて生計を立てることができなくなった老いた職人の生活のため、慈善院が創設されたうえ、老人の富が遺贈されたからだ。

「十五世紀の老人は力の及ぶ限り信心深い仕事を、しかも高貴な——と私には思える——かたちでこういうふうに成し遂げた。

「では現代の信心深い人の例を見てみよう。その人はもはや羊毛の繊維揃え職人ではない。というのは、そんな職人は今ではもう重要性をなくしてしまったからだ。その人を善人のなかの善人、幸運に恵まれた人と想定しよう。中世の友人は結局文盲だったが、現代の友人は教育を受けて、あらゆる上品な知識を身に着けた人である。端的に言うと、その人は祝福された人、イギリス国教会の牧師にほかならない。

「今この人はどんな完璧なやり方によって、この地上界で神の仕事を成し遂げ、その仕事を片づけているのか？　ああ！　何よりも奇妙なやり方。ああ、兄弟よ！　細かな観察でしか露見が難しい、信じがたいやり方によってなのだ。現代のこの人は欲望の大きさ、大食によってこの仕事を実現する。この人は貧乏な羊毛繊維揃え職人のために用意されたパンを注意深く横取りして、飲み込むことだけに従事する。しかも知らん顔をして、週に一度鼻声で多少長い賛美歌を歌う。賛美歌がむしろ短ければいいと言いたいくらいだ。

「ああ、教養ある友よ！——奴隷になるつもりなんかない偉大なるイギリス人よ、進歩して無限の自由と善悪の知識に至った人々よ、——教えてほしい。高い教養を身に着けたイギリス国教会の牧師に、どんなお似合いの記念碑を建てるつもりなのか？」

友人のハーディング氏はこんな一節なんか読みたくないだろうと、ボールドは確かに思った。ボールド自身もこんな嫌なものは読みたくなかった。慈善院に対する彼の無分別な攻撃によって、何という多くの騒ぎと迷惑を生じさせてしまったことだろう！

「わかるだろうが」とトム・タワーズが言った。「多くの人がこの事件を話題にしていて、大衆は君の味方だ。君が訴訟をあきらめるなんて残念だよ。『慈善院』の第一分冊は読んだかい？」

いや、ボールドは『慈善院』は読んでいなかった。ポピュラー・センチメント氏[12]のそういう名の新作広告を見たことがあったが、一度もそれをバーチェスター慈善院と結びつけたことはなく、今度の問題に関係するなんて考えたこともなかった。

「この新作は制度全体に対する直接攻撃だよ」とトム・タワーズが言った。「ロチェスターやバーチェスターやダリッジ[13]や聖クロスの横領の温床を根絶するには、大いに役立つことだろう。センチメントはバーチェスターへ行き、そこで取材したことが明らかだ。センチメントが君から取材したというのは間違いないと思っていた。わかるだろうが、よく書けている。センチメントの第一分冊はみなできがいい」

ボールドは、センチメント氏から取材を受けたことはない、訴訟がこれほど世間で取りざたされていることがわかって深く後悔している、と言った。これに対して「火事はもう消せないほど遠くに及んでいる」とタワーズは答えた。「木材がみな腐っている場合、建物を取り壊さなければならない。いいかい、早ければ早いほどいいんだ。この問題では、君こそ最初の告発者として栄誉をえる人だと期待していたよ」

ボールドはこれを苦い思いで聞いた。友人の院長に、生涯に及ぶみじめな思いをさせたうえ、問題をうまく煽って真の社会的関心事に祭り上げたとき、手を引いてしまった。何という稚拙なやり方だろう！　すでに害をなしたあげく、目前に見えていた善が始められるとき、手を止めてしまった。こういう大義に全勢力を注ぐことができ、『ジュピター』から後押しされ、当代のもっとも人気のある二人の作家によって書き立てられるなら、何という喜びとなったことか！　ボールドはこの着想によって住みたいと願う理想世界をかいま見ることができたのに。途中でやめないで突き進んでいたら、いったいどんなものを生み出すことができたのか？　どんな打ち解けた親密さ、どんな公的な賞賛、どんな古代アテネふうの饗宴と上品な趣きを生み出すことになったのか？

しかし、そういう見込みはもうなくなってしまった。ボールドは理想を放棄すると誓ってしまった。たとえその誓いを忘れることができたとしても、この部屋から撤退するには、すでに深く踏み込みすぎていた。ボールドは今この瞬間、『ジュピター』にこれ以上記事が出ないようにするため、トム・タワーズの部屋に座っていたのだから。切り出すのは嫌だったけれど、タワーズに記事を止めてくれるよう懇願しなければならなかった。

「訴訟は続けようにも、続けられなかった」とボールドは言った。「ぼくが間違っていることがわかったからです」

トム・タワーズは肩をすくめた。もう少しで成功しそうな人が、いったいどうして間違っていたなんて言えるのか。「そういうことなら」とタワーズは言った。「もちろん訴訟はやめなくてはならないよ」

「事件を放棄するよう、あなたにもお願いするため、ぼくは今朝訪ねて来たんです」とボールド。

「ぼくに願いごとって？」トム・タワーズは穏やかにほほ笑んで、かすかに驚いた申し分のない表情で言った。こういう願いごとには、決してかかわり合わないことをわきまえた表情だった。

「そうです」とためらって震えながらボールドは言った。「『ジュピター』はこの事件を大きく取り上げてきました。ハーディングさんは、その記事によって深く傷ついたんです。もしハーディングさんが個人的に非難されるところがないことをあなたに説明できるなら、記事はこれ以上続かないかもしれないと思ったんです」

ボールドがこの無邪気な提案をしたとき、トム・タワーズは何と穏やかな、感情を表さない表情を浮かべたことだろう！　もしボールドがオリュムポス山の戸口側柱に話しかけたとしても、側柱はタワーズよりも表情を表わしてくれたことだろう。感情の動きのなさは見事であり、慎重さは人間的なものを超えていた。

ボールドがひとしきり話をしたとき、「いいかい君」とタワーズは言った。「ぼくは『ジュピター』を代表して君に回答することなんかできないんだ」

「けれども、もしあなたがこれらの記事の不当性を理解すれば、記事を差し止める努力をしてくれると思います。もちろんあなたがその気になれば、それができることは疑いありません」

「誰も彼もみなさん、いつもたいへんお節介で、残念ながらたいてい考え違いをしているね」

「おい、おい、タワーズ」とボールド。彼は勇気を奮い起こして、エレナーのために最大限の努力を尽さなければならないと思った。「あの記事を書いたのはあなただと確信しているよ。記事が上手に書かれているから。将来あなたがハーディングさんに対する個人的な言及を控えてくれたら、ありがたいんです」

「いいかい、ボールド」とトム・タワーズは言った。「ぼくは君をほんとうに尊敬している。昔からの知り合いであるし、君との友情をだいじに思っている。怒らないでぼくに説明させてほしい。公的報道にかかわる者は、干渉に対して礼儀正しく耳を傾けていられないんだよ」

「干渉ですって！」とボールド。「干渉するつもりはありませんよ」

「ああ、ねえ君、でもこれは干渉だよ。それ以外の何だと言うんだい？　ぼくには新聞に記事が出ないようにする力があると君は考えている。こういう問題について噂がいつもそうであるように、君の情報はおそらく不正確なんだ。でも、とにかく君はぼくが記事を止める力を持つと思って、それを使うよう求めている。それが干渉だよ」

「まあ、あなたがそう言いたいんならそうでしょう」

「ぼくにそういう力があって、君が望むとおりその力を使ったと仮定してみろよ。それこそ大きな力の乱用だということがはっきりしてくる。公的報道のために雇用されて記事を書く人がいるだろ。私的動機にもとづいて書いたり、書くことを控えたりするようにその人が動かされたら、公的報道機関はすぐ価値を失ってしまう。一つ一つの新聞の公的評価を見てみろよ。社会の人が、新聞が独立しているか、いないかに感じる安心度にその評価は依存するんだ。君は『ジュピター』を取り上げるだろ。なぜかというと私的な要請に動かされない重みが、『ジュピター』にあると思うからだ。たとえぼくよりもはるかに影響力のある人に、その私的な要請がなされたとしてもだよ。これを考えさえすれば、ぼくが正しいことがわかるだろう」

トム・タワーズの思慮は無限だった。彼の発言に反論することも、彼の主張に反対することもできなかった。タワーズはあまりにも高い論拠に立つので、とてもそれにうち勝つことはできなかった。「私的な配慮に重きを置くことが許されるようになると、いつも大衆はペテンにかけられる」とタワーズは言った。その通りだ。彼こそ十九世紀半ばのもっとも偉大な神官、彼こそ報道の純粋さについての歯切れのよい布告者だ。確かに新聞が故意に誤った方向へ導かれるとき、大衆はペテンにかけられる。哀れな大衆！　いかにしばしば彼らは誤った方向へ導かれることか！　何という欺瞞の世界と大衆は戦わなければならないことか？

ボールドはいとま乞いをして、できるだけすばやく部屋を出た。胸中友人のトム・タワーズをうぬぼれ屋、ペテン師と非難した。「あいつが記事を書いたことはわかっている」とボールドは独り言を言った。「あいつがぼくから情報をえたこともわかっている。あいつは自分の考え方に合致していさえすれば、ぼくの言葉を喜んで福音とみなすことができる。偶然耳にしたぼくの話以外に、何の証拠もなくても、進んでハーディングさんをペテン師として、大衆の前に引きずり出すことができる。けれども、あいつの考え方に対立する真の証拠を出したら、個人的な動機は公的正義にとって有害だと言う。何といまいましいあいつの傲慢！　公的な問題なんて、私的な利害の寄せ集めにすぎない。新聞記事なんて、一面から切り取られた偏った見方の表現にほかならない。真実なんて！　問題の真実を見極めるには歳月が必要なんだ。公的動機と目的の純粋さについていうトム・タワーズの観念たるや！　新聞が必要だと言えば、あす信条を変えて変節しても、あいつは一瞬の居心地の悪さも感じることがないだろう」

ボールドはテンプルの静かな迷宮を出ながら、心のなかでこのように叫んだ。しかし、タワーズが握る立場ほど、ボールドの野心が強く渇望する世俗的権力の立場はなかった。その権力の所有者に対してボールドがこれほど怒ったのは、この立場が難攻不落のせいだった。世俗的権力をこれほど望ましいものと思ったのも、その同じ難攻不落の特質のせいだった。

ストランド街に入ったとき、ボールドはある書店のショーウィンドーに『慈善院』第一分冊の広告を見た。一部を買って急いで家へ帰り、最近関心の大部分を占めている問題について、ポピュラー・センチメント氏が大衆に何を言いたいのか確認しながら読んだ。

過去の時代には、大目的が大作品によって達成された。悪が正されなければならなかったとき、昔の改革者は厳粛な礼節と難しい論証を携えて、重い任務に取りかかった。悪に対する憤りを証明するのに一時代を費やし、二つ折り判のページに哲学的考察を印刷した。生涯を費やして書かれて、読むのにも長い時間を必要とする論証だ。しかし、今日ではもっと軽い、もっとすばやいやり方でうまくやっている。ホラティウスによると、「ユーモアは重大問題の結び目を、辛辣な言葉よりもきれいに断ち切る」[14]という。馬鹿馬鹿しい笑いが、論証よりも人を納得させる。苦悩の想像的体験が、真の悲しみよりも人の心にふれる。月刊小説が学問的な四つ折り版にはできない得心を人々に与える。そういうことがわかっている。もし世界が正されるとするなら、今日その仕事は一シリングで買える月刊分冊でなされるだろう。

このような改革者のなかで、センチメント氏はいちばん精力的だ。彼は信じがたいほど多くの邪悪な慣行を打破した。まもなく題材がなくなるのではないか、労働者階級に心地よい生活を与え、彼らの苦しみを堪えられる範囲内に抑制したとき、彼にはもう何もすることが残っていないのではないか、とさえ心配されている。センチメント氏は確かに力強い主張の持ち主だ。主張が強すぎて、善良な貧しい作中人物はあまりにも善良すぎ、苛酷な金持ちはあまりにも苛酷すぎ、真に誠実な人物はあまりにも誠実すぎる人物になっている。今日、感傷性は適切な場所で用いられれば採用されてよい。神々しい有爵夫人は、たとえあらゆる美徳の持ち主であっても、もはやおもしろくないと思われている。模範的な農民とか、純真な製造業者とか、そういう主人公がラドクリフ夫人[15]の女主人公のように多くのたわごとを感傷的に喋っても、今日では読者から耳を傾けてもらえる。しかし、センチメント氏の大きな魅力はおそらく脇役にあった。主人公や女主人公は――残念ながらそうしなければならないから――大言壮語をするとしても、彼らのまわりに寄り添う脇役は、通りで出会う人のように自然である。脇役は普通の男女のように振る舞い、話し、私たちの仲間として元気のいい、活き活きとした生を生きている。おそらく彼らは職業を忘れられても、生き続けるのだろう。バケットやガンプ夫人[16]の名が、探偵警部や月極看護婦を意味して、私たちに記憶されていくのだろう。

『慈善院』は牧師の家庭の場面で始まった。金で買える贅沢がみなそこにあるように描かれており、抑制のきかない金持ちの家庭に一般的に見られる道楽が、そこにぎっしりと盛り込まれていた。この本の悪の権化、ドラマで言えばメフィストフェレスとも言える人物が、ここで読者に紹介された。悪の権化が存在しなかったら、物語そのものが書かれることなんてあっただろうか？　善悪両方の原理が存在しなければ、いかなる小説も、歴史も、作品も、世界も、完全ではないだろう。『慈善院』の悪の権化は、この心地よい住まいを所有する聖職者だった。この男はかなり老いていたものの、まだ悪をなすには充分な体力を保っていた。この老人の顔を見よ。残酷に外界を見つめる熱い、情熱的な、充血した目、おできのできた赤い大きな鼻、不意に怒りがこみ上げるとき、七面鳥のとさかのようにふくらんで固くなるたるんだ二重顎、分厚い唇、熱い、狭い、しわだらけの——そこからハンカチでこすっても数本の灰色の髪を取り除けない額。この老人は、糊のきいていないよれよれのハンカチを手に持ち、仕立ての悪いだぶだぶの黒服を着て、うおの目やたこに当たらないぶかぶかの靴を履いていた。老人の声は、日々の多量のポートワインのせいでかすれてしまっていたが、牧師に似合わぬ品のない言葉を発した。センチメント氏の『慈善院』の主人公とはそういう老人だった。男やもめだったが、現在二人の娘と、痩せたおもしろみのない副牧師と同居していた。一方の娘は父と社交界に熱中して、老人のお気に入りだった。もう一人の娘は同じようにピュージー主義[17]と副牧師に心を奪われていた。

『慈善院』の第二章は、当然院の独特な収容者を読者に紹介した。八人の老人がここに収容されていた。二重顎の聖職者のひねくれた悪意によって、十二人が収容できるところ、四人の空席が埋められていなかった。八人の困窮者は驚くほどぞっとする状態にあった。慈善院が設立されたとき、彼らには一人一日六と四分の一ペンスの食費で充分とされた。食料は昔よりも四倍も値上がりし、貨幣の値打ちも昔の四倍になったけれど、老人たちはいまだに一人一日六と四分の一ペンスで飢える運命にあった。これら八人の飢えた老人たちの会話が、豊かな客間にいる牧師の家族の会話を、いかに恥じさらしなものにしたかを見ると衝撃だった。老人たちが発する言葉は方言で話されていたが、その方言からどの地方のものか判別するのは難しかった。しかし、その言葉に表現された情趣の美しさは、言語の不完全さをあがなって余りあった。これら八人の老人が、みじめな慈善院に隠棲して飢える代わりに、道徳的伝道師として国中に派遣されなかったのは残念なことだった。

ボールドはその分冊を読み終えると、脇へ投げやって、内容は何ら直接ハーディング氏に当てはまらないと思い、人物像に滑稽なほど強い色づけがなされているから、作品は益にも害にもならないと判断した。しかし、ボールドは間違っていた。何百万人のために描写する芸術家は、けばけばしい配色を用いなければならない。慈善院の収容者を描くとき、センチメント氏ほどそのこつをわきまえた人はいなかった。根底的な改革が同種の施設を席巻していたけれど、その改革の波は、過去半世紀に大衆から出てきた真の不平不満をみな合わせたよりも、センチメント氏の小説二十分冊からの影響のほうが大きかった。

## 註

（1）トマス・カーライルのこと。
（2）ロバート・バーンズのこと。
（3）ロバート・バーンズのこと。ダンフリースはスコットランド南西部独立自治体の中心都市。
（4）ロンドンにある鳥獣肉類市場。
（5）チャップについては第八章の註十二参照。
（6）アバディーン卿はホイッグ党とピール派の連立内閣首相（1852-55）。

（7）ダービー卿は保守党首相（1852, 1858-59, 66-68）。

（8）ディズレイリは保守党首相（1868, 1874-80）。

（9）アバディーンとパーマーストンのもとで閣僚を務めたウィリアム・モールズワース卿（1810-55）のこと。

（10）トマス・カーライルの *Latter-Day Pamphlets* のこと。

（11）ロンドンのハイドパーク・コーナー近くの高級住宅街。

（12）チャールズ・ディケンズのこと

（13）ダリッジ学寮の慈善信託財産収入が管理人によって横領された事件。ダリッジはロンドンのサザーク区にある。

（14）『諷刺詩』一の十の十四。

（15）ゴシック小説『ユドルフォ城の怪奇』の作者アン・ラドクリフ（1764-1823）。トロロープから見ると非現実的で感傷的すぎるように思えた。

（16）バケットは『荒涼館』（1852）、ガンプ夫人は『マーティン・チャズルウイット』（1843-44）の作中人物。

（17）エドワード・ブーヴェリー・ピュージーはオックスフォード運動の指導者の一人。

# 第十六章　ロンドンの長い一日

慈善院長は少ししかないはかりごとの能力をありったけ使い尽くして、婿の大執事をうまく出し抜き、途中で止められることなくバーチェスターから抜け出さなければならなかった。ロンドンへ向かって脱出する朝、鉄道駅へポニーの馬車で駆けていったとき、ハーディング氏は婿に見つかることを極度に恐れた。これほど徹底して露見を恐れて、用心深く学校から逃げ出した生徒はいなかったし、看守に見つかることを恐れて、獄の塀を滑り降りた囚人はいなかった。彼自身、こそこそしたことをやっているし、けちなことをしているとわかっていたけれど、どうしてもそうせずにはいられなかった。もし大執事に会ったら、ロンドンへ出かける目的を話したり、詳しく説明したりする勇気なんかなかった。

とはいえ、出発の前夜、彼は大執事に手紙を書いて、あす旅に出なければならないこと、できれば法務長官に会い、長官の意見に従って将来の計画を決定したいことを伝えた。この決意が急だったことも述べ、グラントリー博士にもっと早くこの件を知らせなかったことを弁解した。この手紙は時間稼ぎをしてから、プラムステッド・エピスコパイへ送られなければならなかった。以心伝心の明確な了解のもとで、手紙をエレナーに託したあと、院長は旅立った。

彼はエイブラハム・ハップハザード卿宛の手紙も用意して、携えていた。手紙のなかで彼は名を告げて、「バーチェスター羊毛織維揃え職人を代表する女王、対、故ジョン・ハイラムの遺言管財人」事件――訴訟はそう命名されていた――の被告であることを説明したあと、学識ある高名な長官に明日のどの時間でもよいから、十分間だけ時間を割いてくれるよう懇請した。ハーディング氏はその一日しか時間を稼げないことを計算していた。婿がいちばん早い列車でロンドンに到着することは目に見えていた。しかし、朝食後ホテルを早々に出てしまえば、それより早く婿は到着できなかったから、ずる休みの生徒を捕まえることはできないはずだった。彼がその日うまく長官に会うことができたら、大執事の干渉が及ぶ前に仕事を終えられそうにも思えた。

ロンドンに到着すると、院長はいつものようにセントポール大聖堂近くのチャプター・ホテルとコーヒー・ハウスへ馬車で向かった。最近はロンドン訪問も遠のいていた。ハーディングの教会音楽が印刷に回っていた幸せな時代には、しばしばここを訪れた。出版社がパターノスター通り(1)にあり、印刷所がフリート通りにあったので、チャプター・ホテルとコーヒー・ハウスは便利だった。院長には似合いの静かで、暗い、陰気な聖職者用のホテルで、その後よく利用した。その気になれば今回は、大執事をまくため別のホテルへ行くこともできた。しかし、もし彼が行きつけの場所で見つからなかったら、大執事は彼を捕まえるため、どんな強力な措置を講じるかわからなかった。ロンドンじゅうの狩りの標的になるのは賢くないと思った。

宿に到着したあと、院長はディナーを予約してから、法務長官の執務室へ出かけた。そこで、エイブラハム・ハップハザード卿は宮廷におり、その日はおそらく執務室に戻らないまま、宮廷から直接議会へ向かうと教えられた。面会の約束は普通その執務室でなされるから、翌日の面会を約束できるどころか、逆にそれは不可能だと事務員は言った。エイブラハム卿は徹夜で議会にいるから、そこでなら、おそらく卿自身から答えが聞けるかもしれないと言った。

ハーディング氏は議事堂へ出向いたけれど、エイブラハム卿を見つけ出せなかったので、用意した手紙をことづけた。手紙には今夜じゅうに回答をください、それをいただきに戻ってきますから、と依頼の言葉をつけ加えた。それから彼はがっかりしてチャプター・コーヒー・ハウスへ戻ってきた。がらがらと鳴る乗合馬車では、影の薄い老婦人と、膝に道具を載せた仕事帰りのガラス職人のあいだに挟まれて座り、心のなかのいろいろな思いをできるだけ消化した。ホテルでは、憂鬱な孤独のなかで羊肉の骨付切り身を食べ、一パイントのポートワインを飲んだ。こういったディナーよりも憂鬱なものなんてあるだろうか？　田舎ホテルのディナーは、一人で食べる場合でもそれなりの価値がある。給仕があなたを知っていればだいじにしてくれる。主人はあなたに挨拶すると、魚をテーブルのうえに置いて見せてくれる。ベルを鳴らせば世話をしてもらえて、どこか活気がある。ロンドンの三流食堂のディナーも、たとえそこにほかに魅力がなくても、やはり充分活気がある。喧噪に満ちており、飛び交う声の渦巻きと皿のかちゃかちゃ鳴る音が、悲しみを追い払ってくれる。しかし、古くて、上品で、陰気で、堅実なロンドンのホテルで一人食べるディナーは、何とわびしいことだろう。老ウエイターの靴音しかそこには聞こえない。音もなく皿がゆっくりと交換される。二、三人しかいない客は互いに話をするくらいなら、むしろ殴り合ったほうがましだと思っている。使用人は囁き声で話すから、注文が普通よりも大きい声なら店じゅうがうろたえる。こんな場所では、羊肉の骨付切り身とポートワインくらい憂鬱なものがあるだろうか？

憂鬱なディナーを切り抜けたあと、ハーディング氏は別の乗合馬車に乗ると、再び議事堂に戻った。このときエイブラハム卿は議場におり、立って演説しているところだった。女子修道院管理法案の第百七項目目を支持して、熱心に弁論を張っていた。ハーディング氏の手紙はすでに卿に渡されていた。もしハーディング氏が二、三時間待てば、答えがもらえるかどうかエイブラハム卿から直接聞くことができるだろう。議場はいっぱいではなかったから、傍聴席に入れてもらえそうに思えた。ハーディング氏は五シリングの助けを借りると、何とか傍聴席に入り込むことができた[2]。

エイブラハム卿のこの法案は、二度の読会のあと委員会に付託された。百六項目が議論されるのに、朝四日と夕五日の開期しか時間を取らなかった。百六項目のうち九項目が可決され、五十五項目が同意のうえで取り下げられた。十四項目がもともとの主張とは正反対のものを意味するように改訂された。十一項目が再考のため後回しにされた。十七項目が即座に否決された。第百七項目目は、老練な聖職者に修道女の身体検査をさせて、イエズス会員であることの証拠探索を命じるもので、法案全体の根幹と見なされるものだった。政府は、提案した法案をそのまま通過させることなんか意図しなかったが、項目ごとの議論を通して当初の目的を達成するまで、法案に固執するつもりだった。アイルランドのプロテスタント議員が、この法案に強い支持を与える一方、カトリック議員[3]が同じくらい激しく反対することが目に見えていた。このような争いのあとでは、アイルランド両派の同盟がこれ以上存続しえないことを、政府は正しく見抜いていた。罪のないアイルランド人はいつものように罠にはめられており、アイルランド産ウイスキーとポプリンは市場で店ざらし[4]になっていた。

ハーディング氏が傍聴席に入っていったころ、アイルランド南部出身で、濃い髪の、赤ら顔の紳士が議長の注意をとらえることができたので、芝居じみた逆上の表情で顔を輝かせながら、政府提案が含む冒瀆を非難していた。

「これがキリスト教国なのか？」とその議員は言った。（大きな声援。閣僚席から反論の声。通路から「それには疑義あり」の声）「いや、キリスト教国なんかではありえない。検察の長、ひょう律上の助言者（大きな笑いと喝采）――そうです、王室のひょう律上の助言者であるエイブラハム卿（大きな喝采と笑い）がこの議場の自席で立ち上がって（長く続く喝采と笑い）、信心深い女性の体に対する下品な攻撃をひょう律化しようとするなんて」（耳を聾する喝采と笑いがその尊敬すべき議員が着席するまで続いた。）

ハーディング氏はこれと同じような議論を三時間ばかり聞いたあと、議場のドアに戻ると、使者から彼がことづけていた手紙を受け取った。その裏には次のような言葉が鉛筆で殴り書きしてあった。

「あす午後十時――私の執務室で。A・H」

これまでのところ、ことはうまく運んだ。しかし午後十時とは！　法律相談にエイブラハム卿は何という時間を指定したのか！　グラントリー博士が指定時間よりもずっと前にロンドンに到着している、とハーディング氏は思った。しかし、グラントリー博士はこういう面会の取り決めを知るよしもないし、その時間よりも前にエイブラハム卿を捕まえることができなければ、面会のことは知りえないはずだ。卿を捕まえることはできそうもないから、ハーディング氏は明朝、外で食事をするとだけ言い残して、ホテルをいち早く出発することに決めた。幸運が続けば、法務長官の執務室からホテルに帰ってくるまで大執事に捕まらずにすむだろう。

彼は九時に朝食について、ブラッドショーを二十回目に調べると[5]、グラントリー博士がバーチェスターからやって来るもっとも早い時間を確認した。時刻表を調べていたとき、大執事が夜行郵便列車でやって来るかもしれないと気づいて、ほとんど石になりそうだった。彼はこの恐ろしい発見に心が沈んでしまって、一瞬何の目的も達成できないままバーチェスターへ連れ戻されるかもしれないと感じた。それから、もしグラントリー博士が夜行郵便列車で来たのなら、もうホテルに着いて、ずっと前から彼を探しているはずだと思った。

「ウエイター」と彼はおずおずと言った。

ウエイターが無言のまま靴音を鳴らして近づいてきた。

「どなたか紳士――いや牧師が夜行郵便列車で到着しましたか?」

「いいえ、どなたも」とウエイターは院長の耳元で囁いた。

ハーディング氏は安心した。

「ウエイター」と彼は再び言った。ウエイターが再び靴音を立てて近づいてきた。「もし誰か私を訪ねてきたとしても、今日私は夕食を外で食べて、十一時ごろまで帰りませんから」

ウエイターはうなずいたけれど、今度は返事をしなかった。ハーディング氏は帽子を取って出かけた。大執事から見つからないどこかで、長い一日をできるだけうまくつぶすつもりだった。

ブラッドショーを二十回目に見たところによると、グラントリー博士は午後二時よりも前にパディントン駅に着けるはずがなかった。だから私たちの友人、院長はあと数時間長くホテルに留まっていても、安全に留まっていられた。しかし、彼は神経質になっていた。彼を捕まえるため大執事がどんな措置を取るかわからなかった。電報でホテルの主人に命じて監視させるかもしれない。院長が従わざるをえないような手紙を送りつけてくるかもしれない。とにかく彼は大執事から見つけられそうな、どんな場所も安全とは感じることができなかった。ロンドンで十二時間の時間つぶしをするため、彼は午前十時にホテルを出発した。

ロンドンで友人を訪ねる気になれば、ハーディング氏にはそういった友人がいた。しかし、普通の訪問をする気にも、踏み出そうと決意した大きな一歩について誰かと相談する気にもなれなかった。娘に言ったように、靴のどこが当たって痛いのか、履いている者にしかわからない。他人の忠告に従っても満足できない部分、良心にしか相談できない問題がある。彼はどんな犠牲を払っても、この嘆かわしい事件から足を洗おうと決意していた。同意をえる必要があると思った唯一の人が娘だった。その娘は彼に心から同意してくれた。このような状況だったから、事件が決着するまで、できれば誰ともこれ以上話をする気になれなかった。もし大執事に捕まったら、忠告や同じ趣旨の助言をたくさん浴びせられることだろう。彼はそれとは違う平安を望んだ。今無関係な話をする気にはなれなかったので、法務長官との面会が終わるまで、誰にも会わない決意をした。

彼はウエストミンスター寺院に逃げ込むことに決めると、再び乗合馬車でそこへ向かった。朝の礼拝のドアが閉まっていたので、二ペンスを払い、観光客として入った(6)。その日一日安らかに時間をつぶせるはっきりした場所がないこと、午前十時から午後十時まで歩き回ったら、面会までに疲れ切ってしまうだろうこと、が念頭にあった。彼は石段に座り込むと、ウィリアム・ピット(7)の像を見上げた。

その像は生涯始めて教会に入ったうえ、こんなところに入り込んだことを後悔しているような表情をしていた。

彼が二十分ほど邪魔されないで座っていると、会堂番から見物はしないのかと聞かれた。ハーディング氏は歩きたくなかったから、その勧めを断って、朝の礼拝を待っているとだけ答えた。会堂番は相手が聖職者とわかると、聖歌隊席のドアはもう開いていると言い、そこへ案内した。これは大きな得点だった。大執事の場合、たとえロンドンにいるとしてもウエストミンスター寺院の朝の礼拝に現れることはないだろう。ここにいれば落ち着くことができたし、時間が来ればきちんとお祈りすることができた。

院長はできれば席を立って、聖歌隊員の楽譜や、礼拝の詠唱のもととなる連祷の本を調べてから、ウエストミンスターの細部とバーチェスターのそれとがどの程度照応しているか、彼の声がウエストミンスターの音楽監督席から寺院内を充分に満たすことができるか、確認したかった。しかし、そのような干渉は不作法になるだろう。彼は見事な天井を見上げながら、じっと動かずに座って、その日予想される疲労に備えた。

徐々に数人の人が礼拝に入ってきた。乗合馬車で彼に窮屈な思いをさせたあの影の薄い老婦人か、それによく似た老婦人がいた。祈祷書――その表紙の金箔の十字架が目立っていた――を持って、ベールを降ろした二人の若い女性がいた。また、松葉杖の老人がいた。寺院の見学のついでに二ペンスを払い、礼拝を聞いてもいいと思った一行だった。もう一人、祈祷書をハンカチに包んだ若いお手伝いが、遅刻したため急いで駆け込んで来ると、腰掛けでころんで大きな音を立てた。みなが、礼拝を執り行っていた準参事会員までが、驚いた。その女性も自分の大失敗の音に驚いて、ほとんどパニックに陥ってしまった。

ハーディング氏がここの礼拝のやり方から学ぶところはあまりなかった。問題の準参事会員は、白い法衣をだらしなく身に着けており、いくぶん遅刻して駆け込んできた。十二人の合唱隊員も、もう少しきちんとしていてもいいと思われる身なりであとに続いた。合唱隊員は、急いだ足取りで押し合いへし合いして所定の位置に収まった。礼拝はすぐに始まってすぐに終わった。音楽がなかったから。詠唱に不必要な時間は費やされなかった。[8] 全体的に見て、ハーディング氏はバーチェスターのほうが、もちろんそこでも改善の余地はあるけれど、きちんと礼拝は執行されているという印象を抱いた。

巨大な建物のなかで毎朝、聖職者がせいぜい十二人程度の聞き手に向かって、格調高く礼拝を執り行うことができるかどうかは、問題となるところだ。いかなる名優もからっぽの観客席を前にして、いい演技はできない。もちろん一方は他方より気高い動機に裏打ちされているけれど、どんなに優れた聖職者もやはり聴衆の数に影響されざるをえない。聴衆のいないこのような状況でも、義務をきちんと執行するように期待すれば、それは人にできないことを要求するようなものだ。

金箔の十字架の二人の女性と、松葉杖の老人と、まだ心臓に動悸が残るお手伝いが出て行ったあと、ハーディング氏も出て行かなければならないと思った。会堂番が前に立ちはだかると、院長を見て、ドアのほうを見た。それで、彼はそこを出た。しかし、数分もするとそこへ戻ってきて、さらに二ペンスを払って再入場した。ここほどいい隠れ場所はほかになかった。

彼は中央の身廊をゆっくりと下り、側廊を上り、また身廊を下り、側廊を上った。そうしながら、これからの行動を真剣に考えた。彼は年八百ポンドを自発的に放棄して、余生を年百五十ポンドの生活に切り詰めようとしていた。しかし、この行動の意味を彼自身がしっかりと把握できていないことに気がついた。ほかの人に迷惑をかけずに年百五十ポンドで生活し、かつ娘を扶養するというようなことが可能なのだろうか？　婿の大執事は金持ちだが、婿の意向と真っ向から対立することをしておいて——事実そうするつもりでいたから——、それで婿に頼ろうなんていう気にはなれなかった。主教は金持ちだが、院長職という主教のいちばんの贈り物を、しかもその任命権に実質上傷つけるかたちで放棄するつもりだったから、主教に援助を求めることも、期待することもできなかった。院長職の収入がなくてもこの世に立ち向かう用意がなければ、その職を捨てることは、たんに無益であるばかりでなく、汚名ともなるだろう。そうだ、これから先彼自身と娘にかかわるあらゆる人間的な願望を、その限られた収入の範囲内に限定しなければならない。彼はこのことを充分考えていなかった。苦痛を逃れたいという熱に駆り立てられて、置かれた立場の現実をこれまで真に身に染みて感じていなかった、と悟った。

彼はもちろんエレナーのことを第一に考えた。娘が婚約していることは確かだった。将来の婿のことはよく知っていたから、彼が院長の身分を失っても、それが彼らの結婚の障害にはならないことを確信できた。いや、むしろ義父が貧乏になるという事実が、返ってボールドに結婚を急がせるのは確実だった。しかし、もともとボールドから生じたこのような非常事態で、ボールドに頼るのは嫌だった。ボールドは屋敷と収入を彼から奪ったのだから、エレナーの分だけ負担を取り除いて、暮らしを楽にしてほしい、などというような弱音を院長は吐きたくなかった。むしろエレナーを貧乏と追放の連れ、わずかな収入をわかち合う仲間、として考えたかった。

彼はかなり前から娘のためつつましい支度金を用意していた。彼の死後三千ポンドの保険金がエレナーに支払われることになっていた。大執事は数年前割増金を払い、義父の死後ただちにグラントリー夫人のものとなる小さな資産を確保して、自分で不安を解消していた。それゆえ院長はかなり前から相続の問題から解放されていた。彼には余生の収入についての不安しか残っていなかった。

そうだ。年百五十ポンドは少ない額だけれど、何とかやれるかもしれない。しかし、日曜朝バーチェスター聖堂で連祷を先唱しながら、同時に教区のクラブツリー・パーヴァで礼拝を執り行うことなんて、いったいどうして考えられようか？　クラブツリー教会が聖堂から一マイル半しか離れていないとしても、彼はその二か所に同時に存在することはできない。クラブツリーは小さな村だから、日曜午後の礼拝だけで充分であり、日曜朝の礼拝はなしですます、というのは彼の良心に背くことだった。ハーディング氏の貧困のせいで、教区民の特権が一部奪われることは許されなかった。村の平日の礼拝は聖堂でできるように手はずを整えることができるかもしれない。しかし、彼には長くバーチェスター聖堂で連祷を先唱してきて、上手にやってきたという自負があったから、音楽監督の職を放棄するつもりはなかった。

ハーディング氏はこのようなことを考えながら、小さな欲望と重大な義務とを心のなかで一緒くたにして調べ上げたが、慈善院を去らなければならないという点に関しては、一瞬たりとも躊躇しなかった。彼は寺院のなかを行ったり来たりし、あるいは踏み段の同じ石の上でじっと座ったまま何時間も考え込んだりした。会堂番が去り、別の会堂番がやってきた。しかし、彼らは邪魔をすることはしなかった。ときどき忍び寄ってきて彼を見たけれど、敬意のまなざしでそうした。全体として、ハーディング氏はその隠れ場所が適切だったと思った。四時ごろ空腹という敵に、快適な気分を乱された。夕食を食べる必要があるのに、その寺院では食事ができないことがはっきりしていた。それで、その聖域をしぶしぶ離れると、食べ物を探してストランド方面へ向かった。

彼は教会の薄闇に慣れきっていたので、日中の光のなかに出たとき、目がくらんでしまった。人から見られているように思って、当惑と恥ずかしさを感じた。いまだに大執事に会うことを恐れていたから急いで歩くと、チャリングクロスまでやってきた。ストランドを抜けるとき、通りのショーウインドーに「カツレツとステーキ」という張り紙があったのを思い出した。その食堂の位置をはっきりと覚えていた。かばんの店の隣で、その向こうに葉巻の店があった。ディナーを食べるためホテルに帰ることはできなかった。ロンドンに来て自腹で食事をする方法としては、ホテルの食事しかこれまで知らなかった。彼はストランドのその食堂でカツレツを食べることにした。大執事グラントリーがこんな場所にディナーを食べにくることはありえなかった。

彼は覚えていた通り、かばんの店と葉巻の店のあいだに簡単にその食堂を見つけた。ショーウインドーのなかに多量の魚を見て、ひるんだ。牡蠣の樽、大海老の大虐殺、すさまじい形相の数匹の蟹、塩漬け鮭でいっぱいの桶。彼は貝や甲殻類のタブー(9)に気づかないまま、その食堂に入った。それから、大きな水槽から牡蠣をすくい出している、だらしない服装の女性に、羊肉のカツレツとじゃがいもは食べられるかと控えめに聞いた。

女性は少し驚いた様子で食べられると答えた。彼は同じようにだらしない格好の娘から、升席が並ぶ奥の長い部屋へ案内されて、席の一つに座った。これ以上にみじめで、わびしい場所を探し出すことはできないだろう。部屋には魚と、おが屑と、すえたたばこの煙と、漏れたかすかなガスの臭いがした。すべてががさつで、汚れて、いかがわしかった。給仕が敷いたテーブルクロスには嫌悪を感じた。ナイフとフォークは傷だらけで、使いきられて、汚かった。すべてに魚の臭いが染みついていた。しかし、一つ慰めがあった。院長はまったく一人だった。彼のうろたえた姿を見ようという人はいなかったし、人がそのためにやってくることもありえなかった。ロンドンの夕食店だから、夜中の一時ごろになったらかなり活気づくのだろうが、今この時間には寺院にいたときと同じくらい周囲から隔絶しているように感じた。

半時間もたったころ、あのだらしない格好の――まだ夜の営業用の服に着替えていなかったから――娘がカツレツとじゃがいもを運んできた。ハーディング氏は一パイントのシェリー酒を注文した。彼はある固定観念にとらわれていた。それは数年前から一般に流布しており、まだ人心から完全に払拭されていないものだ。どの宿でもディナーを注文するとき、宿の主人の利益のため、同時にワインを一パイント注文しなければ、詐欺同然と見なされる。法によって罰せられるわけではないが、それに等しいいまわしい行為だ。こういう固定観念である。ハーディング氏はこれから迎える貧乏暮らしのことが念頭にあったので、できれば半クラウンでも倹約したかったけれど、シェリー酒を注文するしかないと思った。彼はまもなく近所のパブで手に入れたものらしい、ぞっとするような飲み物をあてがわれた。

しかし、カツレツとじゃがいもはどうにか食べられた。彼はナイフとフォークへの嫌悪感をできるだけ克服すると、出されたものを何とか丸ごと飲み込もうとした。食事を邪魔されることはなかった。青白い顔、涙ぐんだ魚の目の若者が一人、不吉に帽子を片側に傾けて入ってくると、院長をじっと見つめ、聞こえよがしにあの娘に「あのじいさんは誰」と聞いた。しかし、それ以上の邪魔はしなかった。院長は大海老や牡蠣や鮭から発するさまざまな臭いを嗅ぎわけながら、安心して木のベンチに座っていられた。

ハーディング氏はロンドンの実情にうとかったから、無資格の食堂をなぜか選んでしまった、ここから出たほうがいいと思った。ところが、まだ五時にもなっていない。十時までどうやって時間をすごしたらいいのか？　みじめな五時間！　もうすでに疲れ切っており、長く歩き続けることはできそうもなかった。乗合馬車に乗ってフラム(10)まで行き、別の馬車で帰ってくることも考えた。しかし、これも疲れるだけだろう。店の女性に料金を払ったとき、彼はコーヒーを飲めるところは近くにないかと聞いた。その女性は貝や甲殻類の夕食店を経営していたけれど、たいへん礼儀正しくて、通りの向かい側にある葉巻喫茶(11)を彼に紹介した。

ハーディング氏は、葉巻喫茶のことはロンドンの夕食店よりもよく知らなかった。とはいえ、何が何でも休憩しなければならなかった。それで、教えられた通りそこへ行った。葉巻喫茶に入ったとき、彼は場違いなところに入り込んでしまったと直感した。カウンターの後ろの男は、客がこういうところに慣れていないことをすぐ見抜くと、客が求めているものを理解した。「一シリングです。ありがとうございます。葉巻は？　コーヒーのチケットです。給仕を呼ぶだけでいいんです。そこの階段を上がってください。――葉巻をお勧めしますよ。お友だちにあげることだってできますからね。おや、ありがとうございます。いいんですか。人がいいですね。私が吸います」ハーディング氏はコーヒーのチケットを受け取り、葉巻は残して、喫茶室に上がっていった。

そこは夕食を食べた部屋よりもはるかに院長の欲求に合う場所のように思えた。不慣れな強いたばこの臭いがしたけれど、貝や甲殻類のあと、たばこはそれほど不快ではなかった。たくさんの本があり、ソファーの長い列があった。今ソファーと本とコーヒーよりも贅沢なものがあるだろうか？　老給仕が数冊の雑誌と夕刊を持って彼のところへやってきた。何かお気に入りのものはありますか？コーヒーですか、それともシャーベット？[12]　シャーベット！　ロンドンの定期刊行物がみなそろった東洋の——壁ぎわ長椅子の——部屋にでも、迷い込んでしまったのだろうか？　シャーベットは東洋風に坐して飲まなければならない、という固定観念が彼にはあった。これができそうもないので、コーヒーを注文した。

出てきたコーヒーは非の打ちどころがなかった。何と、この喫茶室は天国だ！　親切な老給仕は彼にチェスの試合はどうかと申し出た。彼はチェスを得意としたけれど、そういう気分になれないので断った。疲れた両足をソファーの上に上げて、ゆっくりとコーヒーをすすり、ブラックウッズ・マガジン[13]のページをめくった。およそ一時間もそうしていたかもしれない。オルゴール時計が音色をかなで始めたとき、老給仕が二杯目のコーヒーを勧めに来た。ハーディング氏は指を差し込んだまま雑誌を閉じ、横になって目を閉じて、時計の音色に耳を傾けた。まもなく時計の音色は、ピアノに伴奏されたビオロンチェロの音色に変わっていくように思えた。ハーディング氏は老給仕をバーチェスターの主教と思い始め、その主教が彼のため、みずからコーヒーを運んでくれたことに言い表わせないほど恐縮した。それからグラントリー博士が籠いっぱいの大海老を抱えて入ってきた。大海老は下の台所に置いておくように、いくら説得しても大執事は言うことを聞かなかった。主教の客間で、どうしてこれだけ多くの人がたばこを吸っているのかわからないまま、それから深い眠りについた。夢はバーチェスター聖堂のいつもの聖歌隊席へ帰り、まもなく永久にお別れすることになる十二人の老人のところをさまよった。

彼は疲れていたから、しばらくぐっすりと眠った。オルゴール時計の音楽が突然止まって、ついに目を覚ました。彼ははっとして跳び起きた。部屋が満員になっているのにびっくりした。うたた寝を始めたとき、ほとんど空っぽだったのに。不安を感じて時計を引っ張り出すと、九時半だとわかった。帽子を手に取り、急いで階段を下ると、足早にリンカンズインへ向かった。

院長がエイブラハム卿の部屋の階段下にたどり着いたとき、十時までまだ二十分あった。それで頭を冷やすため、静かな法学院のなかをゆっくりと行ったり来たりした。八月終わりの美しい夜だった。疲労が取れて、睡眠とコーヒーで元気を回復していた。法学院の時計が十時を打ったとき、自分がほんとうに愉快な気持ちでいることがわかって驚いた。彼は時計の音が鳴り終わるか終わらないかのうちに、エイブラハム卿のドアをノックして、迎え入れてくれた書記から大人物がまもなく現れると知らされた。

（1）セントポール大聖堂のすぐ北の通り。
（2）一八七八年の原註に「これを書いて四半世紀になるけれど、こういう愉快なことが何と変わってしまったことか！」とある。
（3）カトリック教徒解放法（一八二九年）の結果、カトリック教徒にも新教徒と同等の権利がこのころ与えられていた。
（4）一八七八年の原註に「これもずいぶん変わってしまった」とある。
（5）一八三九年から一九六一年まで年一回発行のイギリス全域の列車時刻表。
（6）一八七八年の原註に「これもずいぶん変わってしまった」とある。
（7）大ピット。七年戦争を指導して、大英帝国の基礎を築いた連立内閣首相（1756-61, 1766-68）。
（8）一八七八年の原註に「これも歳月による変化に注意が必要だ」とある。
（9）「レビ記」第十一章第九節から第十二節や「申命記」第十四章第九節から第十節には、貝や甲殻類を食べてはならないと記されている。
（10）ロンドン南西ハマースミスとフラム区にある町。
（11）ディバン（divan）は壁ぎわに置かれた背もたれやひじ掛けのない長椅子。トルコなどイスラム教国の国政執務室も意味した。この語は喫茶室（実際には酒場）の意味で使われ始めていた。
（12）果汁に砂糖、氷を混ぜた発泡性の清涼飲料。
（13）ウィリアム・ブラックウッドが創刊・編集した総合雑誌。

# 第十七章　エイブラハム・ハップハザード卿

ハーディング氏は奥の心地よい居間に通された。法律家の執務室というよりも紳士の書斎のようなところで、そこでエイブラハム卿を待った。長く待たされることはなくて、十分か十五分もすると、廊下に早口のお喋りの声があり、法務長官が入ってきた。

「院長さん、お待たせしてたいへん申し訳ありません」と握手のあとエイブラハム卿が言った。「そのうえこんな不愉快な時間に来ていただいて。あなたの手紙が短いのと、今日と指定してありましたから、予定が入っていないいちばん早い時間を選んだのです」

ハーディング氏は、謝らなければならないのは自分のほうだと言って相手を安心させた。

エイブラハム卿は背の高い痩せた人で、早くから灰色に変わった髪以外に、老いの印はなかった。卿は聴衆に話しかけるとき、たえず前屈みになる癖のせいで、猫背というよりも首のところで少し前傾していた。五十がらみだろうか。もし職業柄身に着けた固い表情と、心を持つ機械という外見がなかったら、年の割に若いと言ってもよかった。知性に満ちているが、自然な表情に欠ける顔だった。役に立つけれど、そのあとで忘れられる人、緊急時には必要とされるけれど、普通の仕事には不向きな人、財産を守るには頼りになるけれど、残念ながら愛を打ち明ける相手とはならない人、といった印象だった。卿はダイヤモンドのように輝き、鋭利にとぎすまされながら、しかも心を動かされることがなかった。知って栄誉となる人は残さず知人としたが、友人は持たなかった。友人は必要ないし、議会で使う意味以外に、その言葉の意味を知らなかった。友人！　卿が一人だけで満ち足りているはずはなかったとしても、今五十になって他人に依存することなんてあっただろうか？　結婚して、子供もいたが、結婚の喜びといったやわな怠惰に割く時間なんてあっただろうか？　卿の場合、労働日あるいは開会期には朝起きてから深夜まで、びっしりと仕事が詰まっていた。休暇の時もほかの人のいちばん忙しい日よりも仕事がいっぱいだった。卿は妻と喧嘩をしたことがなかった。妻に話しかけるような時間なんてなかったから。それでも卿は演説に熱中した。しかし、妻が不幸というのでもなかった。金でえられるものはみな手に入ったから。おそらく貴族の奥方にふさわしい生活をして、エイブラハム卿を最良の夫と見なしていた。

エイブラハム卿は機知の人であり、頭のいい政界の大物が集まるディナーでも、才気をほとばしらせた。卿はいつも輝いていた。社会のなかでも、下院でも、法廷でも、光輝を発し、熱のない焼けた鋼鉄のように燦めいた。しかし、卿に温かみがなかったので、ほかの冷たい心を元気づけることはなかった。不幸な魂が卿のドアを訪れたとしても、その重荷の一部でも降ろすことはなかった。

エイブラハム卿は成功だけが賞賛に値するものと見なしていた。卿自身ほど成功した人もいなかった。誰の助けも借りなかった。権力に至る過程で、有力な友人からどんな助けも借りることはなかった。誰からも。今は法務長官だったけれど、努力と才能で大法官(1)にだってなる可能性があった。これほど他人の助けを借りずに、これほど高位に上りつめた人がほかにいただろうか？　首相はどうだろう！　有力な友人なしに首相になった者はいない。大主教はどうだろう！　大主教になれるのは大貴族の息子か、孫か、家庭教師かだろう。しかし、エイブラハム卿は大貴族を後ろ盾としたことがなかった。卿の父は田舎の薬剤師であり、母は農家の娘だ。だから卿は自分以外に誰も尊敬しなかった。卿は世のなかで燦めきながら、輝く人のなかでも一段と輝いて進んでいく。卿が燦めきを消して、祖先と一つになるとき、涙で曇る目も、失われた友のために嘆く心も見出せないだろう。

「それでね、院長さん」とエイブラハム卿は言った。「この訴訟で悩む必要はもうなくなりました」

ハーディング氏はそう願いたいと言ったものの、エイブラハム卿の言いたいことがわからなかった。エイブラハム卿のほうもその鋭い知性にもかかわらず、相手の気持ちを覗くことも、相手の意図をくみ取ることもできなかった。

「訴訟は終わりました。もう悩む必要はありません。もちろん相手方が費用を払うことになります。あなたとグラントリー博士の実費は、わずかなものになるでしょう。――つまり、訴訟が継続された場合に想定される費用と比較するとです」

「エイブラハム卿、すいませんが、あなたの言われていることがよくわかりません」

「相手方の弁護士が、訴訟の取り下げを通知してきたのをご存じないのですか？」

ハーディング氏は、相手方がそのような意図を検討していることを、間接的には聞いたことがあるが、実際には何も知らなかったと法律家に説明した。たとえ訴訟の取り下げというようなことがあっても、彼自身がこの問題に満足できていないことを、やっとのことでエイブラハム卿に理解させることができた。ハーディング氏は抜け出したいと願っている苦悩の細部を詳しく説明し始めた。このとき法務長官は立ち上がると、両手をズボンのポケットに突っ込んで、眉を上げた。

「私にはこの問題であなたを悩ませる権利はないと思っています」とハーディング氏は言った。「しかし、私の幸せが深くかかわっている重要な問題ですからね、どうしてもあなたのご助言をいただきたいのです」

エイブラハム卿はお辞儀をすると、顧客の場合、特にどの点から見ても尊敬できるバーチェスター慈善院長のような顧客の場合、当然彼から最善の助言がえられると言った。

「エイブラハム卿、話される一言が書かれた数巻の助言よりも価値があることがあります。じつを言いますとね、私はこの問題がかかえる実情のほうに不満があるんです。慈善院の実態が設立者の遺言通りに執り行われていないことがわかるうえ、それを認めざるをえないんです」

「ハーディングさん、このような施設はどこもみな同じようなものです。遺言通りにはいっていません。設立時から現在までの状況の変化がそれを不可能にしているから」

「その通りです。――それはその通りですが、しかしいくら状況が変化したからといって、年八百ポンドの権利が私にあるようには思えないんです。ジョン・ハイラムの遺言を読んだことがあるかどうか覚えていません。でもね、もし今読んだら、とても私の報酬が正当であるようには思えません。エイブラハム卿、あなたに教えてほしいのは――十二人の収容者を適切に扶養していれば、私に院長として法的にはっきりと資産の利益をえる資格があるのかということです」

エイブラハム卿はハーディング氏の法的な資格をあれ、これ、あれとたくさんの言葉で正確に言い表わすことはできないと述べると、訴訟が取り下げられそうな――いや取り下げられたとき、これ以上問題をほじくり返すのは狂気の沙汰だと、強く意見して言葉を結んだ。

ハーディング氏は椅子に座ったまま、ゆるやかな曲を想像上のビオロンチェロで演奏し始めた。

「いや、あなた」と法務長官は続けた。「問題をほじくり返す根拠はもうないのです。あなたには問題を提起する権限がないと思います」

「辞任することはできます」とハーディング氏は言った。まるでチェロの弓が座る椅子の下にあるかのように、右手でゆっくりと演奏を続けた。

「何ですって！　職を投げ出してしまうんですか？」法務長官は驚いて顧客をじっと見つめた。

「『ジュピター』のあの記事をご覧になりましたか？」とハーディング氏は法律家の同情に訴えて悲しげに言った。

エイブラハム卿は記事は読んだと言った。この哀れな牧師は新聞記事なんかに怖じ気づいて、極端に弱腰な行動を取ろうとしている。卿はその姿があまりにも軽蔑すべきものに見えたので、まともな理性の人に対するように話しかけるすべはないと思った。

「グラントリー博士がロンドンに来られて、あなたと合流するまで」とエイブラハム卿は言った。「待たれたほうがいいのではないですか？　博士と相談できるまで、重大な決断は控えたほうがいいのではないですか？」

ハーディング氏は待てないと激しく言った。エイブラハム卿は、相手が正気を失っているのではないかと深刻に疑い始めた。

「もちろん」と卿は言った。「もし辞職しても、あなたに充分な個人資産があって、必要なものが手に入るのなら、もし辞職があなたにとって大きな負担とならないのなら――」

「私は六ペンスも持っていません、エイブラハム卿」と院長。

「何ですって！　では、ハーディングさん、いったいどうやって生活していくつもりですか？」

ハーディング氏は法律家に向かってその説明に取りかかった。彼は聖堂の音楽監督職には留まるつもりでいた。――それが年八十ポンドになった。それにクラブツリー教区のささやかな俸給もあてにする予定で、これが年八十ポンドになった。今は確かにこの二つの職を両立させることはできないが、職務の交換はできるかもしれない。聖堂の礼拝がどんなふうに準参事会員によって分担されるかなど、法務長官は聞きたくないだろうと気づくと、彼はふいに説明をやめた。

エイブラハム卿は哀れみと驚きをこもごもに感じつつ聞いていた。「ハーディングさん、ほんとうにあなたは大執事を待ったほうがいいと思います。これは重大な決断であるうえ、私の意見では、する必要がまったくないような決断です。私の助言を求めておられるのは、私としては名誉なことなので言いますが、あなたのご友人たちの承認なしには、これからは何もしないようにお願いしなければなりません。人は自分の立場について最良の判断をすることがなかなかできませんから」

「感じることについてはね、その人がいちばんの審判者です。最近現れた二つの記事のような記事にもう一度でもふれて、記者の側に真実があると感じるくらいなら、死ぬまで乞食をしたほうがまだましです」

「ハーディングさん、娘さんがおられるのではないですか？　未婚の娘さんが」

「娘はおります」とハーディング氏は言った。今は立ち上がっていたものの、まだ後ろ手で想像上のチェロを演奏していた。「エイブラハム卿、娘はおります。私と娘はこの件で意見は一つなんです」

「ハーディングさん、生意気に聞こえるとしたら許してください。しかし、娘さんのためにも、あなたは分別を失わないようにしなければなりません。娘さんはお若いし、年百五十ポンドで生活するという意味がよくわからないのです。娘さんのためにも辞任などという考えは捨ててください。私を信じてください。そんなことをしたらまったくドン・キホーテです」

院長は窓のところへ歩いていき、それから椅子に戻ってきた。何と言ったらいいかわからないまま、また窓のところへ引き返した。法務長官はあくまでも辛抱強かったけれど、面会時間がかなり長くなっていると感じ始めた。

「それでもね、もし院長の報酬が正当なものでないとするなら、私と娘が物乞いをしなければならないとしても、それは当然のことではないでしょうか?」と院長はついに鋭く言った。エイブラハム卿が驚くほどこれまでとは違った口調だった。「もし正当なものでないとするなら、物乞いをしたほうがましです」

「ねえ、あなた、今は誰も報酬の正当性など問題にしていません」

「いえ、エイブラハム卿、一人の人間がそれを問題視しています――私の反対側証人のなかで、もっとも重要な人――つまり私がそれを問題にしているんです。私が娘を愛していることについては疑問の余地はありません。それでもね、娘が貧乏人のお金で安楽に暮らすよりも、私と娘で物乞いをしたほうがましです。あの幸せな屋敷に十年住んで、やかましく耳にどなりつけられるまで、私がこの問題を考えてみようともしなかったというのは、私自身にもですが、エイブラハム卿、あなたにも不思議に思えることでしょう。私の良心を呼び覚ますのに、大衆新聞の荒々しい言葉を必要としたわけですから、私は自分の良心を誇りにすることはできません。しかし、いったん良心が呼び覚まされたからには、それに従わなければなりません。この執務室に来るまで、私はボールドさんによって訴訟が取り下げられたことを知りませんでした。私の弁護をやめてもらうよう、あなたにお願いしようと思って来たんです。訴訟がなくなったわけですから、弁護の必要もありません。でもね、明日から私が慈善院長をやめることは、あなたにも知っておいていただいていいでしょう。友人たちと私とでは、エイブラハム卿、職をやめることについては意見が違っています。それが私の悲しみを深めるのですが、いたしかたありません」言わなければならないことを言い終えたとき、法務長官の執務室でこれまで聞かれたことがないもっとも優美な曲の演奏が終った。彼は立ち上がっており、勇敢に正面からエイブラハム卿に顔を向けていた。何か大きな楽器を抱いているように直立した姿勢を取って、右腕を大胆にすばやく左右に往復させた。左手の指で、襟の上から上着の裾まで、その範囲の多数の弦を超自然的な速度で押さえた。エイブラハム卿は院長の言葉を聞きながら、驚いて見ていた。ハーディング氏のそういう想像上の演奏をこれまで見たことがなかったので、卿には院長の荒々しい身振りの意味がわからなかった。しかし、五分前にはためらいながら話していた内気な紳士が、今は熱っぽい――いやほとんど激しい姿を見せているのを卿は目撃した。

「ハーディングさん、一晩ゆっくり考えたほうがいいでしょう。明日になってから決断を――」

「私は夜も眠れずにこれまで考えてきました。幾晩もね。もう決断を先延ばしにすることはできません。決断したいんです」

法務長官はこれに対して言う言葉がなかった。最終的にどんな決断をしようとも、満足できる決断であることを望むと、長官は希望を述べた。ハーディング氏は親切な配慮に感謝してから、退出した。ハーディング氏はリンカンズインの小さな古い中庭に降りたとき、安堵のほてりを感じるほどこの面会に満足していた。穏やかな明るい美しい夜で、リンカンズインの礼拝堂も、四角い中庭を囲う厳粛な執務室の列も、月明かりに照らされてきれいに見えた。彼は考えをまとめるため少し立ち止まって、やってしまったこと、これからすることを考えた。法務長官が彼のことを愚か者のように見ていたことに気づいていた。しかし、気にしなかった。法務長官とのあいだにあまり共通点がなかったから。気になるほかの人々も彼のことを愚か者と思うだろう。しかし、エレナーが父のすることを喜んでくれ、主教が友に同情してくれることを確信していた。

一方、彼は大執事に会わなければならなかった。その夜の仕事はまだ終わっていないと思いながら、チャンセリーレーンを歩き、フリート通りを歩いた。ホテルに戻ったとき、心臓をどきどきさせて静かにベルを鳴らした。心では角を曲がって逃げ出し、セントポール・チャーチヤード通り(2)を歩き回って、予想される嵐を遅らせたいと思った。しかし、近づいてくる老ウエイターのゆっくりとした靴音を聞いた。彼は男らしくその場に留まった。

註

（1）大法官裁判所（衡平法裁判所）長官で閣僚の一人。

（2）セントポール寺院の南側の通り。

第十八章　院長は頑固に決意を変えない

「グラントリー博士がお見えです」というウエイターの言葉が、ドアがまだ開ききらないうちに院長の耳に届いた。「それからグラントリー夫人も。お二人は上に居間を取られて、待っておいでです」

ウエイターは院長をたった今保護者に捕まった逃亡中の生徒のように見て、逃亡の罪には怖れを感じないではいられないが、罪人には同情するといった口調で言った。

「そうですか、すぐ二階へ上がります」と院長。そう言いながら平静を装おうと努めたけれど、ひどくうまくいかなかった。嫁いだ娘が一緒であることに一縷の慰めがあった。婿がいることを考えると、その慰めも気休めにすぎなかった。大執事夫妻はプラムステッド・エピスコパイにちゃんといてくれたら、そのほうがどれだけいいかわからなかった。ウエイターにゆっくりと先導されて、院長は二階へ上がっていった。ドアが開いたとき、大執事はいつものように直立して、部屋の真ん中に立っているのがわかった。しかし何と悲しげな様子だろう！　大執事の背後でじっと我慢の夫人が薄汚いソファーにもたれかかっていた。

「父さん、もう戻ってこないのかと心配していましたわ」と夫人は言った。「もう十二時なんですよ」

「しようがないんです」と院長は言った。「法務長官が面会を十時に指定したんです。十時というのは遅いけれどね、どうにもなりません。わかるでしょう。大人物にはそれなりのやり方があるんです」

院長は娘と口づけし、博士と握手すると、また平静を装おうと努めた。

「ほんとうに法務長官と一緒におられたんですか？」と大執事。

ハーディング氏は一緒にいたと答えた。

「何たること、何と残念な！」大執事は不賛成と驚きを表わすとき、大きな両手を宙に挙げる癖をよく友人たちから目撃されていた。今彼はそうした。「エイブラハム卿はどう思われただろうか？顧客が直接卿へ相談に伺うというのは、慣例にないことだと知らなかったんですか？」

「そうなんですか？」と院長は無邪気に言った。「ええ、まあとにかく私は相談に行ってしまいました。エイブラハム卿はあまり変だとは思っていないようでした」

大執事は軍艦をも動かすような溜息を洩らした。

「でも、父さん、エイブラハム卿に何をおっしゃったの？」と娘は聞いた。

「卿にはね、おまえ、ジョン・ハイラムの遺言を説明してくれるように頼んだんです。卿は私を納得させる説明ができなかった。それで院長を辞任したんです」

「辞任した！」と大執事は悲しく、低い、厳かな、しかし充分聞こえる囁き声で言った。名優マクリーディ(1)も羨むような、観客が二度の歓声で喝采するような囁き声だった。この高位聖職者は打撃を受けて、馬巣織りの肘掛け椅子に深々とくずおれた。

「少なくともエイブラハム卿には辞任すると言いました。辞任はしなければなりません」

「それはそうでもないでしょう」と大執事は一縷の希望を抱いて言った。「弁護士にそういうふうに言ったからといって、それがあなたを拘束するものではありません。それに助言を求めて卿を訪ねていったわけですから、エイブラハム卿はきっとそんな辞任の助言なんかしなかったはずです」

ハーディング氏は卿がそういう助言をしたとは言えなかった。

「エイブラハム卿はきっと辞任を思いとどまるよう説得したはずです」と詰問者は続けた。

ハーディング氏はこれも否定することができなかった。

「エイブラハム卿はきっと友人と相談するよう忠告したに違いない」

ハーディング氏はこの主張にも反論することができなかった。

「そうとするなら、あなたの辞任の脅しは結局何の意味もありませんよ。前と変わらない状態です」

ハーディング氏は敷物の上に立って、居心地悪げに片足から片足へと体重を移した。彼は大執事のこの最後の主張に対して明確な回答を避けた。どうしたらベッドへ逃げ込めるか、ということばかり考えていた。辞任を最終的に決断して、ほとんどそれを既成事実化していたから、もはや心を揺るがすことはなかった。院長は自分の弱さを自覚していた。いかに人の意見に流されやすいか知っていた。しかし、決意を公にしようとロンドンにやってきたからには、今さらそれを曲げて、良心が導いた到達点から後退するほど弱くはなかった。まったく決意に揺るぎはなかったけれど、婿の攻撃からそれを守ることができるかどうか大いに疑問だった。

「疲れたでしょう、スーザン」と彼は言った。「そろそろベッドへ向かったらどうですか?」

けれども、スーザンは夫がベッドへ向かうまで、この場を離れたくなかった。この場を離れたら、父さんがいじめられるかもしれないと思った。疲れてなどいない。とにかくそう答えた。

大執事は部屋を歩き回ると、幾度もうなずきながら、義父の愚かな行動について意見を述べた。

「なぜです」と大執事は言った。――その叱責に込められた口調と強勢には、天使も顔を赤らめただろう。「なぜこんなふうに突然バーチェスターを発ったんですか？　主教公邸で確認したというのに、我々に何の通知もなく、なぜこんな行動を取ったんですか？」

院長は顔を伏せて、答えなかった。婿を出し抜くつもりはなかったなどと、わざとらしく嘘をつくことはできなかった。出し抜くつもりだったと公言する勇気もなかったので、何も言わなかった。

「父さんはあなたの手には負えませんわ」とスーザン。

大執事は回れ右をすると、もう一度不意に「何たること！」と言った。今度は小さな囁きだったけれど、充分聞こえた。

「もう休みたいんですがね」と院長はろうそくを手に取って言った。

「とにかく相談なしにこれ以上余計なことはしないと約束してください」と大執事。ハーディング氏はそれに答えないで、ゆっくりとろうそくに火を灯し始めた。「もちろん」と大執事は続けて言った。「あなたがエイブラハム卿に言ったことは、何の意味もありません。いいですか、院長、約束してください。訴訟はご承知のようにすでに決着しました。しかも、ほとんど何の憂慮も、出費もなしにです。ボールドは訴訟を放棄せざるをえなくなりました。あなたがなすべきことは慈善院でおとなしくしていることです」ハーディング氏はなおも答えないで、婿の顔をおとなしく覗き込んでいた。

大執事は義父のことはわかっていると思い、すでに優柔不断の人に辞任を思いとどまるよう説得したと思い込んでいた。しかし、それは間違っていた。「さあ」と大執事は言った。「院長を辞任するというような考えは捨てたと、スーザンに約束してください」

院長は娘を見ながら、エレナーが父の考えを受け入れてくれているから、こちらのほうの娘にはそれほど配慮する必要はないと思って言った。「スーザンは父に約束を破るよう、父が間違っていると思うことをするよう、迫るようなことはしないでしょうね」

「父さん」とスーザンは言った。「立派な職を投げ出したりするのは狂気の沙汰ですわ。どうやって暮らしていくつもりですの?」

「小がらすに食べ物を与える神[2]がね、私の世話もしてくださる」とハーディング氏はほほ笑んで言った。聖書の一節をあまりに厳かに引用したから、婿を怒らせるのを怖れるような笑みだった。

「ふん!」と大執事はすばやく顔をそむけて言った。「もし小がらすが用意された餌を拒否し続けるなら、そいつは生きていけないんです」一般に牧師は議論のなかで聖書の引用を持ち出されるのを嫌う。お婆さんからお気に入りの薬を飲むように勧められる医者のように、あるいはしろうとから屁理屈でやりこめられる法律家のように感じるからだ。

「クラブツリー教区の俸給があります」と院長は控えめに言った。

「たった年八十ポンドですよ!」大執事はあざ笑った。

「それに音楽監督職もあります」と義父。

「それは院長職と兼任なのです」と婿。ハーディング氏はこの点について議論する用意があって、それを始めた。しかし、グラントリー博士は義父の発言を止めた。「ねえ院長」と大執事は言った。「そういう考えは馬鹿げていますよ。八十ポンドでも百六十ポンドでも、たいして違いはありません。それくらいでは暮らしていけませんよ。――エレナーの将来をこのまま台無しにすることはできません。要するにあなたは辞職などできないんです。主教はそれを受け入れないでしょう。全体が決着したんです。今しなければならないのは、つまらぬ噂話を止めることですよ。これ以上の新聞記事を止めることです」

「私が願っているのもそれです」と院長。

「記事を止めるためには」と大執事は続けた。「辞職の話など外部に漏らしてはなりません」

「それでもね、私は辞職します」と院長は非常におとなしく言った。

「何たること！　ねえスーザン、この人をどう説得したらいいんです」

「でも父さん」とグラントリー夫人は立ち上がると、腕を父のそれに通して言った。「もし父さんが収入をなくしたら、いったいエレナーはどうしたらいいのですか？」

院長が既婚の娘のほうを振り返ったとき、両の目に熱い涙が浮かんでいた。いったいどうしたら金持ちの姉が妹の貧乏を予言するというようなことができるのか？　そういう思いが胸にあったけれど、院長は口に出さなかった。それから胸の血で子を養うペリカンのことを想起したが、それも口に出さなかった。家で帰りを待ってくれる、父の悩みの解消を祝ってくれるエレナーのことを考えた。

「エレナーのことを考えてちょうだい、父さん」とグラントリー夫人は言った。

「あの子のことを考えています」と父は言った。

「それなら、そんな性急なことはできないでしょう?」夫人はいつもの落ち着きを失った。

「正しいことをするのに性急ということはありません」と院長は言った。「きっぱりと院長を辞職します」

「それなら、ハーディングさん、目前には破滅しかありません」大執事は堪忍袋の緒を切った。「あなたとエレナー、二人とも破滅ですよ。この訴訟の莫大な費用をどうやって支払うつもりですか?」

グラントリー夫人は訴訟は取り下げられたから、費用は重くないと言った。

「なるほど費用はそうかもしれない、おまえ」と大執事は言った。「とはいえ、ただで法務長官を夜の十二時に起こしておくことはできない。――おまえの父さんはそんなことも考えていないんです」

「家具を売ります」と院長。

「家具を売る!」と大執事は非常に強い嘲りを込めて叫んだ。

「まあ落ち着いて、大執事」と夫人は言った。「今のところそんなことを考える必要はありません。あなたが父さんに費用を払わせるつもりがないことはわかっていますから」

「こんな馬鹿げたことはヨブ(3)さえも怒らせる」と大執事は部屋をすばやく行ったり来たりしながら言った。「あなたの父さんは子供のようですよ。これといった仕事もなく年八百ポンド――屋敷を含めて八百八十ポンド――。院長職は父さんにとってうってつけの職です。どこかの悪党が新聞記事を書いたからといって、それを投げ捨てるなんて! とにかく――私は義務をはたしたよ。父さんが子供を破滅させる道を選ぶというんなら、いたしかたがない」大執事は暖炉の前に動かずに立つと、その上のくすんだ鏡に自分の姿を見た。

一分ほど間があった。院長はこれ以上の話はないとわかって、ろうそくに火を灯すと、「お休み」と静かに言った。

「お休みなさい、父さん」と夫人が言った。

こうして院長は寝室へ下がった。しかし、後ろ手にドアを閉めたとき、彼は聞き覚えのある大執事の、いつもよりゆっくりの、小声の、厳かな、重苦しい叫び声を聞いた。――「何たること！」

**註**

（1）ウィリアム・チャールズ・マクリーディ（1793-1873）はイギリスの悲劇俳優、劇場支配人。
（2）「詩編」第百四十七篇第九節参照。
（3）苦難に堪えて信仰を守った「ヨブ記」のなかの義人。

# 第十九章　院長辞任

翌朝、ホテルの朝食のとき、三人は顔を会わせた。朝食は非常に物足りなくて、プラムステッド・エピスコパイのそれとは大違いだった。

金属製の大きなふたがついて、三枚の薄い、小さな——長さ一インチほどの——乾いたベーコンが出た。四枚の何も塗らない三角トースト、四枚のバターつき四角トースト、パン一個、油っぽいバターが出た。配膳台には冷たい羊肩肉の残りがあった。大執事は管轄の禄付牧師館からセントポール・チャーチヤード通りまで、遊びにきたわけではなかったから、食べ物の物足りなさには不平を言わなかった。

三人の客は、食べ物と同じくらいにみじめな状態だった。朝食のテーブルで話すことは何もなかった。大執事は苦い思いを心の奥で反芻しながら、不吉な沈黙を守って、トーストをむしゃむしゃと食べた。院長は娘に話しかけようとし、娘は父に答えようとしたけれど、二人ともうまくいかなかった。今父娘のあいだには共通の感情が通わなかった。院長はバーチェスターへ帰ることばかり考えており、大執事が三人一緒に帰ることを強要するのではないかと怖れていた。一方、グラントリー夫人はベッドカーテンの陰でその朝夫と合意した通り、父を攻略する用意をしていた。

給仕が最後のティーカップを運んで部屋を出て行ったとき、大執事は立ち上がると、景色を感賞するふりをして窓辺へ行った。その部屋は、セントポール・チャーチヤード通りからパターノスター通りに通じる狭い通りを眺め渡すことができた。グラントリー博士は、ドアが見える三軒の店の名を辛抱強く読んだ。院長はテーブルの席に着いたまま、テーブルクロスの模様を見ていた。グラントリー夫人はソファーに座って編み物を始めた。

しばらくして院長はブラッドショーをポケットから取り出すと、苦労して調べ始めた。午前十時にバーチェスター行きの列車があった。しかし、これは問題外だった。もうすでに十時だから。次が午後三時発、次が午後九時発の夜行郵便列車だ。三時の列車が夕食に間に合うよう帰れるから、都合がよかった。

「あのね」と院長は言った。「きょう三時の列車で帰ります。八時半には帰り着くでしょう。これ以上ロンドンに留まる理由はありません」

「父さん、大執事と私は明日の早い列車で帰ります。一日待って、私たちと一緒に帰りませんか?」

「いや、私の帰りをね、今夜エレナーが待っています。やらなくてはならないことがたくさんありますから」

「たくさんある！」と大執事が小声で言った。院長にはそれが聞こえた。

「父さん、私たちを待ったほうがいいですわ」

「ありがとう、おまえ、でも今日の午後帰ります」従順な動物も、あまり厳しく駆り立てられると刃向かうものだ。ハーディング氏も自分のために戦い始めた。

「あなたは三時前にホテルに戻ることはできないのでしょうね？」と夫人は夫に聞いた。

「私は二時にはここを出なければなりません」と院長。

「まったく問題外ですよ」と大執事は店の名をまだ読みながら妻に答えた。「五時まで戻れそうもありません」

また再び長い間があった。そのあいだハーディング氏はブラッドショーを調べ続けた。

「コックスとカミンズの事務所へ行かなければならんので」と大執事がとうとう言った。(1)

「ああ、コックスとカミンズのところ」と院長は言った。婿がどこへ行こうと、彼にはもう関心がなかった。コックスとカミンズの名は、今彼の耳に何の興味も呼び覚まさなかった。コックスとカミンズにはもう何のかかわりもなかった。訴訟は最終的に良心の法廷で裁かれて、判決は上告権を認めないかたちで定まっており、問題は決着したから、ロンドンのどの法律家が来ても、それを動かすことはできなかった。大執事はコックスとカミンズのところで一日じゅう熱心に議論してすごせばいい。しかし、どんな議論がなされようと、バーチェスター慈善院長の名をまもなく捨てる彼には、もう何のかかわりもなかった。

大執事は輝く新しい聖職者帽を手に取ると、新しい聖職者用の黒手袋をはめた。その姿は重々しく、上品で、行儀よく、裕福な雰囲気を漂わせて、まさしく隅々まで間違えようのないイギリス国教会の聖職者だった。「あさってバーチェスターで会いましょう」と大執事は言った。

院長もそうしたいと思った。

「私の父に会うまでは、これ以上の行動を慎むように、もう一度あなたにお願いしなければなりません。たとえ私に恩義を感じていなくても」大執事はこれまでたくさん世話をしてきたぞと言わんばかりの表情をした。「少なくとも私の父には恩義を感じていることでしょう」こう言うと、グラントリー博士は返答を待たずにコックスとカミンズ法律事務所へ向かった。

グラントリー夫人は夫が中庭からセントポール・チャーチヤード通りに入り、足音が聞こえなくなるまで待った。それから父の説得に取りかかった。

「父さん」と夫人は始めた。「これは重大問題ですわ」

「そりゃあ、そうです」と院長はウエイターを呼ぶベルを鳴らしながら言った。

「父さんが我慢してきた精神的な苦痛には同情しますわ」

「わかってくれるね、おまえ」彼はウエイターにペンとインクと紙を持ってくるよう注文した。

「父さん、何を書くつもりですの?」

「ああ――主教にね、辞表を書くんです」

「どうか、どうかお願いですから、父さん、それは私たちがバーチェスターに帰るまで待ってください。――どうか主教に会うまで待ってください――どうか父さん、私のために、エレナーのために、待ってください」

「私が辞表を書くのはおまえのため、エレナーのためなんです。少なくとも子供たちが決してこの父を恥じることのないようにしたいから」

「いったいどうして恥のことなんかが問題になるのですか?」夫人は話をやめると、紙を持ってきたウエイターが、靴音を立てて入ってきて、ゆっくりと出ていくのを待った。「いったいどうして恥のことなんかが問題になるのですか？　お友だちがみなさんこの問題をどう考えているかご存知でしょう」

院長は一枚の紙をテーブルに広げると、ホテルが用意した貧弱な吸い取り紙帳の上に置き、椅子に座って書こうとした。

「父さん、一つお願いをしても、嫌だとはおっしゃらないでね？」と娘は続けた。「ほんの二日間だけ辞表を遅らせても、何ということもないでしょう？――二日待っても、たいして違いはありませんわ」

「おまえ」と彼は無邪気に言った。「バーチェスターに着くまで待ったらね、私はおそらく辞任できなくなります」

「でも父さん、主教を怒らせたくはないでしょう？」と夫人。

「そんなことにはなりませんね！　主教を怒らせるようなことにはなりません。主教は私をよく知っていますから、私が避けられずにしたことを悪意に取ることはありません」

「でも、父さん――」

「スーザン」と彼は言った。「この件についてはもう心を決めたんです。エイブラハム・ハップハザード卿や大執事のような人々の助言に背いて行動することに、負い目がないわけではありません。でもね、この件で私はそういう人々の助言を聞くつもりはありません。やっと到達した決意を変えることはできませんから」

「でも父さん、二日くらい――」

「いや――辞任を遅らせることもできません。おまえは圧力をかけることで、私をいっそう不幸にしています。それでもね、私の決意を変えることはできません。このまま私に問題を決着させてくれたら、安心できるんです」彼はそういうとペンをインク壺に浸して、一心に紙に目を注いだ。

その様子には父が真剣だと娘に悟らせるものがあった。スーザンは一時期父の家で大きな力を振るったこともあったが、父が普段はおとなしくて従順だけれど、頑として意思を通すときがあることを知っていた。今がそういうときだった。それでスーザンは編み物に戻って、まもなく部屋を出て行った。

院長はやっと今手紙を書く自由をえた。この手紙は院長の性格を表わすものなので、そのままここに提示したい。公式の手紙を書き上げたとき、それがあまりにも形式的で冷たかったので、院長は親しい友に対してその一通で終わらせることができなかった。それで私的な短信をつけ加えた。その両方をここに紹介する。

辞任の手紙は次のように書かれていた。

ロンドン、セントポール通り、チャプター・ホテルにて

一八――年八月

私の主教閣下

閣下がほぼ十二年前にご親切にも私に与えてくださったバーチェスター慈善院の院長職を辞して、閣下の手にお返しせざるをえなくなったのは非常に大きな苦痛です。

私に辞任すべきだと思わせた状況について、説明する必要はないと思います。院長職に割り当てられた報酬に対する在職者の権利に、疑義が生じていることはご存知でしょう。私にはその権利がきちんと立証できないように思えます。法律上疑義があるようにみえる報酬を受け取るような、危険に身を置くことに躊躇を感じます。

聖堂の音楽監督職は、閣下がご存知のように院長職と結びついています。すなわち、音楽監督が長年に渡って院長を兼任してきました。しかし、この二つの職の結びつきを必然とするものはありません。もしあなたか、聖堂参事会長か、参事会か、がそのような取り決めに反対なさらなければ、私は音楽監督の職にこのまま就いていたいと思います。この職の報酬が私には今必要だからです。その収入がなければ、私の生活が困難になってしまうことには、恥ずかしながら根拠があります。

閣下と閣下が問題を相談される方々は、私の院長辞任がほかの人のこの職への就任に、いささかの障害ももたらさないことをただちにご理解願えるでしょう。問題を相談した方々みなから、私が間違った行動を取っていると考えられています。こういう行動に私を走らせたものは、自発的確信以外に何もありません。閣下が私に与えてくださった職が、私の辞任によって汚名を着せられるとすると、ほんとうに心が痛みます。とにかく私個人としては、あなたがこれから指名される後継者を、もっとも尊敬に値する聖職を享受する者、閣下の指名が非の打ちどころのない正当性を与えている者と見なします。

もう一度閣下のご親切に感謝して、この公式の手紙を締めくくりたいと思います。次のような自署をお許しください。

閣下のもっとも忠実なしもべ
セプティマス・ハーディング
バーチェスター慈善院長
兼聖堂音楽監督

ハーディング氏はそれから次のような私信をしたためた。

親愛なる主教

公になる文書では、ある程度感謝の思いを抑制して表現せざるをえませんでした。しかし、もっと温かい感謝の思いをあなたに伝えないまま、同封の公式の手紙を送ることはできません。あなたは私の気持ちを理解してくださり、おそらく辞職する私の弱さを憐れんでくださるでしょう。私は公の攻撃に持ちこたえるほど、大きい器量を持ち合わせておりません。私が確固とした足場に立つと確信ができて、ハイラムの遺言のもとで年八百ポンドを受け取ることが正当と思えたなら、その攻撃がいかに堪え難いものであっても、この職に留まることを義務と感じたことでしょう。しかし、この確信を抱くことができないのですから、私のすることをあなたが誤解されることはないと思います。

私は報酬のなかからころあいのもの、年三百ポンド程度を受け取ることにして、残りは管財人に送り返したらと、一時考えたことがありました。しかし、そうしたら私は後継者を差別的な地位に置き、あなたの任命権に傷をつけることになると思い当たって、自重しました。

親愛なる友よ、私がすることで私を責めないという一文を、私ことクラブツリー・パーヴァの俸給牧師は、これからもあなたにとって慈善院長時代と変わらぬ友だという一文を、いただきたいのです。

音楽監督の件は、ほんとうに心配しています。大執事はそれと院長職とは一体でなければならないと考えています。私はそうではないと考えます。音楽監督職は私が保持しており、取り上げられるはずがありません。しかし、これについてもあなたや参事会長の意見に従います。音楽監督職ほど私にぴったりの職はなく、私が適切にやれる能力範囲内の職なのです。

ご厚誼のすべてと、今私が投げだそうとしている立派な職を授けてくださったことに心から感謝します。親愛なる主教よ、私はいつものように

誠実にあなたのものである
セプティマス・ハーディング
ロンドン、一八――年八月

二通の手紙を書き終えると、大執事のため公式文書のほうの写しを取ったあと、ハーディング氏は――院長と自分を呼ぶ最後の機会だから、私たちもそろそろ彼を院長と呼ぶことをやめなければならない――ほぼ二時になったので、帰り支度をしなければならないと思った。そうだ、これから先彼は二度とこの名で呼ばれてはならない。その名で親しく知られてきて、ほんとうのところ、そう呼ばれることが気に入っていたのだが。人はみな等しく肩書きを好む。俸給牧師が大執事になり、大学教員が学長になり、海軍大尉が艦長になり、獣脂ろうそく製造業者が女王の新橋訪問に当たってサー・

ジョンになれば、同じように嬉しいだろう。とはいえ、彼はもはや院長ではなかった。音楽監督の職は、彼にとって非常に貴重なものであったけれど、その肩書きは充分な栄誉の印とはならなかった。私たちの友人は再びただのハーディング氏に戻った。

グラントリー夫人は外出していた。それで帰りを延期するようせがんで、出発を遅らせる人はいなかった。すぐかばんを整え、ホテル代を払うと、娘に書き置きを残して――公的な手紙の写しをそのなかに入れた――から、ハーディング氏は馬車に乗り込み、心に勝利感のようなものを味わいながら駅へ向かった。

この勝利感に根拠はなかったか？　成功は際立っていなかったか？　彼は婿に対して生涯初めて自己の決意を守って、大執事夫妻を相手に予想外に男らしく戦わなかったか？　大勝利を収めなかったか？　勝利感を味わいながら馬車に乗り込んだのも、言わずもがなではなかったか？

ハーディング氏はエレナーにいつ帰るか告げていなかった。しかし、エレナーは父が乗っていそうな列車が到着するたびに駅で父を捜していた。彼の列車がプラットホームに止まったとき、ポニーの馬車がバーチェスター駅で待っていた。

駅から町へ入るところで、がらがらと前から来る乗合馬車をよけるため、娘が道の片側に小さな馬車を寄せたとき、父はそばで「いいかい」と言った。「これをやり遂げたからにはね、クラブツリーの俸給牧師にかなり尊敬を払ってくれるといいんですが」

「父さん」と娘が言った。「喜んでそうしますわ」

心地よい屋敷へ帰ることには、すぐその屋敷を退去しなければならないとしても、大きな慰めがあった。また、彼がしたことやこれからしなければならないことを娘と相談することにも、大きな慰めがあった。引っ越しには時間がかかるだろう。クラブツリーの副牧師スミス氏には、もし代替の職をこちらで用意しなければ、六か月でやめてもらうことはできないだろう。それから家具だが、エイブラハム卿を夜の十二時まで起こしていたことに報いるため、家具の大部分は売り払ってしまわなければならない。ハーディング氏は法律家の請求書に関して驚くほど無知だった。法律上の助言によって負った金額が二十ポンドなのか、二千ポンドなのかわからなかった。じつは彼はみずから法律家の援助を求めたことはなかった。コックスとカミンズ法律事務所にしろ、エイブラハム卿にしろ、そういう弁護士を雇うことに同意した人の仲間に彼は入っていなかった。彼らを雇うことについて相談を受けてもいなかった。ハーディング氏が自分で問題を決着させる事態なんか考えもしないで、大執事がみな取り決めたことだった。もし弁護士の請求が一万ポンドなら、ハーディング氏の家具の売却は避けられないだろう。けれども理由がどうであれ、負債に不平を言う人ではなかった。支払いをしなければならないことに迷いはなかった。しかし、銀行にほとんどお金がないこと、もはや慈善院から収入がなくなったこと、家具の売却が唯一の算段であること、これらが彼の胸中にあった。

「家具は全部売ってしまうわけじゃないでしょう、父さん」とエレナーは訴えるように言った。

「全部というわけじゃないんです」と父は言った。「その必要がなければね。クラブツリーにも少しは家具が必要でしょう。でもね、ほんの少しだけになりそうです。何食わぬ顔で我慢しなければなりません。ネリー、金持ちから貧乏になるというのは簡単ではありませんから」

それから父娘は将来の生活設計をした。父は娘がまもなくその生活から抜け出せると思うと安心した。娘は父がクラブツリー俸給牧師館の孤独から逃れる手段として、彼女自身の家をまもなく提供しようと決意した。

大執事は妻と義父をチャプター・コーヒー・ハウスに残して、コックスとカミンズ法律事務所へ向かったとき、事務所に着いて何をすればいいか、はっきり自覚していなかった。紳士は訴訟中であったり、法的援助を必要とする問題にかかわったりするとき、たいして用もないのによく弁護士のところへ足を運ぶ。しかも、その紳士はこういう訪問が非常に不愉快であるけれど、避けられないものだとよく言う。しかし、弁護士のほうはと言うと、こういう訪問はやはり不愉快であるうえ、その必要性もまったくないと認めている。こういう訪問をしておきながら、紳士は有識の弁護士に普通何を話したらいいかわからないまま、ただ当惑するだけ。ちょっと政治向きの話、ちょっと天気の話、訴訟について二、三の馬鹿げた質問、それから退去。陰気な小さい待合室で下級書記と一緒に三十分すごして、事務所の弁護士と十分すごしただけ。紳士がわざわざ百五十マイルの距離を越えてロンドンへやって来て、仕事はそれで終わり。この紳士は決まって三、四日間観劇を楽しみ、友人のクラブでディナーを食べ、独身の自由を謳歌し、独身の気晴らしをする。妻に向かって、ロンドンの旅の理由としてこういう欲望の充足を正面切って申し立てることなんかできないから、弁護士との相談を方便として利用するのだ。

既婚の女性たちよ、夫が法律上の助言者のところへ行かなければならないと言い出すとき、はたさなければならない仕事とは普通こういった性質のものだ。

大執事にとって、コックスとカミンズのところへ行かないで、ロンドンを去ることなんか夢にも考えられなかった。しかし、やはり弁護士には何も言うことがなかった。万事休す。大執事はハーディング氏がこの件で頑として意思を曲げないことを見抜いていた。請求書に支払いをして、この一件と手を切る以外に、じつは何もすることがなかったのだ。紳士が弁護士の事務所へ行くとき、その理由が何であれ、ただ請求書の支払いに行くだけではないことはもちろんだろう。

しかし、グラントリー博士はコックスとカミンズ両氏の目には、バーチェスター主教区の精神性を――チャドウィック氏がその世俗性を代表するように――代表した。つまり大執事は大物だったから、書記の部屋で三十分も待たされることはなかった。コックス氏に向かって義父の弱腰を嘆き、勝利の希望の消滅を悲しむ大執事の声に、私たちは耳を傾ける必要はないだろう。嘆き悲しむ大執事に応える弁護士のさまざまな嘆声を繰り返す必要もないだろう。あの致命的な言葉――辞職！――を最初に声に出したとき、小柄な、首の太いコックス氏は、ほとんど卒中の発作を引き起こしそうになった。しかし、悲劇は起こらなかった。

コックス氏は、院長のしようとしていることが狂気の沙汰だと、本人に説得する必要があることを大執事に幾度も言った。

「年八百ポンド！」とコックス氏。

「しかも仕事は何もない！」とカミンズ氏も話に加わって言った。

「すべて公的資産なのでしょう」とコックス氏。

「一シリングまでもね」とカミンズ氏は首を横に振りながら小声で言った。

「こんな例はこれまで聞いたことがありません」とコックス氏。

「年八百ポンドと、どんな紳士も長居していたいと思う立派な屋敷」とカミンズ氏。

「未婚の娘さんがいると思いましたが」とコックス氏は声に道徳家ぶったまじめな調子を込めて言った。嘆声が発せられるたびに、大執事はただ溜息をついて頭を横に振った。人間の愚かさには、信じがたいところがあるとでも言わんばかりだった。

「院長がどうしたらいいか教えましょう」とカミンズ氏はぱっと顔を輝かせて言った。「どうしたらあなたが事態を救えるか教えましょう。――院長に交換させるのですよ」

「何を交換させるんですか?」と大執事。

「禄を交換させるのですよ。プディングデイル教区にクイヴァーフル(2)がいる。十二人の子持ちで、あの人なら院長になれたら喜ぶでしょう。なるほどプディングデイルは年四百ポンドにしかならない。それでもハーディングさんには、それだけあれば破滅的な状況は避けられるでしょう。ハーディングさんは副牧師を雇えばいい。そうしても三百か、三百五十ポンドは手元に残る」

大執事は耳をそばだてて聞くと、その計画はうまくいくかもしれないと思った。

「そんなことをしたら新聞は」とカミンズ氏は続けた。「無視し続ければ、六か月でも毎日クイヴァーフルを吊し上げるだろうね」

大執事は帽子を拾い上げると、ホテルへ戻って、このことをもっとじっくりと考えた。とにかくクイヴァーフルに打診してみよう。十二人の子持ちで、収入を倍にするためなら、この男がいろいろと便宜を図ってくれるかもしれない。

## 註

（1）原文はこのあたりカミング（Cumming）となっているけれども、カミンズ（Cummins）で始まっているので翻訳では一貫性を保った。

（2）「詩編」第百二十七篇第三節から第五節に「子どもたちは神からの賜物……矢の満ちた矢筒（quiver）を持つ人はさいわいである」とある。

# 第二十章　お別れ



帰宅した翌朝、ハーディング氏は主教から愛情と慰めと賞賛に満ちた手紙を受け取った。「どうかすぐ私のところへ来てください」と主教は書いた。「何かできることはないか知りたいのです。院長職に留まるように無理強いはしません。とはいえ、あなたにはクラブツリーへ行ってほしくないのです。とにかくすぐ私のところへ来てください」

ハーディング氏はすぐ主教のところへ行った。旧友同士で長い秘密の相談をした。一日じゅう一緒に座ったまま、大執事を出し抜く計画を立てて、彼らのささやかな企みの実現を練ったけれど、大執事が権威のすべてをかけてそれに反対することがわかっていた。

主教は最初ハーディング氏が一人になればきっと餓死してしまうと考えた。今、年百ポンドから五百ポンドの収入があっても、多くの紳士淑女が比喩的な意味で、飢えるというのではなく、燕尾服とポートワインとポケットマネーを渇望するという意味で、飢えるというのでもない、まさしくパンがないため栄養失調で死んでしまうという意味で、飢えてしまうと考えた。

「収入を全部うっちゃってしまって、どうやって生活していくのか?」と主教は独り言を言った。それから善良な小男は、どうしたらこんな恐ろしい死の苦しみから友を救えるか考え始めた。

　主教は最初ハーディング氏に主教公邸で一緒に住もうと提案した。住み込みの主教付牧師がもう一人必要だと言った。若くて仕事をする人ではなく、頼りになる中年の主教付牧師で、一緒にディナーを食べ、ワインを飲み、大執事について話し、暖炉の火をつついてくれる人だ。主教はこれらの仕事を逐一述べたわけではなかったものの、そういうのが要求される仕事の内容だとハーディング氏に理解させた。

　ハーディング氏は、そういう仕事が自分にふさわしいとは思えないと、友をやっと説得した。主教からいただいた職を投げ出しておきながら、主教のテーブルへ来て寄食することなどとてもできない。そのうえ、他人の収入にたかれるのなら、自分の収入を捨てるのは簡単なことだと、人から噂されるのも嫌だと言った。すると主教はとっておきの提案をした。主教が生きているあいだ、ハーディング氏は金銭的な援助を受け取らないということらしいから、主教が遺言で彼の二人の娘にお金を遺すという案だった。この遺産はそれぞれ免税で三千ポンドになった。主教は友への贈り物としてそれを強く主張した。

「娘たちはね」と主教は言った。「あなたが亡くなったときにそれを受け取るのです。それ以前にお金が必要になることはないでしょう。私の生存中の利子については言わなくてもいいでしょう。私には充分お金が入りますから」

　ハーディング氏は心苦しい思いをしながら、やっとのことでこの申し出も断った。ほかの人の慈悲にすがるのではなく、貧しくても自活したい。自立した友情の持続こそ、主教が与えられるほんとうの好意だ。こう主教を納得させるのは難しかった。とはいえ、これにも成功した。主教はこの友が時々やって来て、夕食を一緒に食べてくれさえすればいい、もしほんとうに飢え死にしそうになったら、面倒を見てやろうと思った。

主教には、院長職を失っても音楽監督職に就いていられるという明確な見解があった。——それに誰も異論を差し挟まなかった。それですぐハーディング氏が、依然として聖堂の音楽監督であることが関係者みなのあいだで確定した。

ハーディング氏がロンドンから帰った翌日、大執事がプラムステッドに到着した。彼はプディングデイル教区とクイヴァーフル氏に関するカミンズ氏の計画にまだ心を奪われていた。その翌朝、大執事はプディングデイルへ馬車で出かけると、職の交換についてこのみじめな牧師のプリアモス王[1]から完全な同意を取りつけた。クイヴァーフル氏は教区という王国の乏しい収入で、哀れな妻へカベーと十二人のヘクトールを養うため苦闘していた。クイヴァーフル氏は院長職がはらむ法律上の権利に疑念なんか抱かなかった。院長報酬を受け取っても、良心に痛みなんかなさそうだった。彼は『ジュピター』のような冒涜的な定期刊行物の悪影響には無縁だと、謹んで大執事に保証した。

大執事はここまでうまくいったから、次に主教の意向を打診した。しかし、予期せぬ抵抗に直面して驚いた。大執事の企てはうまくいかないと主教は思った。「うまくいかない？　どうして？」と大執事は聞いた。父の心が動かなかったので、もっと厳しくその問いを繰り返した。「どうしてうまくいかないんですか、閣下？」

閣下は非常に悲しい表情をすると、椅子のなかで脚をもぞもぞと動かした。それでも屈服することはなかった。プディングデイルはハーディング氏の役には立たないと、バーチェスターからは遠すぎると、主教は思った。

「ああ、もちろん副牧師を雇うんです」

慈善院はクイヴァーフルさんには向かない、時期を考えるとそんな職の交換をしたら、世間に聞こえがよくないと、主教は思った。さらに強く息子から迫られたとき、ハーディングさんはどんな状況に置かれても、プディングデイルを引き受けることはないと思うと、主教は明言した。

「では、いったいどうやってあの人は生活していくんですか?」と大執事が聞いた。

主教は目に涙をためて、あの人がどうやって収入の範囲内で生活していくのか、まったくわからないと言った。

大執事はそれから父のもとを離れて慈善院へ向かった。ハーディング氏は大執事のプディングデイル計画には耳を傾けようともしなかった。その計画に関心を寄せるどころか、むしろ聖職売買の臭いすら嗅ぎ取った。もしそんな交換でもしようものなら、これまで浴びた非難よりもさらに厳しい、浴びて当然の非難を浴びそうだった。彼はきっぱりとプディングデイルの俸給牧師になることを辞退した。

大執事は怒って、大きなことを言い、偉そうな顔をした。人の世話になるしかないとか、物乞いをするしかないとか、何かそういうことを言った。食い扶持をえるという、人が従うべき義務についても何か言った。若者の愚かさと老人の強情ということに少しふれて、ハーディング氏があたかもその両方を病んでいるかのように語った。それからもうやめたと言って言葉を切った。大執事はいろいろなことをいちばんいい、安楽な足場の上に築こうと手段を尽くしてきた。心配の種がなくなるように手はずを整え、やりくりしてきたと思った。その報いがどうだったか？　忠告はことごとく拒否された。大執事は軽んじられただけでなく、怪しまれ、避けられた。彼とその方策は一方的に捨てられた。エイブラハム卿も、今回の経緯で大いに心を痛めた――と大執事ははっきり言えた――のに、彼と同じ目にあった。これ以上干渉しても無駄だとわかったから、彼は退くことに決めた。この先助けが必要になって、呼ばれれば喜んでまた進み出るつもりだった。こうして彼は慈善院を出てから、それ以来今日までそこへは入っていない。

ここで、私たちはグラントリー大執事にお別れしなければならない。大執事が実際よりも悪い人のようにこの本のなかで描かれたのではないかと危惧している。私たちは彼の長所ではなく、短所を扱わざるをえなかった。彼の弱い面だけを見て、強い面を前面に打ち出す機会がなかった。親友たちによると、大執事は自己流が大好きで、それを達成する仕方がかなり強引だと言う。大執事の場合、教義についての考え方は、服装の好みほどにも偏っていないというのもほんとうらしい。たくさんの収入をえたいという欲望が、彼の心の中心部にあることも事実だ。それでもやはり彼は紳士であり、良心の人だ。惜しげもなくお金を使って、はたさなければならない仕事を力一杯はたす。一緒に生活する人々のあいだで社会の基調を改革する。最高のものではないにしても、健全な抱負を抱く。決して厳格な人ではないけれど、模範と教訓の両方によって礼儀正しい行動を擁護する。貧しい人に寛大であり、金持ちに親切だ。宗教の問題では誠実であり、決してパリサイ人のような偽善者ではない。真剣であるが、決して狂信者ではない。全体としてバーチェスター大執事は、害をなすよりも益をなす人、おそらく制御の必要はあるものの、私たちが援助し、支持しなければならない人だ。物語の流れが、大執事の長所よりも短所のほうを見る成り行きとなったことは残念だ。

ハーディング氏のほうは、休むことなく慈善院の引っ越し準備を整えた。家具を全部売り払うという厳しい状況に追い込まれることはなかった。家具の売却を真剣に考えたが、コックスとカミンズ法律事務所の請求書をみると、そこまでする必要はないとまもなくわかった。大執事は弁護士の請求書を振りかざして義父を脅せば、言うことを聞かせられると思ったのだ。とはいえ、大執事は決して義父だけのために負ったわけではない費用を、義父に押しつけるつもりはなかった。請求金額は主教区の会計に加えられて、主教閣下に気づかれぬままそのポケットから支払われた。しかし、ハーディング氏はほかに処理する方法が見つからなかったから、結局家具の大部分を売り払う決意をした。ポニーと馬車は、市のある未婚老婦人に個人的に契約して譲渡された。

ハーディング氏はバーチェスターに貸間を借りて、当座の住まいとした。毎日の生活に必要なもの――彼の楽譜と本と楽器、彼の肘掛け椅子とエレナーのお気に入りのソファー、エレナーの茶卓と彼のワイン瓶棚、乏しいながらも立派なワインセラーの中身――をここへ運び込んだ。グラントリー夫人は父の家となるクラブツリーの受け入れ準備ができるまで、妹にはプラムステッドに住んでほしいと強く望んだ。しかし、エレナーはこの申し出にうんとは言わなかった。女性が貸間を借りる場合、紳士よりも高くつく、父の置かれた状況を考慮すると、そのような出費は避けなければならないと、グラントリー夫人がエレナーにいくら力説しても無駄だった。エレナーは父に慈善院を出るように強く迫ったあげく、自分がプラムステッドの立派な禄付牧師館に住んで、父が一人バーチェスターの貸間に住むことになる結果なんか望まなかった。父が州のなかでもいちばん立ち寄りたくない牧師館へ彼女が入れば、大執事に対しては公正に振る舞うことになる、というふうにも考えなかった。それで、彼女は父が間借りすることになった薬局の奥の、小さな応接間の真上、居間の裏に寝室を手に入れた。そこにはペパーミントにやわらげられたセンナの香りがあった。しかし、全体としてその貸間は清潔で心地よかった。

前院長の引っ越しの日が決まった。バーチェスターじゅうがこの話題で盛り上がった。ハーディング氏の行動の妥当性については意見がわかれた。地域の商人階級、市長と自治体、市議会、女性の大多数は声を大にして前院長を賞賛した。これほど高貴な、これほど気前のよい、これほど正直な行動はないと。しかし、ジェントリー階級――特に法律家や聖職者――は違った見方をした。彼らによると、このような行動は軟弱で、みっともないものであり、ハーディング氏は勇気と団体精神の嘆かわしい欠如をさらけ出してしまった。このような職務放棄は、大きな害はなしても善をなすことはないというのだった。

引っ越しの前夜、ハーディング氏は屋敷の応接室に収容者全員を呼んで、お別れの挨拶をした。彼はロンドンから帰って以降、バンスとはしばしば話し合ってきた。後任院長の地位について、この老人に誤った考えを抱かせないように、彼の辞任の理由を説明するのにずいぶん難儀した。ハーディング氏は程度の差こそあれほかの収容者にもよく会って、彼が出ていくことに対する残念の思いを大部分の老人から個別に聞いていた。しかし、最後の夜までお別れの挨拶は延期していた。

ハーディング氏は今お手伝いに命じてテーブルにワインとグラスを置かせ、部屋に椅子を配置させた。バンスに収容者一人一人を訪問させると、前院長のところへ来てお別れをするように言ってもらった。まもなく砂利の上や小さな広間に足を引きずる音が聞こえて、部屋から出歩くことができる十一人の老人が集まってきた。

「入ってください、みなさん、入ってください」と院長が――このときはまだ院長だった――言った。「入ってお座りください」院長はいちばん近くにいたエイベル・ハンディの手を取ると、足を引きずるその不平屋を椅子へ導いた。ほかの者もゆっくりと恥ずかしげにあとに続いた。虚弱な者、足の不自由な者、目の見えない者。幸せだったのにそれがわからなかったみじめな人々だ！　今老いた顔は恥辱でおおわれて、主人の優しい言葉は頭に積まれた燃える炭火(2)だった。

ハーディング氏が慈善院を出るという知らせが最初に老人たちに届いたとき、それはある種の勝利感で迎えられた。院長の退去は、いわば彼らの成功の前奏曲だった。院長は老人たちが問題にしたお金について自分には権利がないことを認めた。院長に権利がないのなら、もちろん老人たちにその権利があった。一人年百ポンドが現実のものになりつつあった。エイベル・ハンディが英雄となり、バンスは尊敬にも、つきあいにも値しない、意気地なしのおべっか使いとなりはてた。しかし、まもなく別の知らせが老人たちの部屋に届いた。ハーディング氏が放棄したお金は、老人たちのものにはならないことがまず彼らに通知された。弁護士のフィニーがこの経理処理を確認した。ハーディング氏が空けた院長職は、ただちに別の人によって埋められると次に知らされた。新しい院長は前ほど優しい人ではないだろうとみなが言った。前院長ほど親しみやすい人でもないだろうとほとんどの人が推測した。そして、ハーディング氏の辞職直後から一日二ペンスという彼の特別な思いやりが、当然のことながら給付金から差し引かれるという厳しい知らせが届いた。

これが老人たちの力強い闘争――権利を求める戦い――請願と議論と希望！の結末だった。最良の主人をおそらくは悪いものに代えて、一人一日二ペンスを失うのが彼らの運命だった。いや、これは不幸だけれど、最悪のものではなかった。しかし、まもなくわかるように最悪に近いものだったかもしれない。

「お座りください、みなさん、お座りください」と院長は言った。「お別れする前に一言あなた方にお話しして、健康を祝し、乾杯しましょう。こちらにおいでなさい、ムーディ。あなたの椅子があります。ジョナサン・クランプル、こちらへ」院長は徐々に老人たちを座らせた。老人たちが院長の親切に対してあれほど深い忘恩で返したわけだから、ためらって尻込みしたとしても驚くには当たらなかった。最後にバンスが現れると、悲しげな表情を浮かべながら、ゆっくりとした足取りで暖炉の近くのいつもの席に着いた。

老人たちが席に着いたとき、ハーディング氏は立ち上がって話そうとしたが、立っていては居心地が悪いと思ってまた座った。「みなさん」と院長は言った。「私があなた方のもとを去ることになったのはご存知でしょう」

囁きが部屋を巡った。おそらく院長の辞職を惜しむ気持ちを表わそうとしたものだった。しかし、それはただの囁きであり、惜しむ気持ちだったかもしれないし、別の気持ちだったかもしれない。

「私たちのあいだに近ごろ誤解がありました。あなた方はもらう権利があるものをもらっていない、慈善院の資金が適切に配分されていないと考えたと思います。私としてはね、お金がどんな性質のものなのか、あるいはお金がどう取り扱われたらいいのかわかりませんでした。それで辞任するのが最善と思いました」

「あんたをやめさせようなんて、思ってはいなかった」とハンディ。「そうだ、ほんとうに、あんた」とスカルピットは言った。「こんなことになるとは思ってもおらんかった。誓願に署名したとき——ほんとはわしは署名なんかしてもおらん、というのも——」

「この方にお話しさせてはどうかね」とムーディ。

「そうですね」とハーディング氏は続けて言った。「間違いなくあなた方は私をやめさせたいとは思っていませんでした。でもね、私はあなた方のもとを去るのがいちばんいいと思いました。あなた方が推測される通り、私は訴訟なんかあまり得意ではありません。私たちの穏やかな日常生活が乱されそうに思えたのでね、辞職がいいと思いました。私は慈善院の誰に対しても怒っていないし、気分を害してもいません」

このとき、バンスがはっきりと異議ありの気持ちを表わして、うめき声のようなものを発した。

「私は慈善院の誰に対しても怒っていないし、気分を害してもいません」とハーディング氏は強調して繰り返した。「もし誰かが間違っていたとすれば——間違っていたとは言いません——その人は誤った助言によって踊らされたんです。この国ではすべての人が権利を追求する資格を持っています。あなた方の権利の追求は、もう終わりました。あなた方の利害と私の利害とが食い違っているあいだはね、この問題についてあなた方に助言することができませんでした。今繋がりがなくなり、私の収入とあなた方の行動とが無関係になりましたから、あなた方のもとを去る今、あえて助言したいと思います」

老人たちは彼らの問題に関するハーディング氏の意見を、これからの指針としたいとみな明言した。

「どなたか紳士がおそらくじきに私の職を引き継ぐことになります。あなた方が優しい気持ちでその人を受け入れるように、その紳士の収入についてこれ以上問題にしないように、強く忠告します。たとえあなた方がその紳士の収入を減らすことに成功したとしてもね、あなた方の手当を増やすことはできません。余ったお金はあなた方のところへは来ません。必要なものは適当に埋め合わされますが、あなた方の地位はほとんど変わらないでしょう」

「そりゃあもうわかりました」とスプリッグス。

「ほんとうにその通りだよ、あんた」とスカルピットが言った。「わしらみな、それがわかりました」

「そうです、ハーディングさん」とバンスが初めて口を開いた。「やっとみなわかったと思います。もう二度と持てないような主人を同じ屋根の下から追い出した今、これから一人の友がとても必要になりそうな今になって」

「おい、おい、バンス」とハーディング氏は言い、鼻をかむと、うまく隠れて目をぬぐった。

「ああ、それについちゃ」とハンディが言った。「おれたち、ハーディングさんに害を及ぼそうなんて、考えたことは一度もないぜ。院長がやめていくとしても、おれたちのせいじゃない。何のためにバンスがおれたちにそんなふうに当てつけを言うのかわからんな」

「おまえらは自滅したんだ。そのうえ私もめちゃくちゃにした。だから言うのさ」とバンス。

「そんなことはないね、バンス」とハーディング氏は言った。「破滅した者なんか誰もいない。友のままであなた方とお別れさせてください。私とお互い同士と、親しくグラスのワインを飲み干してほしいんです。新しい院長がきっといい友になると思いますね。もしほかに友がほしくなったら、私はそんなに遠くへ行くわけではないんですから、時々あなた方に会えるでしょう」スピーチを終えると、ハーディング氏はグラスを満たし、まわりの老人たち一人一人に手ずからグラスを渡してから、グラスを掲げて言った。

「神の祝福がみなさんにありますように！　あなた方の幸せを心からお祈りします。あなた方が満足した生をまっとうして、全能の神の贈り物に感謝し、主なるイエス・キリストを信じながら死を迎えるよう望みます。お元気で、みなさん」そう言うと、ハーディング氏はワインを飲んだ。

囁きが、最初のものよりもいくぶん聞き取りやすい囁きが一同を巡った。今度のは、ハーディング氏に祝福を与えたいという意味の囁きだった。しかし、これにはあまり真心がこもっていなかった。哀れな老人たち！　良心の呵責で心をさいなまれ、恥じ入った顔をして、いったいどうして彼らに真心が見せられるのか？　邪悪な連中が徒党を組んで、老いた院長を幸せな家から追い出し、見知らぬ屋根の下へ避難所を見出さずにおれなくしたことを知りながら、いったいどうして彼らに真心からの声と祝福で院長の多幸を祈ることができるのか？　しかし、老人たちはできる限りのことをした。ワインを飲んで、退出した。

彼らが玄関広間のドアを出ていくとき、ハーディング氏は一人一人と握手して、それぞれの病気と悩みについて親しい言葉をかけた。後悔と悲嘆にくれる老人たちは、院長の問いかけに言葉少なに答えると、その部屋を出て、私室へ戻っていった。

バンスだけは別で、一人でお別れを言うためにそこに留まっていた。「かわいそうなベル爺さんが残っていますね」とハーディング氏が言った。「ベル爺さんに一言も挨拶しないで、ここを去ることはできません。バンス、ワインを持って一緒に来てください」そこで、二人は収容者の田舎家が並ぶあたりに歩いて行くと、その老人がいつものように上半身を支えられて、ベッドにいるところを見つけた。

「お別れを言いに来たんです、ベル」とハーディング氏は相手の耳が遠いので大声で言った。

「それじゃあ、ほんとうにあんたは出ていくんですかい?」とベル。

「ほんとうに出ていくんです。ワインを持ってきましてね。友として暮らしたように、友としてお別れしましょう。いいですか」

老人は差し出されたグラスを震える手で受け取ると、いちずに飲んだ。「あなたに神の祝福がありますように、ベル」とハーディング氏が言った。「さようなら、あなた」

「ほんとうにあんたは出ていくんですかい?」とベルはもう一度聞いた。

「そうです、ベル」

ハーディング氏は哀れな寝たきり老人から手を取られたままだった。彼は収容者のなかでもいちばん予期せぬ相手から、温かい感情を向けられたと思った。というのも、ベル爺さんは長生きしすぎて、あらゆる人間的な感情を失っているように見えたからだ。「あんた」とベルは言うと、間を置いた。麻痺した頭を恐ろしく震わせ、しなびた頬をいっそう深く顎のなかにくぼませると、ガラスのような目を一瞬光らせた。「それであんた、わしらは年百ポンドもらえるんですかい?」

ハーディング氏はその金銭欲――むなしく掻き立てられて、死にゆく男の平安を掻き乱すもの――を何と優しく消そうとしたことだろう！　もう一週間もしたら、この老人はこの世の煩わしさから脱却するだろう。ほんの一週間もすれば、神は老人の魂を再生したあと、取り返しの効かない宿命の旅へ旅立たせるだろう。無感覚、無活動の退屈な七昼夜がすぎれば、哀れなベルはこの世のすべてから解放されるだろう。しかし、ベルは耳に届く最期の声で金銭上の権利を要求し、ジョン・ハイラムの施しの正当な相続人であることを主張した。哀れな罪人ではあるけれど、そのような罪の報いがベルの身に及ばないことを祈る！[3]

ハーディング氏は応接間へ戻ると、痛む心で目撃したことを深く考えた。バンスが一緒にいた。私はこの善良な二人の別れを描かないことにする。二人が善良すぎるから。前院長は老収容者の心を何とか慰めようとしたが、うまくいかなかった。老バンスは安らぎの日々が終わったと感じた。慈善院はバンスにとって幸せな家だったが、もうそうではなくなる。バンスはここで敬意と友情をもって処遇された。院長を高く評価し、院長からも高く評価された。魂と肉、両方が望むものを与えられて幸せな生活だった。バンスは友と別れるとき、激しく泣いた。老人の涙は苦かった。「この世はもう終わった」とバンスはハーディング氏の手を最後に強く握って言った。「私を傷つけた人々を今は許して、――死ななければならない」

老バンスは出ていった。それからハーディング氏も悲嘆に暮れて、大声で泣いた。

## 註

（1）トロイ戦争時のトロイ王で、ヘカベーの夫。ヘクトール、パリスを含む五十人の子の父。

（2）「ローマ人への手紙」第十二章第二十節。

（3）『ハムレット』第三幕第一場六十七行参照。

# 第二十一章　結び

物語は終わった。このささやかな物語のほつれた糸を寄り合わせて、見た目にいい結び目を作る仕事が残っているだけだ。これは作者にとっても、読者にとっても、あまり難しい仕事ではない。作中人物や感動的な出来事をたくさん扱う必要がないからだ。物語に結びを置くという慣例がなかったら、バーチェスターのさまざまな問題がどう決着していくか、その想像をまったく読者に委ねてしまってもいい。

前章に続く翌朝早く、ハーディング氏は娘と腕を組んで慈善院を出ると、薬局の上の貸間へ移って、穏やかに朝食の席に着いた。引っ越しにはパレードもなければ、見送る者もいなかった。バンスさえも姿を現さなかった。絆創膏か薬用ドロップでも買いに早朝こんなふうに薬局へ入ったら、そちらのほうがハーディング氏の引っ越しよりも、何かもっと重要なことをしているという印象を与えただろう。慈善院の大きな門を抜けて橋を渡ったとき、エレナーの目には涙があった。しかし、ハーディング氏は軽やかな足取りで歩いて、心地よい顔つきで新しい住まいへ入った。

「ねえ、おまえ」と父は言った。「やっと落ち着きましたね。もう慈善院の居間と同じように、ちゃんとお茶を入れることができますね」エレナーはボンネットを取ると、お茶を入れた。こんなふうにしてバーチェスターの前院長の引っ越しは完了した。

大執事が自分の父に新院長の問題を検討させようとしたのは、それからまもなくのことだった。大執事は新院長の指名を当然自分の仕事と見なしており、プディングデイルの禄に関するカミンズの計画が不調だったから、クイヴァーフル氏以外にも三、四人の候補者を念頭に置いていた。主教がハーディング氏の後任は指名しないと明言したとき、そのときの大執事の驚きをどう表現したらいいだろうか？「もし私たちが問題を正したら、ハーディングさんはきっと戻ってきます」と主教は言った。「正せなかったら、ほかの紳士をそんなむごい職に就けるのは間違いでしょう」

大執事は反論し、説教し、脅しもしたけれど、無駄だった。厳しく父を閣下扱いしても、無駄だった。一人のか弱い老主教は言うまでもなく、聖職者会議全体をも動かす口調で「何たること！」と叫んでも、無駄だった。ハーディング氏の辞任によって生じた空席を、父に埋めさせることはできなかった。

プラムステッドへ戻った大執事の気持ちがわかったら、ジョン・ボールドさえもそれを憐れに思ったことだろう。教会は倒れつつある、いやもう荒廃してしまった。敵の打擲を前にして高位聖職者が戦わずして屈服してしまった。もっとも尊敬される主教の一人、彼の父――このような問題では彼、グラントリー博士の監督下にあると見られていた主教――が、はっきりと無抵抗で降伏を認める決意をしたのだ。

監察官である主教がこんな決意でいたとき、慈善院はどう運営されたのだろうか？　ひどい状態、と言われても仕方がなかった。ハーディング氏が去って数年たったけれど、院長屋敷はまだ空き家だ。

ベル老人とビリー・ゲイジィは死んだ。片目のスプリッグスも酔っぱらって死んだ。十二人のうち、ほかの三人も教会の墓地に参集した。六人が亡くなり、その六つの空席がいまだに埋められていない。そうだ、最期の時に励ましてくれる親しい友もなく、慰めて死の苦痛を癒してくれる金持ちの隣人もいないまま、六人が死んだ。ハーディング氏はもちろん彼らを見捨てはしなかった。彼はキリスト教の牧師が死にゆく者に授ける慰めを六人に与えた。しかし、彼らに与えられたのは、主人であり、隣人であり、友人である院長の絶えざる同席による慰めではなくて、施設とは無関係な人の時々の親切だった。

生き残った者が死んだ者よりもいいというわけではなかった。六人の収容者のあいだに意見の食い違いと、優位をえようとする確執が生じた。それから彼らは、そのうちの一人がやがて最後の一人になる——今はあの慰めのない慈善院、かつてはあれほどすばらしく、居心地のよかった場所の廃墟のなかで、みじめに一人ぼっちになる——という事実を理解し始めた。

慈善院の建物自体が廃墟になることはなかった。チャドウィック氏がまだ管財人の職に就いており、開設した銀行口座にますます増える賃貸料を振り込んで、建物の管理をしている。とはいえ、慈善院全体が秩序を失い、醜くなっている。院長の庭はひどい荒れ地になり、玄関へ通じる車道と通り道は雑草で覆われ、花壇は草木を失い、刈り込まれていない芝生は湿った長い草と不健康な苔の広がりに変わっている。美しさは消え、魅力は失われてしまった。ああ！ 数年前はバーチェスターでいちばん美しい場所だったのに、今は市の恥となっている。

ハーディング氏はクラブツリー・パーヴァ教区へは行かなかった。クラブツリーのスミス氏の住居と幸せな家族に配慮する新しい取り決めがなされて、ハーディング氏は市の城壁内の小さな禄を所有することになった。彼の新しい担当先は、聖堂構内の一部と、隣接する数軒の古い家からなる最小の教区だ。教会は奇妙なかたちの小さなゴシックふうの建物であり、構内に入るアーチ門の上に覆い被さるように位置し、そのアーチ門から下に降りる石の階段で入ることができる。広さは普通の部屋と同じくらい——およそ長さ二十七フィート、幅十八フィート——で、それでも立派な教会だ。彫刻を施された古い説教壇と書見台があり、古びた暗いステンドグラスの下に小さな祭壇がある。内陣があり、六席程度の信者席があり、貧しい人のため十二の席があり、聖具室がある。天井は急傾斜で、黒いオーク材でできている。三本の大きな梁が側壁を走っており、梁の両端にはグロテスクに彫刻された顔——片方は二人の悪魔と一人の天使、もう片方は二人の天使と一人の悪魔の顔がついている。バーチェスターの聖カスバート教会とはそういう教会だ。ハーディング氏は何らやましいところのない年七十五ポンドで、そこの禄付牧師となった。

ここで前院長は毎日曜日、午後の礼拝を執りしきり、三か月に一度信者に聖餐式をする。聴衆は多くない。多かったら、収容できないから。とはいえ、いつも六つの信者席を満たす程度の聴衆があり、貧しい人用の前の席には、収容者のガウンを見苦しくなく着た旧友バンスの姿がいつも見られる。

ハーディング氏はまだバーチェスターの音楽監督だ。日曜朝の礼拝に参列する人は、イギリスのほかの誰にも真似できない彼の連祷先唱を聞く機会に恵まれる。ハーディング氏は満足しており、幸せそうだ。彼は慈善院を出て引っ越した貸間にまだ住むけれど、今はそれを専有している。あれから三か月後にエレナーはボールド夫人となり、当然夫の家へ引っ越して行った。

彼女の結婚に際して克服しなければならない問題があった。大執事は心のしこりをすぐには乗り越えられなかったから、結婚式に出席するようにいくら説得しても聞き入れなかった。しかし、妻子には出席を許した。式は聖堂で執り行われて、主教みずからが祭司を務めた。それが主教が祭司を務めた最後だった。主教はまだ生きているが、二度とそういうお務めをすることはないようだ。

結婚式からおよそ半年後、新婚のほとぼりがさめてエレナーがボールド夫人とためらいなしに呼ばれるようになったころ、大執事はディナー・パーティーでジョン・ボールドに会ってもいいと言い出した。それからこの二人はほぼ友人となった。大執事は義弟が独身時代には不信心者であり、われわれの宗教の大いなる真実を否定していたけれど、結婚がほかの人にもよくあるように彼を開眼させたと確信している。同じようにボールドも、時が大執事の性格の粗さをやわらげたと考えようとしている。二人は友人であるが、慈善院を巡る反目の件にふれることはない。

ハーディング氏は幸せと言っていい。貸間を借りていても、彼のものと言える地上の一地点として以外に、それはあまり役立っていない。ハーディング氏はたいてい娘の家か、主教公邸ですごしている。たとえ望んでも一人にしてもらえないからだ。エレナーの結婚から一年もしないうちに、彼は貸間暮らしをするという最初の気持ちを失って、ビオロンチェロをずっと娘の家に置いておくことに同意した。

一日おきに彼は主教から伝言を受け取る。「主教のご挨拶。本日閣下は体調かんばしからず。ハーディング氏が夕食をともにしてくれるよう希望しておられる」主教の健康についての報告は作り話だ。主教は八十を越えるものの、病気ではない。彼は火が燃え尽きるように徐々に、もがくこともなくいつかは亡くなるだろう。ハーディング氏はしばしば主教と夕食をともにする。それは公邸へ三時に出かけて十時までいることを意味する。ハーディング氏が夕食をともにしてくれないとき、主教はぼそぼそと愚痴をこぼすと、ポートワインにコルクの栓をするように言い、誰もつき合ってはくれないと不平を述べ、すねていつもより一時間も早く床に着く。

バーチェスターの人々は、いまだにハーディング氏を院長というなじみの名で呼ぶことがある。院長さんと呼ぶのが長い習慣になっていたので、そう簡単にやめられなかった。そう呼びかけられたとき、ハーディング氏はいつも「いいえ、いいえ」と言う。「もう院長ではありません。ただの音楽監督です」

終わり

# 訳者あとがき

『慈善院長』(*The Warden*)は一八五五年にロングマンから出版されて、その後続々と出版された「バーチェスター年代記」の第一冊目に相当する。「バーチェスター年代記」は次の六冊からなる。

*The Warden*（1855）
*Barchester Towers*（1857）
*Doctor Thorne*（1858）
*Framley Parsonage*（1861）
*The Small House at Allington*（1864）
*The Last Chronicle of Barset*（1867）

トロロープの代表作が「バーチェスター年代記」であり、「バーチェスター年代記」の嚆矢が『慈善院長』であることを考えれば、本書が翻訳されて初めてトロロープが本格的に日本に紹介されたといって過言ではない。

トロロープは「バーチェスター年代記」とは別に「パリサー小説群」を書き残している。「パリサー小説群」は次の六冊からなる。

*Can you Forgive Her?*（1865）
*Phineas Finn*（1869）
*The Eustace Diamonds*（1873）
*Phineas Redux*（1874）
*The Prime Minister*（1876）
*The Duke's Children*（1880）

ＢＢＣは一九七四年に「パリサー小説群」を翻案脚色して、*The Pallisers* と題して二十六回シリーズで映像化している。ＢＢＣは二〇〇五年に *The Warden* と *Barchester Towers* を翻案脚色し、*The Barchester Chronicles* と題して映像化している。

トロロープの全体像が日本に紹介されるのはまだ時間を要するようである。

訳者紹介

**木下善貞**（きのした・よしさだ）

1949年生まれ。1973年、九州大学文学部修士課程修了。1999年、博士（文学）（九州大学）。著書に「英国小説の『語り』の構造」（開文社出版）。現在、北九州市立大学外国語学部教授。日本英文学会理事。

慈善院長

（検印廃止）

2010年5月27日　初版発行

訳　　者　木下善貞
発 行 者　安居洋一
印刷・製本　創栄図書印刷

〒162-0065　東京都新宿区住吉町 8-9
発行所　開文社出版株式会社
電話 03-3358-6288　FAX 03-3358-6287
www.kaibunsha.co.jp

ISBN 978-4-87571-056-1　C0097